세 남자의 겨울

세 남자의 겨울

초판 1쇄 2022년 6월 30일

지은이 | 이병욱

펴낸곳 | 문학여행
발행인 | 고민정
주 소 | 서울특별시 서대문구 연희로37길 77-13 402호
홈페이지 | www.bookjour.com
이메일 | contact@bookjour.com
전 화 | 1600-2591
팩 스 | 0507-517-0001
원고투고 | edit@bookjour.com
출판등록 | 제2021-000020호

ISBN   979-11-88022-50-2 (03810)

문학여행은 출판그룹 한국전자도서출판의 출판브랜드입니다.

세 남자의 겨울

이병욱

실화 장편소설

차례

—

01. 나를 찾아온 겨울

찬바람 부는 넓은 운동장에는 대위 교관과 우리 다섯 명밖에 없었다. 교관이 기진맥진한 우리한테 '차렷, 열중쉬어, 차렷'을 시키더니 무표정하게 말했다.

"제군들, 그 동안 잘 따라줬다. 원래 보강훈련을 내일까지 받아야 하지만 제군들의 성실한 태도를 감안하여 하루 앞당겨 마친다. 이로써 무단 결시로 미 이수된 교련 학점이 이수된 것이다. 이상, 해산."

그리고는 뒤도 안 돌아보고 학도호국단 사무실 쪽으로 가 버렸다. 우리 중 나이가 제일 많은 학생이 나지막하게 투덜거렸다.

"니미, 나흘간이나 뺑이 치게 해 놓고서 하루 줄인 거를 생색내긴."

나머지 네 사람도 뒤따라 뭐라 그럴 만했는데 조용했다. 어쨌든 고생이 끝났다는 안도감과 허탈감에 아무 생각들 없었던 것이다. 작별의 인사도 건네는 일 없이 벌겋게 언 손들을 비비며 뿔뿔이 흩어졌다.

나는 교련복에 묻은 흙도 내버려둔 채 교문 쪽으로 걸어가기 시작했다. 해가 부쩍 짧아졌다. 오후 네 시가 되기도 전인데 서녘에 저녁노을이 불그레하게 졌다.

교문을 나와서 후평동 쪽으로 걸어가다가, 멈칫거렸다. 그렇다. 현재 나는 후평동 집이 아니라 운교동의 누나네 집에 살고 있다. 너무 지쳐서 아무 생각 없이 걷다 보니 실수했다. 운교동 방향으로 다시 걷기 시작했다.

며칠 전에 내린 눈이 그늘진 데는 얼어붙은 데다가 찬 바람까지 불어 걷기도 편치 않다. 하마터면 길가에 있는 군고구마 수레와 부딪칠 뻔했다.

30여 분 넘게 걸려 누나네 집 철대문이 보이는 데까지 걸어왔을 때다.

웬 사내가 전봇대 뒤에서 나타나면서 나한테 소리쳤다.

"병욱아 이제 오니!"

외수(外秀) 형이다. 내 쪽으로 두 팔 벌리며 다가오는데, 세상에, 홑껍데
기 같은 춘추용 나일론 잠바 차림에 뒤축 꺾인 낡은 구두를 신었다. 추수
끝난 벌판의 허수아비 모습으로 나를 와락 껴안으니 반갑다기보다 솔직히
부담스럽다.

"인제 객골 분교에서 잘 지내는 줄 알았는데 어찌된 거야, 형?"

"너 보고 싶어 춘천에 올라왔지. 우라지게 춥다. 어서 네 방에 가자."

기가 막혔다. 내가 우리 집도 아니고 시집간 누나네 집의 '짐방'신세를
지고 있는데 '어서 네 방에 가자'니.

난감하지만 그렇다고 추운 길바닥에 마냥 서 있을 수는 없는 노릇이다.
나는 형의 차가운 손목을 잡고서 누나네 집 철대문으로 향했다.

누나네 집?

사실은 누나네가 독채로 얻어 사는 전셋집이다. 슬레이트 지붕에, 방 두
개가 부엌을 가운데에 두고 좌우로 배치된 1자 형 집이다. 두 방 중 큰
방(안방)에서 누나가 매형과 함께 갓난애를 키우며 지낸다. 작은 방은 짐
들을 잔뜩 들여쌓아놓고서 '짐방'이라 부르며 현재 내가 신세지고 있다. 빈
약해 보이는 슬레이트 지붕의 누나네 집과 달리 주인집은 번듯한 기와지
붕 집이다. 두 집이 한 울타리에 있어서 대문도 하나다. 대문은 녹이 많
이 슨 철문이다. 그 때문에 여닫을 때마다 기분 나쁜 소리를 낸다.

"삐이그으더더덩 쿵!"

녹슨 쇳가루들이 떨어지는 것 같다. 나는 그 소리에 습관적으로 진저리

를 치면서 형을 데리고 주인집 앞을 지나, 누나네 집 쪽으로 걸어갔다. 잠시 걸음을 멈춘 뒤 안방의 기색을 살폈다. 누나가 아기랑 자는지 조용하다.

부엌을 지나 짐방 문을 열면서 전등을 켰다. 한쪽에 짐들을 잔뜩 쌓아놓아 비좁기 짝이 없는 짐방의 모습이 적나라해졌다. 나를 따라 짐방에 들어온 형이 '방이 뭐 이리 좁아?'하며 놀라는 표정이다가 이내 '이런 방이라도 있으니 천만다행이지!'하며 체념하는 표정이다. 문제는 그 와중에 아랫목을 찾아 앉더라는 사실이다. 이렇게 자신의 처지를 말하면서.

"내가 오늘 아침에 가출해서 춘천에 올라왔잖니. 당분간 이 방 신세를 져야 될 것 같다."

인제 읍내에서도 한 시간은 개울을 따라 걸어가면 나타나는, 변변한 길도 없는 '객골'이란 화전민 촌의 작은 분교가 형의 직장이었다. 형은 그 분교의 관사에서 지내며 소사 겸 임시교사를 했는데 그마저 관두고는, 읍내에 사는 부모와 대판 싸우고서 가출했다는 얘기 같다. 몰골로 봐서는… 가출이라기보다 축출당한 게 아니었을까?

그런데 참 걱정이다. 누나가, 나에 이어 낯선 형까지 얹혀 살려는 걸 어떻게 생각할지 모르겠는 거다. 지금까지는 매형이 아무 말 않았는데 이번에도 그래줄까? 머릿속이 복잡한 내게 형이 천진난만하게 말했다.

"써글 놈의 아랫목이 죽은 놈 콧김보다도 못한 것 같네."

기가 차다. 지금 형은 아랫목이 어떻다 할 처지가 못 된다. 나도 아무 말 않고 지내는데 형이 무슨….

두 달 전만 해도 우리 식구는 후평동에서 살았다. 여기서 말하는 우리 식구란 '부모님과 우리 4남매'를 뜻한다. 원래는 5남매였는데 누나가 출가

하면서 4남매가 됐다.

후평동 집에서 최소한 2년은 살 줄 알았는데 1년 만에, 무슨 사정이 생겼는지 또 이사 가게 되었다. 사실상 가장인 어머니한테 그 사정을 물어볼 수 있지만 4남매 중 누구도 그러지 않았다. 워낙 이사를 자주 다녀 이사 가는 일에 무감각해졌기 때문이다.

어머니가 '효자동으로 이사 간다'고 알리자마자 4남매는 말없이 자기 짐을 싸기 시작했다는 사실이다. 놀라운 순발력이자 적응력이다.

이사를 자주 하게 되면서 생겨난 우리 식구의 이사 요령.

'밤중에 이사하되, 각자 자기 짐을 챙긴다.'

밤중에 이사하는 건 이삿짐들이 워낙 초라해서 남 보기가 창피하기 때문이다. 그래서 각자 자기 짐을 챙겨들고서 수레 하나만 따로 빌리면 됐다. 수레는 자리차지가 큰 이불들과 부엌의 찬장을 나르기 위함이었다. 내 바로 밑의 남동생이 알아서 그 수레를 맡았다.

야반도주하듯 한밤중에 이사한 우리 식구.

어머니 뒤를 따라 당도한 효자동 집에서 나는 이만저만 실망한 게 아니다. 어두운 밤에 봐도 어서 철거해야 될 듯싶게 낡은 집인 데다가, 쓰는 방이라고는 횅하니 넓은 '안방' 하나뿐이었다. '건넛방'이 있긴 하지만 먼지투성이 녹슨 기계들이 가득 쌓여 있어서 거주할 데가 못됐다.

어머니가 내게 말했다.

"이 집 주인이 여기서 과자 공장을 하다가 망해서 기계들을 쌓아두고는, 집을 전세 놓고 다른 동네에 가 살잖니."

주인한테서 버림받은 집의 방 한 칸에서, 우리 여섯 식구가 함께 먹고 자야 할 판이었다. 전셋집을 구할 때는 '방이 셋인 독채를 얻어 방 하나는 큰아들(나) 방으로 하는 나름의 불문율'이, 독채 얻는 건 성공했지만 방 셋은커녕 둘도 안 돼 내 방이 사라지고 만 것이다. 울화를 터뜨리려는 나를 어머니가 달랬다.

"우리가 갖고 있는 전세보증금으로는 이 집밖에 되지 않은 걸 어떡하니? 어쨌든 독채로 얻었으니까 집 주인 눈치 안 보며 마음 편히 살게 됐잖아. 그만도 다행이지."

그러고는 아버지가 주위에 없는 걸 확인하고는 후렴처럼 덧붙였다.

"이게 다, 모자란 애비를 둔 죄다!"

천장도 없어서 쥐가 대들보 위로 다니는 게 보이는 그 방에서 나는 간신히 하룻밤을 잔 뒤 아침에 일단 등교해 강의를 들었다. 두 시간짜리 강의가 왜 그리 스무 시간 강의처럼 길게 느껴지는지! 강의가 끝나자마자 운교동으로, 누나네 집을 찾아갔다.

갓난아기의 기저귀를 갈다가 나를 맞은 누나는 동생이 부리나케 찾아온 까닭을 금세 짐작했다. 이렇게 먼저 말했으니.

"그래, 이번에 이사 간 효자동 집이 지낼 만하대?"

"그 때문에 여기 온 거야. 집이 낡은 건 그렇다 쳐. 문제는 내 방이 따로 없다는 거야. 나는 내 방이 없으면 소설을 한 줄도 쓸 수 없어. 큰일이야."

누나는 동생이 대단한 소설가가 될 재주를 타고났는데 어려운 집안형편 탓에 그 재주를 제대로 꽃피우지 못한다며 늘 안타까워하는 입장이다.

"그럼, 여기 짐방이 어떠니? 짐들 때문에 좁아서 지내기 불편하겠지만 말이다."

사실 나는 그 짐방을 믿고서 부리나케 누나를 찾아온 거다.

"그만도 감지덕지지."

"연탄불도 넣어줄게. 밥은, 이 방으로 건너와서 매형이랑 같이 먹고 그래. 내가 갓난애 때문에 따로 상까지 차려주기 힘들거든."

나보다 열한 살이나 위인 매형과 한상에서 밥을 먹으라니, 영 부담스런 제안이었다. 나이 차뿐만 아니라 이래저래 부담을 주는 처갓집 식구 같아서, 나는 매형한테 알게 모르게 주눅들어있다.

"매형은 회사에 아침 일찍 출근했다가 밤늦게 퇴근하잖아. 그러니까 내가 시간을 맞추기 어렵지. 누나가 적당한 시간에 나를 부르면 이 방에 와서 밥 먹을게."

"알았다."

나는 그 길로 효자동 집에 가서 내 짐을 챙겨왔다. 서너 벌의 옷과 일기장, 쓰기 시작한 지 얼마 안 된 단편소설 원고 정도다. 졸업을 앞둔 4학년 2학기라 챙길 책도 별로 없었다.

그렇게 가을 어느 날 누나네 짐방에서 새롭게 시작된 내 생활이 어느덧 겨울로 접어들었는가 싶은데 오늘 돌연 외수 형이 찾아온 거다. 내가 신혼살림 하는 누나네 집에 얹혀사느라 조심스러운데 형까지 얹혀살겠다고 나타난 기막힌 상황이다.

"그러잖아도 추운데 이럴 수가!"

형이 천진난만하게 '아랫목이 따뜻하지 않다'고 불평하는 것에 내가 대꾸도 않자 머쓱해하더니 두 번째로 한 말이다. 방 벽 여기저기 붙어 있는 흰 종이의 '겨울'이란 글씨를 가리키며 말한 것이다. 하는 수 없이 설명해 줬다.

"저 글씨는 말입니다, 이 한심한 방에서 겨울을 나려면 뭔가 짓거리를 해야 될 것 같아서, 메모지에 사인펜으로 '겨울'이라 써서 붙여놓은 거죠. 써 붙인 지 사흘 됐어요."

"아하!….."

짧게 감탄하고는 침묵에 잠기는 형.

나는 형한테 두 가지를 묻고 싶었다. '도대체 인제 집에서 어떻게 싸움이 났기에 이 추운 날, 가출까지 했는지'와 '고작 1년여 만에 후평동—효자동—운교동으로 이어진 내 거취를 어떻게 추적해왔는지'를 말이다. 하지만 '군이 그런 것들을 물어보면 뭐하나? 때가 되면 알게 되겠지.'하는 생각에 함께 침묵에 잠겨버렸다.

"빠바방!"

차 경적에 형이 침묵에서 깨어났다.

"아이고 놀래라! 애 떨어지는 줄 알았네."

"이 방이 길 옆이라서 그래요. 어떤 때에는 술 취한 작자들이 길에서 멱살 쥐고 싸우는 소리도 생생하게 들린다니까요."

형이 피식 웃고 나서 지나가는 말처럼 뇌까렸다.

"라면 하나 끓여먹었으면…."

그러고 보면 형의 배에서 '쪼로록' 소리가 나는 것 같기도 했다. 형이 아침밥도 못 먹었을 거란 생각이 갑자기 들었다. 부모가 사는 읍내 집의 살림살이들을 다 때려 부수고는 춘천행 시외버스를 타고 올라왔을 테니 뭘 먹었겠나. 얼마나 황황히 가출했는지, 양말도 못 신어 발톱들의 때가 그대로 보이는 형의 맨발을 보며 나는 자리에서 일어났다.

"잠깐 기다려요. 우리 누나한테 라면 좀 끓여달랄 테니까."

형이 두려운 낯으로 내게 물었다.

"이참에 너를 따라가서 누님한테 인사드려야 되는 거지? 인사도 못 드렸거든."

"가만있어 봐요."

나는 짐방을 나와 안방 방문 앞으로 갔다. 마루나 현관도 없이 방문을 열면 곧 바깥인 집이라 아기가 칭얼대는 소리와 물소리가 그대로 들린다. 나는 방문에 대고 말했다.

"누나, 나야. 방에 들어가도 되나?"

"안 돼. 지금 애를 씻기고 있어. 저녁밥은 부엌의 밥통 속에 있으니까 네가 알아서 차려 먹어."

"그게 아니고… 조금 전에, 아는 형을 내 방에 데려왔거든. 사정이 생겨서 당분간 내 방에서 지내야 할 것 같아. 왜, 언젠가 내가 누나한테 말했었지. 소설 쓰는 형인데 이름이 '이외수'라고. 여기 교대를 몇 년 다니다가 그냥 자퇴하고 시골로 내려갔다는."

"웬 거지같은 사람이 낮에 와 너를 찾는 것 같더니만… 그 사람이냐?"

"그럴 거야."

"알았어."

"오래 안 있을 거야."

"알았어."

"매형한테 누나가 얘기 좀 잘 해줘."

"알았다니까."

나는 그제야 마음이 편해졌다. 누나한테 차마 라면 좀 끓여 달라는 부탁까지는 할 수가 없었다. 내가 그냥 부엌에 들어가서 어설픈 대로 쟁반에 간단히, 밥 두 공기와 배추김치 반찬으로 저녁 식사를 차렸다. 짐방 문 앞에서 '형, 방문 좀 열어요' 하려는데 형이 벌써 알아서 방문을 열었다.

"형, 라면은 다음에 먹읍시다."

형이 얼른 쟁반을 받아 방바닥에 내려놓으며 물었다.

"누님한테 내 얘기 했니?"

"그럼요."

"뭐라 그러지 않대?"

"그냥 알았다 했으니까 괜찮은 거죠."

"제대로 인사드려야 할 텐데."

"내일 인사드려요."

솔직히 세수도 하고 양말도 신은 뒤에야 인사지, 지금은 마땅치 않다. 주섬주섬 저녁식사를 시작했다. 해가 진 탓에 방안의 전등불빛이 더욱 진해졌다. 형이 공깃밥을 비우고는 벽에 등기대고 앉더니 트림을 '거억!'했다.

"밥이 더 필요하지 않아요?"

"아냐. 워낙 조금 먹어버릇해서 지금 배불러. 만족이야."

작년 여름에 형이 해준 얘기가 기억난다. '어릴 때 할머니의 손을 잡고 강원도 일대를 문전걸식 하며 살기를 1년여. 간신히 밥을 얻어먹는 생활이 그리 이어지면서 위장이 알아서 많이 쪼그라든 것 같아.'

그런 기구한 사연의 형이라 공깃밥 한 그릇에 배불러 할 만하다. 트림을 두어 번 더 하더니 얼마 안 가 겸연쩍은 표정으로 독백했다.

"식후불연이면 비명횡사라, 지금 담배 한 대 피우면 딱 좋은데…."

"형, 이 방에서는 안 됩니다. 가진 담배도 없을뿐더러, 우리 누나가 담배 냄새를 아주 싫어하거든요."

하릴없이 고개를 끄덕이는 형. 내가 쟁반을 부엌에 갖다 놓고 돌아왔을 때는 이불을 덮고 누워 있었다. 하나뿐인 작은 창문으로 전해지는 행인들의 발자국 소리와 자동차 소리들. 어느 교회인지 '기쁘다 구주 오셨네. 만백성 맞으라' 합창소리. 방 안에 무료한 시간이 흘렀다. 이윽고 형이 누운채로 독백했다.

"벽에 붙인 '겨울'이란 단어들… 폼 나. 우리가 어떻게 살아야 하는지 한 번 돌이켜보게 해주지."

남의 방 아랫목에 누워 '어떻게 살아야 하는지' 운운하는 형. 얼마 후에는 드르렁드르렁 코까지 골며 잔다.

나는 천장까지 쌓인 누나네 짐 속에서 쓰다만 내 소설 원고를 찾아, 방 구석에 있는 작은 앉은뱅이책상 위에 올려놓았다. 이 책상은 매형이 학창 시절에 쓰던 거라는데, 누나가 내게 선사했다. 상이 있어야 글을 쓰는 동생의 습관을 누나는 잊지 않았다.

사실 내가 이 소설을 시작하기는 한 달 전인데 생각지도 못한 '졸업학점 미 이수' 문제를 해결하느라 계속 쓸 경황이 못 됐다. 교양 필수인 독일어에 교련까지 미 이수가 돼 버렸으니 하마터면 내년 2월에 있다는 졸업도 못할 뻔했다. 천신만고 끝에 열흘 전 독일어에 이어 교련까지 해결한 오늘, 소설을 쓰는 정상적인 내 생활로 들어가는가 싶었는데 형이 돌연 나타날 줄이야.

원고지에는 시작하다 만 소설이 그대로 있다. 월남에 파병 갔다가 몸을 다쳐서 귀국한 부상병을 주인공으로 한 소설이다. 제목은 아직 못 정했다.

『나는 월남에서 돌아왔다.

커다란 군함을 타고 비둘기 태극기 풍선 날리는 조국의 항구로…… 환영의 플래카드 속으로 돌아온 것이 아니다. 비행기로, 중상자 후송 비행기로 사월 어느 날 조국의 남부지방 어느 적막한 공군기지로 돌아왔다.

내 가슴에도 훈장은 걸렸다.

한쪽 발과 한쪽 눈은 영영 내게서 달아나고, 몇 십 그람 무게를 가진 훈장 하나가 가슴에 걸렸다. 온통 붕대에 싸인 채로 나는 한쪽 남은 눈으로 후송 비행기 창을 통해 조국의 거뭇거뭇한 모습을 내려다볼 수 있었다.

아아 일 년 만의 조국이었다.

나의 한쪽 남은 눈에서, 그래도 눈물은 흘러나왔다.

내가 탄 비행기가 내린 모 공군기지. 거기에 비행기의 엔진이 멎고, 부상자들이 차례차례 들것에 실려 내려질 때 나를 감싼 붕대의 섬유조직 틈새로 밀려들던 조국의 냄새. 매캐한 비행기 연료냄새 너머 밀알이 움트는 냄새, 구수한 흙냄새…….

그리고 공항의 가득한 적막. 적막은 조국에서도 나를 맞이하고 있었다. 한쪽 면으로 검푸른 바다의 출렁임이 보일 뿐 나머지 삼면은 초록빛 야산뿐인 공항, 엔진을 끄고서 졸고 있는 비행기들, 무료한 표정의 관제탑, 군복무의 임무 속에서 세월의 나사를 매만지는 정비병들, 역시 세월의 들것을 무료하게 나르는 의무병들.

후송병원 침대에 누웠을 때는 유리창을 통해 만발한 벚꽃들이 보였다.

벚꽃들은 절정이었다. 병원 둘레 가득히 벚꽃들은 웃고 있었다. 연분홍, 연분홍 웃음들…….

병원은 벚꽃의 소리 없는 웃음들만 있었다. 일정한 시간으로 들르는 간호장교들의 거동밖에는, 심심하기만 했다. 내 침대머리에 걸린 훈장도 심심해 보였다. 나는 그런 훈장을 손으로 만지작거리며 심심함을 문질러버리는 동작으로 그 병원의 시간들을 걸어 나갔다.

애매한 훈장.

내 한쪽 눈과 한쪽 다리가 달아난 곳은 전쟁터 아닌 전쟁터였다.』

나는 볼펜을 쥔 채 이어지는 문장을 이것저것 한참 떠올려보다가 포기했다. 월남에서 돌발사고로 후송된 부상병의 모습이 눈앞에 선해지려다가 그만 사라지고 말았다. 당최 형의 코 고는 소리에, 소설에 집중하기 힘들었다. 형이 하나도 반갑지 않다. 다시 소설 원고를 짐들 틈새에 넣고는… 다른 베개를 찾았다. 내 베개를 형이 베고 자기 때문이다. 짐들을 뒤지다가 테니스라켓이 떨어져 내 머리를 쳤다. 누나 처녀 시절 것이다. 베개 찾기를 단념하고는 대신 낮에 입었던 교련복 바지를 찾아 둘둘 말아 베개처럼 만들었다. 묻어 있는 운동장의 흙을 손바닥으로 훑어서 방구석에 모아뒀다. 젠장, 피난민 생활이 따로 없다.

전등을 껐다. 좁은 방에 어둠이 부리나케 들어찼다. 코 고는 형과 한 이불을 덮고는 잠을 청했다. 문득 오늘 일기를 쓰지 못했다는 걸 깨달았다. 나 혼자 지내면 아무 것도 아닌 일인데 형과 같이 지내게 되니 뒤죽박죽이다.

초등학교 4학년 적부터 쓰기 시작한 일기가 어언 13년째다. 내가 소설가를 꿈꾸게 된 데는 오랜 세월 써온 일기의 문장력이 한몫했다. 다시 전등을 켜고서 오늘 날짜 일기를 써야 하나, 고민하다가 그만두었다.

그 때, 녹슨 철대문이 열리는 기분 나쁜 소리에 이어… 매형의 목소리가 들려왔다.

"누가 왔나 보네."

누나가 안방 문을 열어 매형을 안으로 들이며 뭐라고 해명하는 것 같았다. 다시 조용해졌다. 매형이 아무 말 않고 고개를 끄덕인 게 아니었을까.

나는 다시 잠을 청했다. 낮에 교련 훈련을 받아서 몸이 고단한데도 쉬 잠이 오지 않는다. 코 골며 자는 형 때문인 것 같다. 순간 사람이 아니라 '겨울'이란 계절이 내 옆에서 코 골며 자는 것 같았다.

비쩍 마른 몸에 얇은 나일론 잠바를 걸치고, 양말도 못 신은 맨발로 뒤축 꺾인 낡은 구두를 신고 나를 찾아온 '겨울'. 생각지도 못한 환각에 나는 형과 거리를 두고 자려 했다. 하지만 워낙 비좁은 방이라 불가능했다. 어쩔 수 없이, 다시 형 옆에 몸을 붙이고 누워 잠을 청했다….

02. 그 많은 동네들

이튿날이다.

매형은 출근하고 없다. 아침햇살을 받으며 부엌문 앞에 죄진 놈마냥 고개 숙이고 있는 형을 대신해 내가 누나한테 말했다.

"누나. 여기 외수 형이 당분간 내 방에서 지낼 것 같아."

내 말을 이어서 형이 고개를 숙인 채 기어들어가는 목소리로 말했다.

"죄송… 합니다."

누나가 웃는 낯으로 대꾸했다.

"괜찮아요. 우리 동생한테 전부터 얘기는 많이 들었어요. 방이 좁고 불편하더라도 이해하세요."

"아 네네."

누나는 그러고는 안방 문을 열고 들어가 버렸다. 형은 못 봤겠지만 나는 보았다. 누나가 방문을 닫으며 '한손으로 코를 틀어막는 시늉'을 했다는 것을.

나는 형을 먼저 짐방으로 들여보내고는 안방으로 들어갔다. 누나가 내게 소리 죽여 물었다.

"그 예수인지 외수인지한테서 냄새가 나지 않대?"

"아니."

"퀴퀴한 냄새가 나는 것 같던데."

"누나도 참. 그건 누나 선입견이야. 형이 차림은 저래도 냄새나고 그러지는 않아."

사실이다. 나는 형과 어울리면서 한 번도 무슨 이상한 냄새를 맡은 기억이 없다. 훗날 내게서 이런 얘기를 들은 누군가가 웃으면서 말했다. "사람끼리 너무 친해지면 그렇게 돼. '눈에 콩깍지가 씌었다'는 게 바로 그거야."

아기가, 누나와 내가 얘기 나누는 소리에 잠에서 깨어나 어리둥절한 눈으로 올려다보았다. 누나가 아기의 조그만 손가락들을 쥐며 말했다.

"더러운 냄새도 못 맡는 이상한 네 외삼촌이 왔단다."

그리고는 내게 물었다.

"그런데 무슨 일로 따라 들어왔어?"

"내가 내년 3월에 교사발령 나면 첫 봉급 타는 대로 한꺼번에 갚을 건데, 용돈 좀 달라고."

"아버지가 툭하면 찾아와 그러더니… 연탄직매소 사장인가 하면서 조용해지는가 싶은데 이제는 네가 시작이냐?"

"뭐? 아버지가 연탄직매소 사장이 됐다고?"

"몰랐니?"

"처음 듣는데?"

"이사 간 효자동 집에, 길가로 가게 하나 빈 게 딸렸다며? 거기에다가 아버지가 연탄직매소를 차렸대. 나도 어머니한테 얘기 들어 알지."

나는 '대들보 위로 쥐가 오가는 게 보이는 효자동 집'에 그 동안 한 번도 가 보질 않았다. 누나의 지금 얘기를 들으니 그 허름한 집 풍경이 눈앞에 떠오른다.

그 허름한 집과 열 걸음 정도 거리를 두고, 집 주인 소유라는 빈 가게가 있었다. 10평이 채 안 될 듯싶은, 판자로 지은 그 가게는 집 주인이 과자 공장 할 때 과자들을 판매하던 곳 같다. 그러다가 망하면서 문 닫은 채로 내버려두었을 게다.

그런 빈 가게에 아버지가 연탄직매소를 차렸다고? 명색이 예총 도지부장까지 한 아버지가…. 누나가, 어머니가 아버지에 대한 얘기를 시작할 때처럼 혀를 세게 차면서 얘기를 늘어놓았다.

"글쎄 아버지가 돈 한 번 벌어보겠다고 연탄직매소를 차린 건 좋아. 그런데 아랫사람을 둘이나 뒀다는 게 아니냐? 어머니가 우연히 알게 된 사실인데 한 사람은 '영업부장'이고 다른 한 사람은 '판매부장'이라냐? 좁아터진 데에다가 연탄은 잔뜩 쌓아놓고 뭐하는 짓인지 모르겠다며 어머니가 한숨만 쉬다가 갔단다."

어머니·아버지의 부부간 대화는 끊긴 지 몇 년 됐다. 먼젓번 후평동 집으로 이사 오기 전 교동 집에서 살 때부터 아버지는 안방에서 혼자 지내고 어머니는 누나·동생들과 함께 건넛방에서 지냈다. 두 분의 별거는 그렇게 시작됐다. 나는 대학교를 다니는 큰아들이라는 대우 차원에서 가운데 방을 혼자 썼다.

어머니가 아버지가 차렸다는 연탄직매소의 내부사정을 알게 된 건, 보나마나 그 옆을 지나다니다가 귀동냥하듯 알게 된 것일 게다. 부부간 대화가 전혀 없으니.

아기가 배고픈지 칭얼대기 시작했다.

"누나, 어서 용돈 좀 달라니까. 졸업을 앞두고 들어갈 돈이 이것저것 많아서 그래."

"알았어."

하면서 누나는 가까이 둔 핸드백에서 지폐 몇 장을 꺼내 내게 건넸다.

방문 열고 나가는 내 뒤통수에 대고 이런 말을 잊지 않고 덧붙였다.

"꼭 갚아, 이자까지 붙여서."

돌이켜보면 우리 식구의 생계처럼 아슬아슬하게 이어진 것도 없었다.

6·25 동란 때 할아버지가 납북되면서 남겨진 제지공장을, 아버지가 스물 여섯 나이에 떠맡아 운영하다가 경험 미숙 탓인지 4년 만에 도산하면서 우리 식구의 고생이 시작됐다. 아버지는 그 때부터 어머니한테 집안 생계 문제를 떠넘겼다. 문구사를 시내 중심가에 차려서 어머니가 운영하도록 한 거다. 방 하나가 문구사 안쪽으로 딸린 덕에 식구들이 다 함께 지낼 수 있었는데… 비좁은 방이지만 5남매가 아직 어려서 체구들이 작아 함께 지 낼 수 있었다. 어머니의 문구사 운영은 3년 만에 끝났다. 아버지가 연극 활동에 뛰어들면서 수시로, 문구사에서 버는 돈을 갖다 썼기 때문이다. 인 구도 얼마 안 되는 지방도시 춘천에서 연극 활동은 돈을 쓰는 활동이지 벌이가 되는 활동이 못 됐다. 문구사를 정리한 후 우리 식구는 판잣집들 천지인 변두리 동네로 이사 갔다. 그런 동네에서도 일곱 식구가 단칸셋방 을 하나 얻어 밥 대신 멀건 죽으로 하루하루 버티는 어려운 생활이 시작 됐다. 그 즈음, 어느 날 새벽의 사건이 나는 여태껏 생생하다. 방이 워낙 좁아 5남매가 콩나물처럼 뒤엉켜 자던 새벽, 아버지가 어머니한테 소리 죽 여 말했다.

"연탄불을 방 안에 피워놓고 다 같이 죽자."

누나나 동생들이나 모두 곤하게 잠자는 것 같은데 왜 나만 잠이 깨서 그런 무서운 소리를 들었을까? 내가 중학생만 됐더라도 '아버지, 그게 무 슨 소리예요?'하면서 벌떡 일어나 항의했을 게다. 하지만 나는 그럴 엄두 조차 못 내는 어린 초등학생이었다. 툭하면 라디오 뉴스에서 나오는 '연탄 불 피워놓고 일가족 집단자살'사건이 우리 집에서도 벌어지려 하는데 속수 무책인 나의 무력감이란! 숨이 콱 막힐 것 같은 정적이 잠시 흐른 뒤 어머니가 말했다.

"적십자사 시험이 보름 앞으로 다가왔어요. 시험 보고 나서 연탄불을 피울지 말지 정하자고요."

아버지는 아무 말 않는 것으로 어머니의 제안을 받아들였다. 보름 후 어머니는 적십자사 직원 채용시험에 합격했다. 왜정 때 춘천여고를 다녔다는 실력이 어디 가질 않았다. 끊길 것 같았던 집안의 생계를 다시 어머니가 이었다. 단칸셋방 집에서 '방 셋이 있는 독채 전셋집'으로 이사해 살기 시작한 게 그 때부터다. 5남매가 부쩍 자라서 부모와 한 방에서 지낼 수 없게 된 데다가, 더 이상 집 주인의 눈치를 보며 살아서는 안 된다는 어머니의 결심이 계기였다. 그 후 전세기한이 끝날 때마다 '집 주인이 전세보증금을 너무 많이 올렸다'거나 '마침 더 좋은 전셋집이 났다'거나 하는 등의 이유로 다른 전셋집을 찾아 이사하다 보니 자주 이사하는 결과를 낳았다. 그 와중에도 '방 셋의 독채 전셋집'이란 방침을 지키려 애썼다.

잦은 이사 경험으로 우리 식구는 '밤중에 이사하되, 각자 자기 짐을 챙긴다.'는 요령까지 터득했다.

어머니가 다니던 적십자사에 사표를 낸 건, 모처럼 전세기한을 두 번이나 연장해서 4년째 살던 '교동 집'에서다. 연극 활동에 이어 이제는 예총 활동에까지 나선 아버지와의 갈등과 불화가 원인이다. 아버지는 툭하면 어머니한테 소리쳤다.

"그깟 적십자사 봉급을 몇 푼이나 받는다고 행세야! 당장 때려치워."

자신의 예총 활동이란 게 고작 교통비 정도나 나오는 활동임에도 불구하고, 집안의 생계를 떠맡아 이끌어가는 사실상의 가장인 어머니를 못 견뎌한 짓이었다. 어머니는 아버지의 타박을 참고 참다 더 이상 참을 수 없었다. 큰아들인 내가 강원대학교 사범대학 국어교육과에 합격하자마자, 기다렸다는 듯이 적십자사에 사표를 내면서 받은 퇴직금으로 입학등록금을 대고 남은 돈으로 그 동안 남한테 진 빚들까지 다 갚았다. 그러고는 집안에 들어앉았다. 오랜 세월 만에 전업주부로 돌아온 것이다. 아버지의 무능함이 그 순간부터 적나라해졌다. 생활비를 한 푼도 집에 가져오지 못하는 아버지. 당시 예총 활동은 봉사활동에 가까웠다. 여전히 가장 구실을 못하는 처지인 게 명백해짐은 물론이고 당장 식구들이 굶어죽을 판이었다. 그때 여고를 졸업한 누나가 천만다행으로 도청에 취직함으로써 식구들의 생계가 구사일생으로 이어졌다!

그러다가 3년 만에 다시 위기가 닥쳤으니 누나가 매형을 만나 결혼하면서 도청을 그만뒀기 때문이다. 매형이 어려운 처가 사정을 짐작하고서 누나가 신혼살림 중에도 친정을 돕는 걸 모른 척해 줘 다행이었다. 하지만 그것도 하루 이틀이지, 출가한 누나한테 더 이상 폐를 끼쳐서는 안 된다고 집안 내에 공감이 이뤄진 순간 '큰아들이 사범대학 4학년이니까 얼마 안 가 교사 발령을 받게 되면 더 이상 집안의 생계 걱정은 없을 것이다'는 큰 희망이 등장했다.

그렇다. 끊어질 듯 끊어질 듯 아슬아슬하게 이어진 우리 집안의 생계, 그 변곡점에 내가 누나와 함께 있었다. 철대문을 열 때마다 녹슨 쇳가루가 떨어지는 것 같은 기분 나쁜 소리는 그 변곡점의 현장임을 잊지 말라고 알리는 시그널 같았다.

"병욱이 누님이 아주 미인이야."

형의 말에 나는 상념에서 깨어났다. 형이 누나를 어려워해 앞에서 고개도 쳐들지 못했던 것 같은데 짐방에 돌아와 그리 말하다니 나는 놀랐다.

"그런 편이죠."

"연애결혼?"

"그렇죠. 도청 다니다가 매형을 만나…."

누나는 도지사 비서실 직원이었다. 여고 졸업을 앞두고 도청에서 여 임시직을 뽑는다기에 응시했는데 덜컥 도지사 비서실 근무로 합격한 거다. 여고를 다닐 때 미인 소리를 듣더니 그 덕을 본 게 틀림없었다.

누나와 나는 두 살 터울진다. 내 어릴 때 기억에 누나는 극히 평범한 얼굴이었다. 그저 눈코입이 흠나지 않게 반듯하게 생겼다고나 할까. 그러다가 여고생이 되면서부터 하루가 다르게 뽀얗게 미모를 갖추기 시작했다. 나는 '인물이 꽃처럼 피어나는 현장'을 목격했다. 그러더니 도지사 비서라는, 남들이 부러워하는 자리에 취직한 누나.

그런 누나에 반한 동료 남직원이 한둘이 아니었을 텐데 동료 직원이 아닌, 유관기관의 노총각 계장과 테니스장에서 사귀게 되면서 누나는 작년 가을에 결혼식을 올린 것이다. 매형의 현재 나이 33세이고 누나는 25세… 현재 28세인 형은 사실 누나보다 세 살이나 위다. 그런데 이 추운 겨울에 더부살이신세가 되어 누나 앞에서 고개도 똑바로 못 들고 서 있었으니, 나는 형의 그 딱한 처지에 할 말을 잃었다.

둘이 마주앉은 좁은 방에 들어차는 침묵처럼 견디기 힘든 것도 없다. 기어코 형한테 가장 궁금한 것을 물어봤다.

"도대체 말입니다, 인제 집에서 뭔 일이 있었어요?"

"…인제 집에서 가출하기 전에 우라질 놈의 객골 분교 소사 자리부터 때려쳤지 뭐야. 분교 시설이 낙후돼 지원 좀 해 달라고 청해도 감감무소식인데다가, 결정적으로는 벌써 두 해째 가을을 그 갑갑한 골짜기에 갇혀 보내려니 사람 참 환장하겠더구먼. 그래서 작정을 하고 읍내로 나와서는 술 한 잔 걸치고서 인제 교육청에 들렀지. 근엄하게 앉아 있는 작자들한테 사표를 냅다 던지고는 내가 어떻게 한 줄 알아? '분교라고 지원도 제대로 안 해줘서 더 이상 못 해먹겠수다. 에이 잘 먹고 잘 살아라 썅!' 소리치면서 냅다 팔뚝질을 하고는 나와 버렸다니까."

나는 배꼽 잡고 웃으면서도 이어질 뒷얘기가 궁금했다.

"그런 뒤에 어떻게 됐어요?"

"실직자가 됐지 뭐야. 내가 그렇게 되니 집에서 계모가 가만있나? 눈엣가시를 산골짜기 객골에 잘 처박아둔 줄 알았는데 기어 나와서는 빈둥빈둥 집에서 놀고 있으니! 결국 어제 아침 밥상에서 대판 싸움난 거지."

"솔직히 형이 계모랑 싸우기는 한두 번이 아닐 텐데… 유독 이번만은 왜, 이 추운 날씨에 가출까지 한 겁니까?"

형이 고개를 저으면서 말했다.

"병욱아. 더 얘기하고 싶지 않다. 나중에 때가 되면 얘기해줄까, 지금은 아니다."

"……."

좁은 방 안에 다시 침묵이 들어찼다. 형이 문득 자기가 차지한 아랫목을 손바닥으로 쓰다듬는데 '아랫목이나 따끈하면 얼마나 좋을까'하는 얼굴빛이다.

이 짐방의 아궁이도, 안방의 아궁이와 한 부엌에 있다. 누나가 시간 맞춰 또박또박 연탄불을 갈아주는 거로 안다. 그런데도 아랫목이 그다지 따뜻하지 못하다. 불현듯 내게 이런 생각이 들었다. '혹시 누나가 이 방의 연탄을 아끼느라 구멍을 꽉 막아놓은 게 아닐까?'

연탄불을 조절하기 위해 아궁이에 바람구멍이 있다. 꽉 막아놓으면 연탄불이 희미한 채로 오래갈 수 있다. 없는 살림에 추가로 드는 연탄이니까 한 장이라도 아껴야 한다고 누나가 생각할 수 있지 않을까?

'이대로 있어서는 안 된다!'는 생각에 나는 자리에서 일어났다. 부엌에

가 짐방 쪽 아궁이의 바람구멍을 살폈다. 헝겊뭉치로 반쯤만 막아놓아서 연탄불이 파릇파릇 잘 살아 있었다. 누나를 잠시 오해했다. 다시 짐방으로 들어가 형한테 말했다.

"아궁이에 연탄불이 잘 타고 있더라고요. 그래도 아랫목이 생각만큼 따뜻하지 못한 건 이 겨울이 만만치 않은 겨울이기 때문이 아닐까요? 형. 기왕에 '겨울' 얘기가 나왔으니 김승옥의 '서울, 1964년, 겨울'이나 한 번 얘기합시다."

형이 활짝 웃으며 화답했다.

"거, 조옹지!"

신예작가 김승옥은 단편소설 '서울, 1964년, 겨울'로써 제 10회 동인문학상을 받으면서 문단에 선풍을 일으켰다. 형과 나는 약속이라도 한 듯이 그 소설의 앞부분을 함께 소리 높여 암송했다.

"1964년 겨울을 서울에서 지냈던 사람이라면 누구나 알고 있겠지만, 밤이 되면 거리에 나타나는 선술집…… 오뎅과 군참새와 세 가지 종류의 술등을 팔고 있고, 얼어붙은 거리를 휩쓸며 부는 차가운 바람이 펄럭거리게 하는 포장을 들치고 안으로 들어서게 되어 있고, 그 안에 들어서면 카바이드 불의 길쭉한 불꽃이 바람에 흔들리고 있고, 염색한 군용 잠바를 입고 있는 중년 사내가 술을 따르고 안주를 구워 주고 있는 그러한 선술집에서, 그날 밤, 우리 세 사람은 우연히 만났다."

아, 얼마나 친근하면서도 드라이한 도입부인가. 형과 나는 한동안 소설 속 현장에 있는 듯한 감회에 말을 잇지 못했다. 이윽고 형이 말했다.

"화가가 될 꿈만 꾸던 내가 소설가가 된다면 얼마나 폼 날까 생각하게 된 게 바로 이 소설 때문이지. 아무 관계도 아닌 세 사람이 우연히 포장마차에서 만나는 첫 장면부터 얼마나 기똥차냐? 마치 우리가 이 세상에 태어나 만나는 과정처럼 모든 게 우연일 뿐이라는 암시지."

"현대인의 개인주의를 적나라하게 보여주는 장면이기도 하죠. 평론가들은 이것을 '파편화된 소시민들'이라 하더군요."

"작품의 결말에서, 함께 지낸 사람이 주검으로 발견됐는데도 애도나 사후 처리 같은 것 하나 없이 그 자리를 부리나케 떠나버리는 장면! 정말 폼 나지 않아? 현대인의 소외를 이렇게 잘 보여줄 수가 있냐고?"

얘기는 전란의 죽음을 다룬 '건'으로, 다음에는 '안개'라는 영화로까지 만들어진 '무진기행'으로 이어져갔다. 그렇다. 형과 나는 드디어 문학 얘기에 빠져들었다. 다섯 살 나이 차에, 살아온 환경도 다르고, 심지어는 체형도 대조적인 우리가 (나는 넓적한 체형이고 형은 바짝 마른 체형이다.) 몇 시간이고 얘기 나눌 수 있는 건 문학, 특히 소설이라는 공감대가 있기 때문이다.

돌이켜보면 형과 나는 1년 전의 첫 만남 때에도 금세 소설 얘기에 빠져들었다.

1년 전인 1972년 8월 초순의 어느 날, 나는 시내에서 교대 방향으로 가는 시내버스를 탔다. 강원대 교지 편집을 맡아 10월에 발행될 교지의 표지화를 해결하기 위해서다. 원고 수집은 다 돼 가지만 표지화가 안 돼 걱정이었다. 강원대에 아직 미술 관련 과가 없었기 때문이다. 하는 수 없이 여기저기, 표지화를 그려줄 만한 사람을 수소문해 찾다가 이웃한 교대에 '그림을 잘 그리는 나이 많은 복학생이 있다'는 얘기를 듣고는 그 날 오후에 교대 방향으로 가는 시내버스를 무작정 탄 거다.

시내에서 교대까지는 시오리 남짓. 20여 분 만에 도착해 시내버스에서 내렸는데, 아뿔싸, 교대도 우리 강원대처럼 여름방학이라 캠퍼스에 인적이 없었다. 참 난감했다. 맥 빠질 노릇이지만 천생, 다시 돌아갈 수밖에 없었다.

시내 쪽으로 가는 시내버스를 기다리고 섰다가 마침 옆으로 지나가는 노인한테 혹시나 하는 심정으로 여쭈었다.

"실례지만… 이 동네에 사는, 그림 잘 그리는 나이 많은 학생을 아십니까?"

"아하, 그 학생이 대낮부터 저 길 건너 대폿집에서 죽치고 있는 것 같더라고. 거기로 가 봐."

"아이고 고맙습니다!"

나는 노인한테 감사해 하면서 속으로 '대낮부터 대폿집에 있다니 참 어지간한 작자다!'라는 생각을 했다.

과연 길 건너 조그만 대폿집에 그가 앉아있었다. 다른 사람이라고는 주모밖에 없었으니 내가 찾는 사람인 게 분명했다. 그는 혼자 막걸리를 마시고 있었다. 누구한테 주먹으로 한 대 맞기라도 했는지 왼쪽 눈 주위가 시커멓게 멍든 채 나를 힐끗 쳐다보았다. 나는 술주정뱅이 같은 그 모습이 실망스러웠지만 어쨌든 정중히 고개 숙이며 물었다.

"혹시 그림을 그리는 분이 맞습니까?"

"…그런데요."

나는 찾아온 용건을 밝혔다. 그가 긴장했다가 이내 활짝 웃으며 악수를 청했다.

"교지 편집을 맡았다니 필경 문학을 아는 분이지! …반갑습니다. 우선 제 술 한 잔 받으슈."

내가 공손히, 받은 술잔을 비우고 다시 넘겼다. 그가 내가 따라준 막걸리를 단숨에 들이키고는 단도직입적으로 이렇게 물었다.

"김승옥의 '서울, 1964년, 겨울'을 어떻게 생각하슈?"

바로 그 순간부터 그(형)와 나는 소설 얘기로 빠져들었다. 다른 술꾼들이 들어와 소설 얘기를 편히 나눌 분위기가 못 되자 형이 내게 제의했다.

"가까운 데에 제 하숙방이 있으니 그리로 갑시다. 그 방에서 술 마시며 밤새 문학 얘기 원 없이 나눕시다."

막걸리 값을 내가 치르려 하자 형이 한사코 가로막으면서 주모한테 이리 말했다.

"장부에 잘 적어놓으슈."

외상으로 한다는 뜻이었다. 나는 민망해하다가 하는 수 없이 형을 따라 대폿집을 나왔다. 자기 하숙방으로 간다는 형이 이번에는 웬 구멍가게 앞에서 걸음을 멈추더니 내게 이리 말했다.

"좋아하는 술과 안줏거리를 마음껏 집으슈. 여기는 내 가게나 다름없거든."

사실 가게 물건이 워낙 빈약해 마음껏 집을 술과 안줏거리가 못됐다. 어쨌든 나는 소주 두 병과 마른 오징어, 고등어통조림을 집었다. 형이 나보고 더 집으라고 재촉하다가 내가 다 집었다고 하자 가게 주인한테 말했다.

"장부에 잘 적어놓으슈."

사는 동네의 대폿집과 구멍가게에 쉽게 외상이 되던 기이한 현상의 까닭을 내가 알게 된 건 그 몇 달 후다. 형이 그 해 정초 강원일보 신춘문예 단편소설 부문에 '견습 어린이들'로 당선되면서 받은 상금을 한 푼도 남기지 않고 그런 외상값 갚는 데 다 썼단다. 그 바람에 동네 대폿집과 구멍가게에서 형이 지는 외상이라면 두 팔 벌려 환영하는 입장이었으니….

형의 하숙집은 '교대 앞 동네'에 있었다.

교대 앞 동네에 가면 교대생들이 자취하거나 하숙하는 집들이 한 집 건너 한 집 식으로 흔하다더니, 그 중 한 집이었다. 주인 네가 사는 방이 두 칸 있고, 그 옆으로 붙여 지은 한 칸짜리 방이 형의 하숙방이었다. '동네 사람들이 교대생들을 하숙쳐서 부수입을 쏠쏠히 올리는 걸 보고 뒤늦게 허겁지겁 방 한 칸을 덧붙여서 만든 하숙방'이 아닐까? 그러지 않고서야 전체적으로 5도쯤 기운 그 하숙방을 해명할 수가 없다.

형이 방문을 열면서 내게 말했다.

"누추하지만 들어오슈."

나는 '누추하다'는 말이 실제와 일치하는 공간에 따라 들어갔다. 좁은 방에는 그림을 그리다 만 캔버스, 붓, 물감, 담배꽁초, 빈 술병 등이 가득했다. 그것들을 한 쪽으로 치우고 난 데가 사람이 앉을 자리였다. 방문부터 경첩 하나가 망가져 겨우 붙어있는 데다가 방벽 사방에는 물감이 흩뿌려져 있었다. 게다가 방구석의 거무칙칙한 먼지덩이들. 방 청소를 한 번도 안 했을 것 같았다. 형이 나한테서 소주병을 건네받더니 숟가락으로 병마개를 '따각' 따면서 말했다.

"정말 소설 쓰는 사람 만나기 어려운데 오늘 형씨처럼 소설 쓰는 사람을 만나다니 얼마나 반가운지! 그래, 전에 쓴 소설을 보여줄 수 있습니까?"

"이럴 줄 알았으면 오늘, 한 편이라도 갖고 오는 건데."

"다음에 꼭 갖고 와서 보여주시기를!"

"제가 한참 어린 것 같은데 말을 놓으셔도 됩니다."

"그런가요? 그래도 초면에 말을 놓기는 좀."

할 때 나방 한 마리가 방으로 들어와 백열전구에 부딪쳤다가 방바닥에 떨어졌다. 간신히 붙어 있는 방문이라 틈이 벌어졌기 때문이다. 모기는 말할 것도 없다. 형과 나는 모기들에 여기저기 뜯기면서, 나방날개에 부딪히면서… 소주잔을 주고받으며 얘기를 이어나갔다. 얘기는 소설에서 시작해 '인생의 본질' 같은 철학문제까지 나갔다가 돌연 가수 박인희가 부르는 '모닥불'의 가사에 대한 의견까지 나누고 있었다. 그러는 중에 교대 후배들이 다녀갔다.

낡은 바이올린을 들고 와서 두어 곡 연주한 뒤 형과 나한테 깍듯이 거수경례를 붙이고 사라진 후배. 스케치북을 들고 와서 그린 그림을 형한테 펼쳐보이고는 평을 듣고는 호주머니에서 새 청자 담뱃갑을 꺼내 방바닥에 놓은 뒤 정중히 사라지는 후배. 아무 말 없이 들어와 형과 내가 나누는 대화를 경청하다가 소주까지 대여섯 잔 받아 마시고는 슬그머니 가 버리는 후배.

그런 자유분방한 분위기 속에서 형과 나는 대화를 밤새 이어갔다.

나중에 깨달은 사실은, 나는 교대 앞 동네의 '자유 구역'에 초대됐던 거였다. 방학인데도 고향에 가지 않고 남아서 음악 미술 문학에 빠져 지내는 젊은 영혼들의 자유로운 구역! 물어보진 못했지만 분명히 교대 졸업을 최소한 한두 해쯤은 미루고들 지내는 것 같았다. 그 자유 구역의 우두머리가 외수 형이었다. 누구한테 주먹으로 한 대 얻어맞았는지 왼쪽 눈 주위가 시커멓게 멍든 얼굴에, 여기저기 물감이 잔뜩 묻은 와이셔츠 차림에, 한 손에 소주잔을 쥐고서 쉴 새 없이 늘어놓는 달변에 ― 형은 명실공히 교대 앞 자유 구역의 우두머리가 틀림없었다.

5도쯤 기울어진 그 하숙방에서 형과 나는 날이 훤하게 밝아올 때까지 밤새 얘기 나누었다. 별의별 얘기를 다 나눈 듯싶으나 기조는 문학이었다.

배호의 '안개 낀 장충단 공원'에 등장하는 안개와 김승옥의 '무진기행'에 등장하는 안개의 차이점을 논하는 식으로 말이다.

참 이상했다. 형과 나는 나이 차도 다섯 살이나 되고 살아온 과정도 많이 다른데 문학 얘기 하나는 잘 통했다.

아침이 훤하게 밝아오면서 형과 나는 제각기 방벽에 기댄 채로 잠들었다. 서너 시간을 자고 깨어나니 벌건 대낮. 나는 그 때부터 나도 모르게 '형'이라 부르고 있었다.

"형. 정말 오랜만에 문학 얘기 한 번 많이 나눴습니다."

"벌써 가려고? 아니지. 모처럼 얘기가 잘 통하는 귀빈을 만났는데 내가 이대로 보낼 것 같소? 천만에."

"여태 마신 술로도 충분합니다."

"아니지. 오늘이 마침 복날이거든. 그대가 복날 음식을 대접 받고 가야 내 마음이 편하지."

그러고는 방문을 열어젖히고 냅다 소리 질렀다.

"쥔장어른! 쥔장어른! 이리 좀 와 봐요."

얼마 후, 러닝셔츠 차림의 40대 중반으로 보이는 사내가 하숙방 앞에 모습을 나타냈다. 형이 우선 사내와 나를 서로 인사 소개부터 시켰다. "이쪽은 여기 하숙집 주인장이시고… 이쪽은 시내에서 온 귀빈."

그런 뒤 냅다 사내를 야단쳤다.

"오늘이 복날인데 너무한 거 아닙니까? 개고기가 비싸서 힘들면 닭이라도 한 마리 잡아서 하나뿐인 이 하숙생한테 복날 음식을 내와야지! 하숙비 좀 밀렸다고… 모른 척하는 거요 뭐요?"

사내가 울화가 치미나 꾹 참는 낯으로 고개를 주억거리고는 사라졌다. 나는 좌불안석이 됐다. 옆구리 찔러서 절 받기도 어지간해야지, 하숙비까지 밀린 처지에 하숙집 주인한테 복날 음식을 대접 받으려 한다니!

좌불안석인 내 심정도 모르고 형은 여전히 분노했다.

"하숙집이라는 게 한 지붕 밑에서 한 솥 밥을 먹는 관계이니까 한 식구나 다름없잖소? 하물며 이 집의 하숙생이라고는 이 '이외수' 하나. 마당의 닭 한 마리 잡으면 얼마든지 화기애애해지고 아름다운 미풍양속도 온전히 유지되는 것이거늘 그깟 몇 푼 아낀다고!"

…뜻하지 않게 복날 음식 대접까지 받은 나는, 그쯤에서 자리에서 일어나 귀가하려 했다.

"형. 정말 오랜만에 문학 얘기 한 번 많이 나눴습니다."

"아니, 부탁한 교지의 표지화를 시작도 안 했는데 어떻게 자리에서 일어나나? 표지화는 문학 얘기를 다하고 나서 슬슬 그릴까 하는데. 하하하."

형과 내가 바로 1년여 전에 석사동 교대 앞, 한 편으로 5도쯤 기울어진 하숙방에서 떠들썩하니 그랬었는데 이제는 운교동 누나네 짐방에서 조용조용 대화나 나누고 있었다.

한 시간 넘게 대화를 나누다 보니 좀 쉬고 싶었다. 이심전심이랄까 각자 말을 멈추고서 한동안 무료하게 앉아있는데 형이 불현듯 물었다.

"그런데 넌… 사귀는 여자도 없냐?"

03. 짐방

　나는 쉽게 대답 못했다. 형이 구체적으로 재촉했다.

　"써글 놈아. 얼마 안 있으면 대학 졸업식이 있을 텐데 그럴 때 축하해 주는 여자 친구 하나 없냐고."

　나는 내심 놀랐다. 다른 사람도 아닌 형이 대학 졸업 운운하다니. 내가 소문 들어 아는데 형은 대학 졸업 같은 건 관심 밖인 사람이었다. '강의 받다가 강의 내용이 마음에 안 들면 아무 말 없이 강의실을 나와서 부근의 풀밭에 누워 낮잠을 자는 괴물'이라니 오죽하랴. 학점 관리는 애당초 관심 밖. 남들은 다 하는 2년제 교대 졸업을, 10년 가까이 휴학과 복학을 거듭하다가 자퇴하고 말았다니…. '아니, 형이 대학 졸업 운운하니까 참 어울리지 않네요' 말하고 싶지만 그만뒀다. 추운 겨울에 춘천까지 양말도 못 신고서 나를 찾아온 사람한테 할 말이 못 된다는 생각에서.

　"졸업식 때 축하해줄지 모르지만… 여자 친구는 하나 있지요."

　하는 내 말에 형이 '이것 봐라' 하는 재미난 표정이 되어 물었다.

　"한 번 여기 놀러오라고 할 수 없냐? 심심한데 얘기라도 나누게."

　"그럴까요?"

　"그래."

　하는 수 없었다. 나는 양털잠바를 걸치고서 짐방을 나섰다. 녹슨 철대문을 열고 거리로 나왔다. 천생 명자를 데려오는 수밖에. 그러려면 전화 걸어야 한다. 가까운 8호 광장 길모퉁이에 주황색 공중전화가 설치돼있다.

　동전을 공중전화 구멍에 넣고서 다이얼을 돌렸다. 신호가 가다가 '덜컥' 한 뒤 명자 어머니 목소리가 났다.

"여보세요."

"명자네 집이지요. 저는 같은 과 학생인데요, 뭘 물어볼 게 있어서."

내 말이 끝나기 전인데 명자 어머니가 명자를 부르는 소리가 들렸다.

"명자야, 전화 받아봐라. 웬 남학생이다."

얼마 후 명자 목소리가 들려왔다.

"여보세요."

"나야. 뭐하니? … 다른 게 아니고 나하고 친한 형이 있는데 한 번 너랑 함께 얘기 나누고 싶다는데, 올 수 있겠니?"

"내가 뭐 하러?"

순간 나는 속으로 '형한테 괜히 여자 친구가 있다고 말했나 보다' 후회했다. 성질 같아서는 통화를 중단하고 싶었지만 꾹 참고서 명자를 달랬다.

"요즈음 내가 누나네 집 건넛방에서 그 형과 같이 지내고 있어. 그럴 만한 사정이 있지. 형도 형이지만 사실은 누나가 너를 더 보고 싶어 해."

하는 수 없이 거짓말을 보탰다. 명자는 춘천여고 2년 선배인 누나를 잘 알뿐더러 누나의 초대로 이 집에 다녀간 적도 있다. 내가 얹혀살기 전의 일이다.

명자가 잠시 생각하는 것 같더니 말했다.

"알았어, 갈게. 언제 갈까?"

"바쁜 일 없으면 오늘 와."

"그럼… 두 시간 후에 갈게."

통화가 끝났다. 진땀이 난다. 정말 명자와 나 같은 어설픈 남녀 사이도 없을 것이다.

명자와 나는 같은 과 동기다. 강원대는, 다니는 시내버스도 없는 학교라 입학하면서부터 그 먼 비포장 등굣길을 걸어 다녀야 했다. 그렇게 등교하다가 자주 마주친 같은 과 동기 여학생이 명자다. 처음에는 여학생과 같이 걸어간다는 게 멋쩍어서 일정 거리를 두었으나 '같은 과이면서 거리 두고 걷는다는 게 더 이상하다'는 생각도 들어 어느 날부터 함께 걸어가게 되면서 가까워진 사이다.

그러다가 사건이 생겼다. 이듬해인 1971년 가을 어느 날 내가 명자가 아닌, 사회교육과 1학년생인 영미와 사랑에 빠져버린 사건이다. 내게 명자는 단지 '등굣길을 함께하는 같은 과 여학생'일 뿐이었다. 나는 그런 생각이었는데 명자는 달랐다. 마음의 상처를 받았는지 나와 함께 등교하는 일부터 피했다. 등굣길에서 보면 못 본 체 먼저 부리나케 걸어가거나, 뒤로 떨어져오거나 하는 식이다. 그러거나 말거나 나는 영미와 사랑에 빠졌다가… 몇 달 만에 헤어지고 말았다. 그 잘못은 전적으로 내게 있었다. 영미한테 다시 만나기를 바랐으나 한 번 돌아선 마음은 되돌릴 수 없었다.

나는 어처구니없게도, 그제야 명자를 떠올렸다. 뒤늦게나마 명자야말로 마음 편한 연인이 될 수 있을 거라는 생각이 들었으니.

하지만 명자는 명자대로 그 사이에 다른 과 남학생을 만나고 있어서, 한 번 만나자는 내 제의부터 거절했다. 속된 말로 자기가 꿩 대신 닭이 된 것 같은 불쾌감에서일까. 어쨌든 나는 두 여자 사이에서 꼴만 우습게 되었다. 그러다가 명자가 그 남학생과 우여곡절 끝에 헤어졌다. 명자와 나는 2년 만에 재회할 수 있었다. 하지만 무의미한 재회였다. 경쟁하듯 상대편에게 안긴 마음의 상처가 쉬 아물지 못했기 때문일 게다. 실토하자면 나는 여전히 영미를 그리워하고 있어서 명자에게 진정으로 다가가기 힘들었다. 명자는 그런 내 속내를 눈치 챘다. 결국 우리는 사랑의 감정도 없어서 이번 경우처럼 내가 모처럼 전화했는데도 그다지 반가워하지 않는, 미적지근한 사이가 돼 버린 거다.

이제 돌이켜보면 명자는 나한테 당한 자존심의 상처 때문에 그런 미적지근한 태도를 보인 듯싶다. 하물며 명자의 그 때 나이가 23세였으니 여자로서는 결혼을 생각할 나이였다. 사내인 내게 결혼은 몇 년은 더 지나서 생각할 나중의 문제였지만 명자에게는 시급한 문제였다는 것을 깨닫지 못했으니….

녹슨 철대문이 열리는 기분 나쁜 소리가 들린 데 이어, 누나네 안방 문을 두드리면서 '언니 저예요' 하는 목소리가 들렸다. 명자가 온 것이다. 미리 나한테서 '명자가 놀러올 거'란 얘기를 들은 누나가 안방 문을 열면서 명자를 반가이 맞는 소리도 들려왔다.

"아니 뭘 사 갖고 왔어? 그냥 오지."

그러면서 안방 문이 닫히는 소리가 났다. 내가 형한테 소리죽여 말했다.

"제 여자 친구가 지금 왔어요. 조금 기다려 봐요."

안방에 누나랑 같이 있는 명자. 무슨 얘기를 나누는지 생각보다 오래 있다.

누나는 명자를 좋아한다. 언젠가 내게 '요즘 세상에 명자처럼 착하고 좋은 애가 어디 있냐? 나는 네가 여기저기 기웃대지 말고 명자를 잡았으면 좋겠다'고 노골적으로 말한 적도 있다. 그 말에 내가 이리 대꾸했다.

"누나도 참. 나는 걔를 만나면 아무런 감정이 없다니까. 생각해 보라고. 늘 보던 여자애한테 무슨 감정이 있어? 아무렇지도 않아. 남자 친구나 다름없어."

"바로 그거야. 남자와 여자는 결혼해 같이 살다보면 친구처럼 된다고들 그래. 그러니까 내가 보기에 너한테는 명자가 천생연분이야. 이제 얘기인데 명자가 가정환경도 좋잖니? 우리처럼 사방으로 이사 다니는 일 없이, 자기네 집도 번듯하게 있는 유복한 환경이더라. 아버지가 세무서 과장이라던데 너는 그런 여자를 잡아야 돼. … 이제 얘기인데 내가 네 매형을 만난 지 얼마 안 돼 결혼을 서두른 건, 지지리도 못 사는 친정을 한시라도 빨리 벗어나고 싶어서였다고."

처음 듣는 말에 놀란 내게 누나가 한 마디 더했다.

"너는 지겨운 가난을 벗어나게 할 복덩이가 눈앞에 있는데 그걸 모르고 있어. 그 복덩이가 명자야."

나는 속으로 '명자가 지난번 누나네 집에 예쁜 아기 옷 한 벌을 사갖고 왔다더니 누나가 그래서 명자한테 반했나 보다' 생각하고는 이런 말을 하며 자리에서 일어난 기억이다.

"나는 어쨌든 명자를 만나면 아무런 감정이 없어. 그러니까 누나, 강요하지 말라고. 누가 알아? 나중에 감정이 생겨날지."

"안에들 계시나요?"

안방에서 나온 명자가 집방 문을 노크했다. 형이 내가 준 양말까지 신고서 똑바로 앉았다. 다른 때에는 벽에 등을 기댄, 축 늘어진 자세였다.

"들어와."

하면서 내가 방문을 열어 명자를 맞아들였다. 명자는 두툼한 오버 차림에 꽃무늬 털모자를 썼다. 형이, 비좁은 방에 놀라서 두리번거리며 문가에 앉는 명자한테 말했다.

"병욱이한테 얘기 많이 들었습니다. 한 번은 만나볼 날이 있으리라 생각했지요."

형이 인사치레로 한 말인데 명자는 놀라서 받아들였다.

"어머, 저에 대해 무슨 얘기를 많이 들었어요? 저는 단지 같은 과 동기라는 것밖에는… "

형이 할 말을 잃었다. 하는 수 없이 내가 끼어들었다.

"형이 그냥 하는 얘기야. 하하하."

형도 멋쩍게 따라 웃었다. 명자는 웃지 않고 긴장한 표정이었다. 나중에 내가 깨달은 사실은, 명자 입장에서는 생판 처음 겪는 상황에 긴장할 수밖에 없었다. 한쪽에 짐들이 빼곡히 쌓여 경춘선완행열차 객석처럼 비좁기 짝이 없는 방… 얼굴이 시커멓게 죽은 '형'이란 사내… 난데없이 전화하여 오라 해 놓고는 딱히 할 말이 없어 보이는 '나'… 벽 여기저기 주문처럼 써 붙여놓은 '겨울'이란 글씨들….

내가 다시 말했다.

"졸업 앨범 사진은 찍었니?"

"찍었지. 너는?"

"아직 못 찍었어."

"빨리 찍어. 연말까지라는데 연말이 다 돼가잖아."

"그렇지. 연말이 며칠 안 남았지."

그 때다. 명자와 나의 무료한 대화를 지켜보던 형이 명자한테 무리수를 둔 것은.

"이 방 벽의 '겨울' 글씨들을 어떻게 생각하십니까?"

"?"

"폼 나지 않습니까?"

"?"

형이 잠시 뜸을 들이더니 이윽고, 지나간 시대의 변사처럼 과장된 어조로 말하기 시작했다.

"병욱이와 나는 이 '겨울' 글씨들을 보며 김승옥의 서울 1964년 겨울을 한참 얘기했걸랑요. 그 소설의 처음이 얼마나 폼 납니까? 1964년 겨울을 서울에서 지냈던 사람이라면 누구나 알고 있겠지만, 밤이 되면 거리에 나타나는 선술집…… 오뎅과 군참새와 세 가지 종류의 술 등을 팔고 있고, 얼어붙은 거리를 휩쓸며 부는 차가운 바람이 펄럭거리게 하는 포장을 들치고 안으로 들어서게 되어 있고."

까지 하고 말았다. 명자가 '이분이 갑자기 왜 목소리를 높여가며 그러는 거야?' 하는 놀란 표정으로 앉아있을 뿐이니 형은 문학 얘기로 전개해 나갈 기세를 잃고 만 것이다.

명자는 얼마간 무료하게 앉아 있다가 일어났다.

"다른 바쁜 일이 있어서 이만 가야겠어요."

내가 명자를 기분 나쁜 소리를 내는 철대문 밖까지 배웅하고 돌아오자 형이 어처구니없다는 표정으로 말했다.

"웬 놈의 여자가, 멋대가리 하나 없기는."

"원래 문학 얘기 같은 건 관심 없는 애였어요. 하하하. 사실 제가 여기 데려오고 싶은 다른 여자가 있었는데 '영미'라고."

"그럼 진작에 영미를 데려오지 그랬어?"

"첫사랑인데 … 깨져버렸거든요."

형이 흥미를 느껴 캐물을 줄 알았는데 그렇지 않았다.

"아아, 깨진 사랑 얘기는 하지 말자. 깨진 사랑은 떠올리기만 해도 가슴이 아프니까. 이 추운 겨울에, 아물어가던 가슴까지 다시 아프면 어디 살겠냐? 안 그래?"

그 말에 나는 '형. 그 깨진 사랑 얘기를 한 번 들려주면 안 될까요?' 부탁하고 싶은 걸 참았다.

명자가 무료하게 다녀가고 형과 나는 짐방에 틀어박혀 이런저런 얘기를 나누다가 낮잠도 자고 … 밤잠도 자고 그러면서 며칠이 흘렀다. 성탄절 전 날이 됐다. 부근 어느 교회에서부터 '기쁘다 구주 오셨네. 만백성 맞으라' 찬송가가 종일 들려왔다.

"형. 오늘은 밖에 나가서 술 한 잔 합시다."

내게는 지난번 누나한테서 받은 용돈이 양털잠바 안주머니에 그대로 있다. 형과 같이 방에서 며칠 지내는 동안 이상하게도 나가서 술 한 잔 할 마음이 생기지 않던 것이다. 형이야 돈 한 푼 있을 리 없으니 '우리 나가서 술 한 잔 할까?'같은 제의를 하기 어려웠다. 천생 내가 그런 제의를 했어야 되는 일인데 단 한 번도 그러질 못하고 며칠을 무료하게 짐방에 틀어박혀 있었다. 참 이상했다.

오늘은 밖에 나가서 술 한 잔 하자는 내 제의에 형이 뜻밖의 반응을 보였다.

"글쎄…."

그러고는 앉아있는 아랫목을 손바닥으로 만졌다. 더 말은 않지만 '추운 날씨에 밖에 나가고 싶지 않다'는 뜻이 읽혔다. 그렇다. 겨울이면 엄청 추운 분지형 도시 춘천에 한파가 몰아쳤다. 밤잠 자고 나면 짐방 벽에는 허연 성에가 가득 피었고 하나뿐인 작은 창문은 완전히 얼어붙어서 간단한 실내 환기도 할 수 없었다. 내가 식사를 챙기러 부엌에 갈 때면, 쥐는 순간 손에 '쩍' 달라붙는 차디찬 쇠 문고리를 각오해야 했다. 라디오가 방에 없어서 못 듣는데 '시베리아에서 발달한 한랭 기류가 한반도 상공으로 내려와…' 하는 기상 해설이 뉴스에 나올 듯싶었다.

형이 이런 말을 다 했다.

"우라질! 얼마나 추우면 연탄불을 때는데도 방벽에 성에가 허옇게 피냐? 이건 아무래도 네가 '겨울' 글씨들을 주문처럼 여기저기 써 붙여놓은 때문이 아니겠어? 주문이 제대로 작동한 거지."

몇 년 뒤의 일이다. 따뜻한 아파트로 이사 와 사는 누나가, 오랜만에 찾아온 내게 안타까운 표정으로 실토했다.

"글쎄, 그 짐방이 구들을 엉망으로 놓아서 불길이 제대로 돌지 않았다는 게 아니냐? 그런 방이니 방벽에 성에가 피도록 추웠을 수밖에. 그런 엉터리 방에서 너를 겨울 나게 했으니… 생각만 해도 가슴이 아프다. 그 집 주인이 날림으로 집 하나를 더 지어 세 받아먹을 욕심만 있었지, 세든 사람 처지는 하나도 생각 안 한 거야. 정말 나쁜 사람이지."

아, 그래서 형과 나는 그 겨울 짐방이 별나게 추웠던 것을! 정말 어이없고 기가 막힌다.

나가서 술 한 잔 하자는 내 제의에 형이 이렇다 할 반응을 보이지 않자, 나도 밖으로 나갈 생각이 사라졌다. 구주 오셨다고 어느 교회의 찬송가가 들리는데 형과 나는 우울하게 이불이나 두르고 앉아 있었다.

그 때 철대문 열리는 기분 나쁜 소리에 이어 인기척이 가까워지더니 귀에 익은 목소리가 들렸다.

"뭐해요, 형?"

장호가 나를 찾아왔다.

04. 미코노스 항(港)

 장호는 시를 쓰는 후배다. 나하고는 문학을 한다는 사실 말고도 '아버지가 가장 구실을 제대로 못해 집안형편이 어렵다'는 공통점이 있다. 장호 아버지는 원래 춘천 시청의 과장이었는데 '새로 부임한, 자기보다 나이 어린 시장의 업무 지시를 못 견디겠다며 덜컥 사표 내 버리고서 무직자가 된' 경우다. 아무 대책 없이 가장이 그리 되니 장호 어머니가 생계대책에 나서야 했다. 슬하의 4남매까지 여섯 식구를 먹여 살리는 일은 막막해 보였다. 궁리 끝에 살던 집을 팔아 그 돈으로 '방이 여럿인 기와집'을 전세로 얻어, 시골에서 올라온 대학생들을 상대로 하숙치기 시작했다. 종일 하숙생들 뒤치다꺼리에다가, 여유 있는 벌이도 못 되지만 달리 생계대책이 없어 그렇게 살고 있다. 참 고달프고 어려운 생활이다.

 춘천이 좁은 곳이라 그럴까, 장호 아버지와 우리 아버지는 왜정 때 춘천고를 같이 다닌 동기다. 우리 어머니가 언젠가 나와 누나만 있는 자리에서 이렇게 두 사람을 험담한 적도 있다.

 "아는 사람들이 이리 말하며 나를 놀린단다. '춘천에서 좋은 학력 갖고도 제 자리 못 잡고 어렵게 사는 사내가 딱 둘 있는데 그게 누구누구인지 알겠냐?'고. … 그래, 왜정 때 고등학교를 나온 사람이 얼마나 됐겠냐? 극소수이지. 극소수만 가진 그 좋은 학력 갖고도 처자식을 고생시키다니 얼마나 한심한 인간들이냐!"

 "뭐해요 형?"
 장호는 나를 볼 때마다 그렇게 묻듯이 인사한다. 오늘은 그런 뒤에 한 마디 덧붙였다. "성탄절 전야에."

방에 들어서는 낯선 장호를 보며 엉거주춤 아랫목에서 일어나는 형. 내가 두 사람을 인사 소개 시켜줬다.

"서로 얘기 들어서 알 겁니다. 이쪽이 그림도 그리고 소설도 쓰는 이외수 형, 이쪽이 시를 쓰는 제 후배 박장호."

두 사람이 악수를 나누고서 앉았다. 방이 좁아 장호는 방문에 기대고 앉을 수밖에. 그러니 방이 갑갑해서라도 밖으로 외출할 수밖에 없었다. 형이 웃으며 말했다.

"우리 어디 가서 술잔을 나누며 폼 나게 문학 얘기나 할까?"

그렇게 해서 성탄절 전 날 저녁에, 우리 셋은 추운 거리로 나왔다. 술집을 찾아가는 발걸음은 천생 주머니에 돈이 있는 사람이 앞장서게 돼 있다. 나는 두 사람 앞에 서서 8호 광장을 지나 운교동 파출소 맞은편 골목으로 갔다. 저렴한, 식당 겸 술집들이 모여 있는 골목이기 때문이다. 여러 집 중 그냥 발길 닿는 대로 한 집의 출입문을 열고 들어갔다. 10평 정도 넓이에 방과 홀로 반분돼 있는 집이다.

방은 창호지문이 닫혀 있는 걸로 봐서 주로 주인의 거소로 쓰이는 것 같고… 홀에는 폐 드럼통을 활용한 '닭갈비를 굽는 둥근 쇠판'상이 두 개 놓여 있다. 우리 셋은 출입문 쪽 상에 자리 잡았다. 낯선 사내가 안쪽 상을 혼자 차지했기 때문이다.

"어떻게 해 드릴까요?"

뒤늦게 주모가 방문을 열고 나오며 주문을 바랐다. 나는 짧은 순간이지만 '힘들게 누나한테서 받은 용돈인데 낭비해서는 안 된다'고 생각했다. 형이나 장호나 돈 한 푼 없는 신세다.

"닭갈비 한 대와 막걸리 한 되요."

"세 분이서 닭갈비 한 대로는 부족할 텐데."

"그러면 두 대 시킬까요?"

"시키는 김에 세 대 시키시지."

"뭐, 먹다가 부족하면 그 때 또 시킬 겁니다."

그런 뒤 기다리고 앉아들 있는데 주모가 아닌 다른 여자가 막걸리 주전자와 닭갈비 담은 쟁반을 양손에 나눠들고서 방에서 나와 우리 상에 다가왔다. 방이 주방으로도 쓰이는 것 같았다. 여자는 형보다도 서너 살 위인 30대 초반의 수더분한 인상이다. 입은 연분홍색 스웨터가 잘 어울렸다.

"인사드립니다, 여기서 일하는 김 양입니다."

하고는 쇠판 위에 닭갈비들을 올려놓은 뒤 주전자를 들어 형, 나, 장호 순으로 막걸리를 한 잔씩 따라줬다. 닭갈비를 이리저리 굽는 일까지 쉼 없이 서서 하다가, 내 옆의 빈자리에 앉으며 조심스레 말했다.

"저도 반잔만 주시면 안 될까요?"

형이 한 잔을 따라주며 말했다.

"잔을 채우지 않으면 정이 안 들지. 안 그래요?"

"감사합니다."

김 양과 우리 셋은 그 때부터 함께 어울렸다. 우리 셋은 취해갔지만 김 양은 별로 취하지 않았다. 반잔만 마시고는, 구워진 닭갈비를 가위로 자르거나 우리 셋이 나누는 대화에 간간이 참여하거나 했기 때문이다. 김 양은 우리 술자리 분위기를 돕기 위해 합석했지, 술 생각에 합석한 게 아님을 나는 눈치 챘다. 하물며 내 귀에 대고 이리 속삭였으니.

"특별히, 안주 값은 제가 댈 거니까 부족하면 더 시키세요. 방에 있는 언니한테는 절대 비밀입니다."

세상에 이리도 고마울 데가. 나는 형과 장호한테 기세 좋게 큰소리쳤다.

"거룩한 성탄절 전야이니까, 안주가 부족하면 더 시켜요. 돈 걱정은 마시기를!"

형이 감격한 표정으로 말했다.

"갑자기 이 겨울이 폼 나지네!"

장호가 말했다.

"왠지 오늘 갑자기 외출하고 싶더라고요."

술자리 분위기가 한창 무르익는데 안쪽 상을 혼자 지키고 있던 사내가 취한 목소리로 뇌까렸다.

"거, 잘들 노네."

순간 좁은 홀에 무거운 정적이 흘렀다. 내가 가만있을 수 없었다. 자리에서 일어나 한바탕하려는데 김 양이 내 팔을 붙잡으며 달랬다. "못 들은 척해요. 대낮부터 혼자 와서 저러니."

김 양 말을 따르기로 했다. 장호가 분위기를 바꾸고 싶었던지 술잔을 든 채로 내게 말했다.

"병욱 형, 이 집 벽을 봐요. 하얗게 회칠했지만 아랫부분은 푸른색이잖아요? 뭔가 떠오르는 게 없어요?"

"글쎄."

"잘 생각해 봐요. 지난봄의 시화전을."

"아, 미코노스 항구!"

"맞습니다. 처음 이 집에 들어설 때부터 왠지 낯익다 했어요. 우리는 오늘… 미코노스 항구에서 술 마시고 있는 겁니다."

형이 의아한 낯으로 내게 물었다.

"미코노스 항구라니 뭔 얘기야."

"저 먼 그리스에 있는 아름다운 항구죠. 푸른 지중해를 배경으로 하얀

집들만 있는 풍경으로 유명하죠. 그래서 달력 사진이나 유럽 관광지 소개 사진으로 많이 쓰입니다. 장호 얘기는 이 집 벽이 그 미코노스 항구 풍경을 연상시킨다는 거죠."

장호가 내 설명에 덧붙였다.

"지난 5월에 시내 지하다방에서 시화전을 열었는데 병욱 형이 그 때 '미코노스 항'이란 시를 발표해서 한동안 화젯거리였다니까요."

"처음 듣는 얘기네."

내가 하는 수 없이 형한테 보충 설명을 시작했다.

"그즈음에 내가 아주 우울했거든요. (형이 '너는 원래 툭하면 우울하잖아?'해서 한바탕 웃었다.) 김승옥의 '환상수첩' 속 주인공 같았습니다. 날마다 자살이나 꿈꾸는. 그럴 때 우리 강대의 문학하는 후배들이 나한테 '시화전을 하려는데 시 한 편 써서 달라'고 부탁하지 않겠어요? 소설 쓰는 놈한테 시를 써서 달라니 이게 무슨 소린가 싶어 처음에는 사양했지 뭡니까. 그랬더니 후배들이 이러더라고요. '선배님. 어렵게 생각하지 말고 졸업 기념 삼아 시 한 편 써 본다고 편하게 생각하면 안 되겠어요? 물론 졸업이 1년 가까이 남았지만 말입니다.' 그 말에 마음이 흔들려서 하룻밤에 쓴 시가 '미코노스 항'입니다. 시에 곁들이는 그림은, 홍익대 미대를 다니는 동생을 둔 후배가 동생한테 부탁해 해결해줬지요. 시도 시이지만 그림이 시의 맛을 아주 잘 살려줬다는 생각입니다."

"그 시화를 내가 좀 볼 수 없을까?"

"누나네 안방 벽에 걸려 있어요. … 시화전이 끝난 뒤 내가 조카한테 선물했거든요. 누나가 조카를 낳았는데 외삼촌으로서 뭔가 선물해야 할 것 같더라고요. 몇 달 지나서 내가 누나네 짐방에 무난히 들어갈 수 있었던 게 그 시화를 선물한 덕분이 아닌가 싶어요. 하하하."

"역시 너는 문학하는 놈이야."

이어서 장호가 말했다.

"그 시, 아주 좋아요. 두 연으로 돼 있는데 그 중 첫째 연을 내가 여태 외운다니까요."

김 양이 소녀의 기도처럼 두 손을 모으며 장호한테 말했다.

"암송해 줄 수 없나요?"

장호가 지그시 눈을 감고서 암송했다.

"첫째 연… 내 잠자리 베개 맡엔 미코노스 항구의 그림이/ 언제나 열려 있다./ 술 취한 밤이면 미코노스의/ 붉은 반란을 내다보고/ 술 깬 아침이면 만선을 펼치는 갈매기들……/ 나의 갈매기들이여/ 너희는 얼마큼 나는가/ 태양이 빠진 미코노스 바다 위로/ 얼마나 날아가는가."

내가 뒤를 이었다.

"둘째 연… 주민등록증을 받고 돌아오는 저녁/ 이마 위로 떨어진 갈매기 한 마리/ 돌아올 수 없는 나의 선박을 통지해 주었다/ 아아 빗장을 걸고 얼굴을 잡으려 했으나/ 거울엔 도금(鍍金)만이 있을 뿐 아무것도 없었다/ 없었다/ 재발급 받은 것은 기억이었다 빗장 걸린 현주소/ 구겨진 항구, 내 본적이여/ 닷새를 술에 적신 날/ 밤/ 나는 미코노스 항구로 기어나갔다/ 캄캄한 밤이/ 정박해 있었다."

암송을 마쳤다. 형이 김 양과 함께 박수를 친 뒤 내게 말했다.

"야 임마, 너는 소설보다는 시로 나가야 할 것 같다!"

"원 농담도. 신파조가 역력한데."

"신파조이긴 해도 가슴에 와 닿는 게 있어. 막막한 절망 같은."

형의 '막막한 절망'이라는 말에 나는 지난 봄, 후평동 집에서 살 때의 사건이 떠올랐다.

후평동 집에서 내 방은 대문이 가까운 문간방이었다.

어느 날, 어머니가 내 방의 방문을 노크하고 들어와 이렇게 얘기했다. 평소에 없던 노크까지 하고 들어와 얘기하는 거라 나는 아연 긴장해서 들었다.

"우리 큰아들한테 어떻게 얘기를 시작해야 할지 모르겠네. 에라, 그냥 얘기할게. 시내에서 밤새워 술집 한다는 여자 사장이, 낮에 가끔 낮잠 자다 갈 조용한 방을 우리 동네에서 구한다는 게 아니냐. 방세로 매달 쌀 한 가마니 값을 준다니 얼마나 좋은 기회냐. 그래서 내가 그 여자 사장한테 우리 집에서 방을 하나 내줄 수 있을 것 같으니 잠시 기다려달라고 했지. 그런데 말이다, 네 애비가 쓰는 안방을 내주자니 좀 그렇고 그렇다고 식구들이 많이 쓰는 건넛방도 그렇고… 네 방이 마침 대문에서도 가까운 문간방인데다가 낮에는 학교로 가 강의 듣느라고 비다시피 하니, 여자 사장한테 가끔씩 낮잠 자다 가는 방으로 빌려주면 어떨까 싶은데 네 의견이 어떠냐? 뭐, 네가 정 반대한다면 없었던 얘기로 하겠다만 말이다."

나는 '뭔 소리야!' 버럭 소리 지르고 싶었지만 꾹 참았다. 어머니가 적십자사를 그만둔 뒤 집안 형편이 급격히 어려워져 있었다. 도청 다니며 집안을 먹여 살리던 누나는 지난 가을에 출가했고 아버지의 경제적 무능함이야 충분히 입증된 바, 나는 어머니의 그 제안을 거부하기가 사실 어려웠다. 내 자존심상 말은 않고 고개를 끄덕여서 제안을 받아들였다.

처음 한 달은 문간방에 별 일 없었다. 둘째 달에 사달이 났다. 내가 오후의 강의가 교수 사정으로 갑자기 휴강이 돼 집에 왔을 때다.

대문 열고 들어가 내 문간방 앞에 다다르자 방안에서 급히 옷 찾아 입는 소리들이 나면서 '잠깐만요' 하는 웬 여자의 목소리가 이어지는 게 아닌가. 잠시 후, 얼떨떨하게 서 있는 내 앞으로 술집 사장일 것 같은 여자와 웬 사내가 고개를 숙인 채 황급히 지나갔다. 그들이 밖으로 사라진 뒤 나는 오징어 썩는 내가 진동하는 문간방을 맞았다. 구역질이 났다. 불륜의 중년 남녀가 낮거리 장소로, 사람들의 이목을 피할 수 있는 한적한 후평동에서 방을 구한 거라는 사실을 나는 깨달았다.

오랜 세월 묏자리나 과수원으로 쓰이던 후평동이, 춘천의 인구가 부쩍 늘어나면서 주택가로 바뀌기 시작했다. 아직은 기반시설이 취약해서 전기가 공급되지 못하는 상황.

돈을 꾸러 갔다가 잘되지 않았는지 지친 얼굴로 저녁 때 귀가한 어머니한테 나는 문간방 방문을 확 열어젖히며 버럭 소리를 질렀다.

"그래, 내 이 방을 잡년 놈들한테 빌려주는 거였어? 당장 그만 둬! 내 참 더러워서 말이야."

어머니는 눈치가 빨랐다. 흐릿한 양촛불을 방안에 켜놓고 앉아 호통 치는 딱한 큰아들 앞에서 당신의 눈길을 어디다 둬야 할지 몰라 쩔쩔매며 말했다.

"알았다. 그 여자한테 앞으로는 절대 오지 말라 하겠다."

그런 일이 있은 뒤 문간방은 내게 '치욕스런 방'이 됐다. 방을 몇 번이고 방비로 쓸었지만 어딘가에 잡년 놈의 음모들이 남아 있는 것 같은 께름칙함이라니. 살다 살다가 이런 치욕스런 방에서 지내게 될 줄이야. 성질 같아서는 집을 나가 자취라도 하고 싶었다. 하지만 돈도 없을뿐더러 어려운 집안 형편은 생각도 않고 괜한 요란을 떤다는 생각에 주저앉고 말았다.

나를 둘러싼 안팎이 암담할 뿐이었다. 아버지의 실직상태가 장기화되면서 집안이 어떻게 될지 알 수 없게 어두운 데다가… 내 개인적으로는 대학 4학년생이 되도록 제대로 된 소설 한 편 못 썼다는 사실에 절망했다.

그 동안 교내 학보나 교지에 게재한 소설들은 용돈 벌이용 고료에 목적을 둔 태작임을 스스로 잘 알고 있었다.

강원대에 오기 전, 춘천고 3학년 학생일 때 나는 얼마나 '장래가 촉망되는 문학소년'이었나! 대학 입학을 위한 예비고사를 석 달 앞둔 여름방학 때 소설 두 편을 써서 여기저기 공모하는 데에 보냈는데 … 두 편 모두 당선되는 대단한 성과를 거두면서 나는 인구 10만이 채 안 되는 지방도시 춘천에서 천재 문학 소년이 되었다. 하지만 우여곡절 끝에 문화적 환경이 좋은 서울로 진학하지 못하고 낙후된 춘천의, 개교한 지 얼마 안 된 강원대로 진학하게 되면서… 제대로 된 소설 한 편 못 쓴 채 4학년을 맞이한 것이다.

그뿐 아니다. 첫사랑 영미와 명자 사이에서 처신을 잘못해 결국 '사귀는 애인 하나 없는' 처량한 처지다. 얼마 안 되는 교내 여학생들한테 소문이 다 난 것 같아 더는 애인이 생길 수도 없어 보였다. 한창나이에 애인이 없을 뿐더러 애인이 생길 리도 없다는 자각은 얼마나 막막한 절망이던가.

치욕스런 방에 막막한 절망까지!

그런 암담함 속에서 하룻밤 새에 쓰인 시, '미코노스 항'.

잠자는 머리맡의 방벽에 붙여놓은 '그리스 미코노스 항 전경'사진이 계기였다. 코발트빛 푸른 바다를 배경으로 한 하얀 건물들의 항구… 나는 밤잠을 이루지 못할 때마다 버려진 달력에서 구한 그 사진을 보며 이런저런 상상에 잠기곤 했는데 그 경험을 바탕으로 쓴 것이다.

후평동 집 회상에서 퍼뜩 깬 건, 안쪽의 사내가 또다시 뇌까렸기 때문이다.

"놀고들 있네."

이번에는 형이 가만있지 않았다. 자리에서 일어나더니, 누가 말릴 새도 없이 스테인 젓가락을 들어 사내 쪽으로 휙! 날렸다. 사내 머리 바로 위를 지나 '탁!'하고 벽에 꽂혔다가 홀 바닥으로 떨어진 스테인 젓가락. 무서운 정적 속에서 형이 사내한테 나지막하게 말했다.

"또다시 주둥이 놀리면 두 번째 젓가락이 날아갈 거야. 네 대가리로."

거룩한 성탄절 전야에 참극이 벌어지는가 싶더니… 사내가 고개 숙인 채 겁먹은 어조로 김 양한테 간신히 물었다.

"여기… 술값이?"

사내가 계산을 치르고 비실비실 출입문 밖으로 사라졌다. 김 양이 라디오 소리가 나는 방 쪽을 보며 신나게 주문했다.

"언니. 여기 두부찌개 추가요."

형의 스테인 젓가락 날리기.

나는 1년 전 여름, 교대 앞의 형 하숙방에서 그 비술을 처음 목격했다. 문학 얘기로 며칠씩 밤새우며 지낼 때, 형이 통조림 속 고등어 토막을 젓가락으로 집으려다 말고 문득 이랬다.

"이 스테인 젓가락이 특별한 용도로도 쓰이는 걸 보여주겠수다."

하면서 젓가락을 휙 날려 맞은편 천장 구석에 표창처럼 탁 꽂히게 하던 것이다. 놀란 내게 '북어!'하고 외치며 이번에는 방문 위쪽에 있는 마른 북어를 단번에 맞혔다. 그 북어는 집 주인이 하숙방을 만들 때 고사 지내느라 매단 것 같았다.

며칠을, 정확히는 닷새를 하숙방에서 함께 지내며… 나는 형의 스테인 젓가락 던지기가 왜 그리 닌자의 표창처럼 정확한지 까닭을 깨달았다. 형은 그림을 그리다가 망쳤을 때, 그 그림과 거리를 두고 멀찍이 서서 스테인 젓가락을 던져 맞히는 것으로 속상한 마음을 풀었던 것이다. 스테인 젓가락들은 형 주위에 항상 있었다. 하숙집의 밥 대신 라면 끓여 먹을 때가 많았으므로.

교대를 10년 가까이 다니며 강의실에서 강의 듣기보다는 미술실이나 하숙방에 틀어박혀 그림 그리기가 대부분인 생활이었던 덕에 형의 스테인 젓가락 던지기는 놀라운 적중률을 보일 수밖에 없었다.

내 옆의 김 양은, 닭갈비 값을 자기가 내겠다고 약속한 데 그치지 않았다. 이번에는 내 잠바 바깥주머니 속에 지폐 여러 장을 넣어주기까지 했다. 놀라서 쳐다보는 내게 속삭였다.

"문학 하는 분들을 모셨으니 얼마나 영광입니까? 그 돈이면 오늘 여기서 마시는 술값은 충분할 겁니다."

주모는 방에서 라디오 연속방송극을 듣느라고 홀에서 이런 일들이 벌어지는 걸 몰랐다. 돈 걱정 없이 먹고 마시는 것만큼 기분 좋은 일이 어디 있을까. 흥겹게 먹고 마시고 그러면서 문학 얘기 나누기를 한 시간 반쯤. 출입문이 열리면서 손님 서넛이 새로 들어왔다. 김 양이 자리에서 일어나 그 손님들을, 사내가 차지했던 안쪽 상으로 안내했다. 뒤늦게 손님들을 맞으러 방에서 나오는 주모를 보며 형이 나와 장호한테 말했다.

"이만, 나가자."

내가 자리에서 일어나면서 물었다.

"여기 얼마입니까?"

김 양이 정색하며 얼마라고 말했다. 나는 김 양이 찔러준, 잠바 바깥주머니의 지폐로 술값을 냈다. 돈이 충분해서 거슬러 받았다.

문을 열고 밖으로 나왔다. 어두운 골목 어디에선가 'I'm dreaming of a

White Christmas / Just like the ones I used to know…' 하는 팝송이 들려왔다. 눈은 내리지 않지만 이렇게 감동적인 성탄절 전야도 없을 것 같았다. 형은 감격하면 말하는 억양이 변사처럼 과장돼진다.

"자아, 병욱이와 장호는 내 얘기 들어. 우리는 말이야 오늘 미코노스 항구에 갔다가 천사아가씨를 만났던 거야. 더할 데 없는 행운이지. 이럴 때 그냥 있으면 안 되는 거라고."

나와 장호는 어리둥절해져서 서로 얼굴을 보았다. 형이 변사의 어조를 이었다.

"내게 아주 좋은 생각이 있어. 잘 들어 봐. 우리, 작은 선물을 하나 마련해 내일 천사아가씨한테 선물하는 게 어떨까? 내일은 영광의 성탄절 날이잖아. 그렇지, 멋진 그림 한 점을 선사하는 거야. 내가 원래 화가였잖아? 하하하. 이 기회에 내가 그림 한 점을 그려서 우리 셋의 이름으로 선사하는 거지. 어때?"

괜찮은 생각이었다. 그런데 형은 현재 돈 한 푼 없다. 어떻게 이 한겨울에 돈 한 푼 없이 춘천의 나를 믿고 가출했는지 모르겠다. 어쨌든 형이 앞장서서 큰 문구사를 찾아갔다. 4B연필·고무지우개·팔레트·스케치북·물감·크고 작은 붓들·5호 캔버스 세 개·액자까지 사는 바람에 문구사 주인이 큰 비닐봉지에 담아줘야 했다. 돈은 물론 내가 냈다. 남은 김 양의 돈에다가, 누나한테서 받은 용돈의 일부까지 썼다. 헤어질 때 장호가 말했다.

"그럼 내일은… '미코노스 항구'에서 만나죠. 몇 시에 만날까요?"

누추한 골목에서 식당과 술집을 겸하는 그 집이 장호에 의해 '미코노스 항구'로 명명됐다. 내가 답했다.

"오늘처럼 오후 5시경? 그런데 형이 그 시간까지 그림이 가능하겠나."

형이 말했다.

"밤을 새워서라도 그려야지."

그 날 밤, 정말 형은 밤을 새며 그렸다.

창가에 캔버스를 세워놓더니 4B연필로 무언가를 스케치하는 것으로 형의 그림은 시작됐다. 나는 처음에는 형이 뭘 스케치하는지 몰랐으나 얼마 뒤 미코노스 항구를 스케치한다는 걸 깨달았다. 캔버스 한 쪽에 돛단배와 그 주위의 갈매기들, 다른 한 쪽에는 수많은 집들이 자리 잡는 걸 봐서 미코노스 항구가 틀림없었다. 하지만 뭐가 마음에 들지 않는지 형은 스케치를 확정짓지 못하고 연실 지웠다가 다시 하기를 거듭할 뿐이다.

이해가 됐다. 상상으로 스케치하려니 쉽지 않은 것이다.

형은 결국 스케치를 중단하고서 무슨 생각에 잠겼다. 4B연필을 손에서 놓지 않은 걸 봐서는 그림을 포기한 것 같지는 않다. 그림의 구도를 바꾸려는 걸까?

어쨌든 그 바람에 나는 오랜만에 아랫목을 차지했다. 생각만큼 따뜻하진 못해도 다른 찬 데에 비해 그게 어딘가.

그냥 있지 말고 일기라도 쓸까 하다가 그만뒀다. 누가 있으니 편히 쓰이지 않을 것 같아서다. 무료하게 아랫목에 누워있는데 문득 기분 나쁜, 귀에 익은 소리가 들렸다. 가끔씩 끊어지기도 하면서 쏟아져 내리는 물소리. 분명 어느 취객이 길을 가다가 이 짐방의 외벽에 대고 오줌을 누는 것이다. 이 집이 주인집의 한쪽 담 역할도 하게 지어진 바람에 벌어지는 일이다.

"우라질."

형이 고개 들어 그 쪽을 노려보는 것 같다. 창문을 확 열고서 그 취객과 싸움을 벌일까 걱정됐다.

"형. 참아요."

"……"

침묵하더니 이윽고 다시 캔버스와 씨름하는 형. 하긴 이 짐방에서 지내려면 저런 정도는 참아야 한다.

어느 새 날이 밝았다. 나도 모르게 잠들었던 것이다.

창가 부근에서 코 골며 자는 형. 이불도 못 덮고 얇은 잠바 차림 그대로다. 나는 조심스레 형의 캔버스를 살폈다. 얼마나 숱하게 스케치하다가 실패했는지, 흰 캔버스 천이 잿빛 캔버스처럼 변했다. 큼지막한 고무지우개가 반 토막이 났고 지우개 가루들은 부근 방바닥에 널렸다.

점심때가 돼서야 잠에서 깬 형. 두 손바닥으로 맨 얼굴을 문지르는 것으로 세수를 마친다. 원래 형은 물세수를 않는다.

"형, 밥을 차려올까요?"

"아냐. 그림을 완성해놓고 먹든지 말든지 할게. 내가 작년 가을에 자퇴하고 인제로 내려가면서부터 그림을 그만뒀으니 1년 남짓인데 이렇게 스케치부터 되지 않을 줄 누가 알았니? 우라질, 애당초 나는 그림에 재주가 없나 봐. 인제고등학교에 다닐 때만 해도 '그림 천재' 소리를 들었고 그래서 대학을 홍익대 미대로 가려 했는데 계모가 '치다꺼리할 동생들이 넷이나 되니까 네 서울 유학비 대줄 능력이 없다'고 반대하면서… 돈 안 드는 교대로 가게 된 거거든. 그래도 나는 그림으로 성공해서 계모는 물론 아버지한테 뽐내고 싶었는데… 스스로 한계를 느낀 거야. 아무리 그려도 그림이 나아지지 않더라고. 네덜란드 화가 반 고흐처럼 귀 한쪽이라도 잘라버리고 싶게 절망했지. 그러다가 탈출구로 소설을 쓰게 되면서, 소설 얘기가 아주 잘 통하는 너까지 만나게 된 거지. … 미코노스 천사한테 선사할 그림이 5호 크기밖에 안 되는데 대체 스케치부터 되지 않으니 어찌된 거야?"

"뭘 그리려고 해요?"

"미코노스 항구."

내 짐작이 맞았다. 마음 같아서는 누나가 있는 안방에 가서 내 '미코노스 항' 시화를 잠시 떼어다가 형한테 보여주고 싶었다. 하지만 그만뒀다. 한 때 화가를 꿈꿨던 형의 자존심을 건드리는 무례가 될지 모른다는 생각에.

"형이 그림 그려서 선사하겠다고 그 여자한테 언약한 것도 아니니까… 이리합시다. 어디서 좋은 달력 사진 한 장을 구해 액자에 담아 선사하는 거죠."

네 제의에 형이 단호히 고개를 저으며 말했다.

"내가 이 그림을 완수 못하면 왠지 이 추운 겨울을 나지 못할 것 같은 예감이야. 그러니 반드시 그려내야 돼. … 이렇게 하자. 천사를 오늘 저녁에 만나지 말고 하루 늦춰 내일 저녁에 만나는 거로. 그러면 될 거 같아."

형이 다시 캔버스 앞에 앉았다.

나는 그런 형을 지켜보다가 '내가 시간을 너무 무료하게 보내고 있지 않나?'하는 생각이 들었다.

결국 구석에 있는 앉은뱅이책상을 내 앞에 갖다 놓고는, 쓰다 만 소설 원고도 올려놓았다. 먼젓번에 쓴 내용을 한 번 묵독해보고서 이어질 문장을 떠올려 보았다,

이렇게도 써 보고 저렇게도 써 보고 하다가, 지쳐서 포기했다. 이런 생각이 들었다. '나는 혼자 있어야 글이 쓰이는 습관인데 형이 함께 있으니 글이 쓰일 리가 있나? 그러니… 형을 어떻게 해서든지 이 방에서 내보내

야 한다. 당장은 힘들고 기회가 되는 대로 내보내자.'

'다리 밑의 거지들이 얼어 죽었다'는 소문이 날 것 같은 한겨울에 형을 내보내야겠다고 결심했으니 나도 참 모질다. 하지만 어쩔 수 없다.

'형을 쫓아내서라도 졸업 전에 문제작을 하나 써내고야 말겠다는 각오는 그렇다 치자. 그런데 나는 과연 무사히 졸업할 수 있을까?'

'교련'을 출석시수 부족으로 나흘이나 추운 운동장에서 매대기쳐야 했을 뿐만 아니라… '독일어' 또한 담당 교수의 연구실에서 나 혼자 재시험을 치르는 곤욕을 치러야 했다. 2년 전인 2학년 2학기 때 독일어 시험 답안지를 백지로 낸 후과였다. 졸업사정회가 열리기 나흘 전에서야 비로소 두 과목이나 '미 이수'로 된 것을 이수로 바꾼 것이다. 모든 강의가 종강되어 인적 그친 캠퍼스에서, 뒤늦게 졸업해야 한다는 각오로 벌인 고군분투. 내 나름대로는 최선을 다했지만 과연 졸업사정회를 별 일 없이 통과할지는 의문이었다. 하도 정신없이 벌인 일이라서.

그런 와중에 가출해서 나를 찾아온 형. 뒤늦게 나는 깨달았다. 형과 둘이 이 좁은 짐방에서 며칠을 지내는 동안 한 번도 외출할 생각을 못했던 건 날씨도 추웠지만 '내가 과연 졸업사정회를 무사히 통과할 수 있을까?'하는 불안감을 지울 수 없었기 때문이라는 사실을. 추위를 무릅쓰고 밖으로 나다닐 만큼 마음의 여유가 없었으니 말이다. 전 날에 장호가 찾아오지 않았더라면 술 한 잔도 못하고 연말을 보낼 뻔했다.

형한테 이런 얘기는 하지 않았다. 내 개인 문제이니까. 하기는, 다른 사람도 아닌 교대 다니다 만 형한테 '졸업사정회 통과 걱정'을 얘기할 수 있을까.

가정이지만 만일 내가 졸업을 못하게 된다면 우리 집에 휘몰아칠 후유증이란 상상을 불허할 것 같다. 누나는 둘째 치고 어머니가 '우리 큰아들이 졸업해 교사로 발령 나면 그 동안의 고생이 끝난다'는 희망 하나로 고달픈 현실을 이겨내고 있을 텐데 그 실망이란 하늘이 무너지는 것 같을 게다. 나 역시 면목이 없어 '모자란 큰아들'로 전락해 버릴 게 뻔하다.

아버지에 이어 나까지 모자란 존재가 돼 버린다면 얼마나 희극일까?

아니, 얼마나 비극일까?

장호가 '미코노스 항구'에 혼자 앉아서 막막하게 형과 나를 기다릴지도 몰랐다. 그런 일을 미연에 방지하고자 성탄절 날 오후 4시 40분 경, 나 혼자 짐방을 나섰다. 형은 짐방에 남아서 여전히 그림에 매달리고 있다.

거리는 '고요한 밤, 거룩한 밤' 노래가 어디선가 한 가닥 들려올 뿐 어둡고 쓸쓸하기까지 하다. 예전의 활기 넘치던 성탄절 날 저녁의 분위기와 많이 다르다. 두어 달 전 벌어진 중동전쟁의 여파로 석유파동이 나면서 정부에서 가로등 불을 대폭 줄였을 뿐만 아니라 상가의 네온사인은 아예 켜지도 못하게 한 탓이다. 이래저래 우울한 겨울이다.

4시 55분에 미코노스 항구 앞에 도착했다.

문을 열려는데 등 뒤에서 장호 목소리가 났다.

"뭐해요 형?"

들어가기 전에 만나길 다행이었다. 나는 장호의 손목을 잡고서 미코노스 항구 앞을 떠나면서 말했다.

"다른 게 아니라… 오늘 여기서 만나기로 한 걸 아무래도 하루 늦춰야 할 것 같아서 그 얘기를 너한테 전하려고 온 거야."

내 말을 듣고 난 장호의 표정이 어색하다. '모처럼 연이틀 술을 마시는가 보다'고 기대했던 게 허망하게 무산된 탓이다. 내게 '형, 내일은 내일이고 오늘은 우리 둘이라도 간단히 마시고 헤어집시다. 제가 술값을 낼 테니까' 하고 제의할 형편도 못된다.

"알았어요 형. 내일 이 시간에 만나는 것으로 알고 돌아갈게요."

이럴 때 하늘에서 흰 눈이라도 내린다면 얼마나 쓸쓸한 성탄절 장면일까, 하는 생각을 해 봤다.

장호와 헤어지고서 혼자 걸어오다가 아버지를 보았다. 정확하게는 '아버지가 고개를 푹 숙이고 팔자걸음으로 가는 모습'을 보았다. 고개를 푹 숙이기도 했지만 어두운 길이라, 아버지는 미처 나를 보지 못했다. 아니, 아버지가 먼저 나를 보고는 고개 숙이고 가느라 못 본 것처럼 해서 부자간의 마주침을 피한 것일지도 모른다. 몇 년 전 '교동 집 거실에서의 사건'을 끝으로 단 한 번도 부자간 대면이 없었으니까.

05. 영광 연탄직매소

이튿날 저녁, 미코노스 항구 앞이다.

주모가 안타까운 표정으로 우리한테 말했다.

"김 양이 사실은 내 이종사촌동생이거든. 여기서 일하는 아가씨가 아니고… 이런 얘기를 해도 모르겠네… 지 남편과 싸움이 나서, 여기 와서 지낸 거지. 그냥 지내기가 미안하니까 손님들이 오면 지가 알아서 술자리를 거들고 그랬는데. 여기서 한 보름 있다가… 오늘 아침에 대전에 있는 집으로 돌아갔으니까, 댁들이 엊저녁에 들렀던지 아니면 미리 오늘 들른다고 연락을 했던지 그랬으면 만나볼 수 있었을 텐데 그랬어."

형이 고개 숙이며 말했다.

"제가 원래 화가였거든요. 그림을 그만둔 지 1년밖에 안 됐는데 좀체 그림이 되지 않아서 하루를 꼬박 매달리다가 그만!"

"너무 속상해하지 마. 걔가 아무 때고 또 들를 테니까. 그런데 걔가 들르면 내가 어떻게 댁들한테 연락을 주나? 혹시 누구 집에 전화 있나?"

장호가 나서서 나를 가리키며 말했다.

"이 형네 집에 예전에 전화가 있었는데!"

'옛날에 우리 집에 금송아지가 있었다'는 농담이 연상됐는지 주모가 어이없어하면서 이리 말했다.

"그러니까 여기 자주 들르라고. 자주 들르다보면… 또 만나게 되지 않겠어?"

그 와중에 매상 올릴 생각을 하는 그녀한테 놀랐다. 내가 나섰다.

"자주는 어렵고 가끔씩 들르겠습니다."

형이 내 말을 이어서 말했다.

"그러니까 아까 드린, 보자기에 싼 그림액자를 잘 보관해 계시다가 김 양 오면 꼭 전해주시길."

주모가 고개를 끄덕이고는 내게 미소 지으며 물었다. 우리 셋 중 내 옷차림이 가장 나아보였던 걸까?

"그냥 가실 겨? 기왕 오셨는데 술 한 잔은 해야지."

하면서 문까지 여니, 어쩔 수 없었다. 내가 앞장서서 들어가는 수밖에. 우리가 첫 손님이었다.

"우선 닭갈비 두 대랑 막걸리 한 되를 주시죠."

둥근 쇠판을 에워싸고들 앉아 막걸리를 마시기 시작했는데 영 흥이 나지 않았다. 만나는 줄만 알았던 김 양을 못 만나면서 맥이 빠진 때문이다. 김 양이 있었더라면 얼마나 뜻 깊고 재미난 시간이 될까. 뭐, 형보다도 열 살은 위일 주모가 김 양 대신 우리 술자리에 와서 분위기 맞출 일도 없을 뿐더러 우리 또한 그러기를 바라지 않았다. 막걸리 주전자는 비웠지만 닭갈비는 다 먹지도 않고 남겼다.

주모가 내게서 술값을 받으면서 형한테 물었다.

"액자의 그림이 뭘 그린 겨? 암만 봐도 모르겠네."

그새 보자기를 풀어 본 모양이었다. 형이 주모의 경망스런 행동에 실망했는지 한숨을 쉬고는 마지못해 답했다.

"미코노스 항구를 그린 겁니다."

"뭔… 코스모스 항구?"

"아니 미·코·노·스 항구라고, 그리스란 나라에 있는 아름다운 항구입니다."

"당최 항구 그림 같지 않던데?"

"추상화거든요."

"어쩐지."

그 날 이후로 우리는 '미코노스 항구'에 가지 않았다.

자주 갈 주머니 사정들도 못 되지만, 그렇다 해도 김 양에 대한 소식이라도 들을 겸해서 한 번쯤 가볼 만 했는데 그러지 않았다. 말들은 안 했지만 '매상 올리기만 급급한 주모에 대한 실망'이 컸기 때문이 아닐까? 솔직히 형이나 장호는 주머니 사정이 좋지 않아 술값 낼 일에서 제외되니 주모의 그런 태도에 실망하고 자시고 할 게 없었다. 셋 중에서 그나마 주머니 사정이 가장 나은 나의 실망이 결정적일 수밖에 없는 까닭이다. 나는 지난번에 누나한테서 받은 용돈을 최대한 아껴 쓰고 있다. 더는 돈 나올 데가 없으니까.

주모에 대한 실망 다음으로 '미코노스 항구에 대한 아름다운 환상을 간직하고 싶은 마음들'이 알게 모르게 작용한 때문이 아니었을까? 그렇다. 미코노스 항구는 '닭갈비와 막걸리를 파는 초라한 술집'의 모습보다는 찾아갈 수 없는 환상의 공간으로 존재하는 게 좋을 듯싶었다. '빼앗긴 들에도 봄은 오는가'를 쓴 이상화 시인도 '나의 침실로'란 시에서 이리 말했다. '가장 아름답고 오랜 것은 오직 꿈속에만 있어라.'

재미있는 것은 형의 변화다. 형은 그 날 이후 짐방 벽의 '겨울'글씨 대신 환상의 미코노스 항구를 사랑하게 되었다. 나하고 문학 얘기를 나누다가 얘기가 무료해지면 침묵에 잠겨 있다가 느닷없이 이렇게 읊조리곤 했다.

"아아 미코노스 항구…. 창문을 열면 눈에 들어오는 푸른 바다의 돛단배들… 갈매기들이 그 주위를 '끼욱끼욱' 날고…."

실제 미코노스 항구를 달력 사진으로라도 본 나는 가만있는데 사진은커녕 '미코노스 항'이란 내 시화도 못 본 형이 그러는 것은 좀 어이없었다.

오죽하면 김 양한테 선물한다고 그린 미코노스 항구 그림조차 추상화였겠는가.

그뿐 아니다. 이 짐방에 관한 한 우선권이 있는 나는 차가운 데에 앉아 있는데 형은 그나마 온기가 있는 아랫목에 앉아서 미코노스 항구 타령을 하는 게 아닌가? 어이가 없는 정도가 아니라 얄밉기까지 했다.

돌이켜보면 형이나 나나 참 딱한 청춘들이었다. 누나가 빠트리지 않고 연탄불을 갈아주는데도 밤잠을 자고나면 벽에 성에가 허옇게 피어있을 정도로 온기가 없는 짐방이라면, 형이나 나나 한 번쯤은 부엌에 가서 아궁이 속을 플래시 같은 것으로 비춰봐야 했다. 그랬더라면 불길이 제대로 들지 못하는 구조임을 알게 돼 무슨 조치가 이뤄졌을 게다. 구들장 공사를 한겨울에 할 수는 없으니 전기장판이나 전기난로 같은 난방 기구를 구해서 그 짐방의 별스런 추위에서 벗어날 수도 있었다. 그럴 생각은 못하고 조금 따뜻한 아랫목 하나 믿고서 덜덜 떨며 짐방에서 그냥 지냈으니 얼마나 비현실적이고 딱한 청춘들이었나.

그나마 천만다행인 것은, 그 부엌의 문짝 또한 허술하게 만들어져서 아궁이 속으로 들지 못한 연탄가스가 그냥 문 밖으로 대부분 새 버리고 말았을 거라는 사실이다. 그 바람에 형과 나는 무서운 연탄가스 중독 사고를 면할 수 있었다. 늘 바깥의 추운 바람이 숭숭 들어오던 그 허술한 부엌문이 역설적이게 사람을 살리는 역을 할 줄이야.

1973년의 마지막 날이 하루 앞으로 다가왔다. 그 때 어머니가 나를 찾아왔다.

"방에 있냐, 우리 큰아들."

석 달 만에 보는 어머니 얼굴이 많이 수척했다. 자식들한테 말한 적은 없지만, 어머니는 시내 식당의 주방 일을 도우며 조금이나마 버는 것 같다. 요즘 연말이라서 식당에 송년모임이 많은 탓에 힘든 걸까?

미코노스 항 타령을 하던 형이 허겁지겁 아랫목을 비웠다. 어머니가 손사래를 쳐 다시 앉히곤 말했다.

"자네 이름이 외수라지. 소설을 쓴다며? 딸한테 얘기 들었어. 이 좁은 방에서 우리 아들과 같이 지내느라 고생 많구먼. 다른 게 아니고… 외수가 편히 지낼 만한 방이 있어서, 부리나케 찾아온 거야. 지금 우리 식구가 효자동에서 살고 있는데 얘 아버지가, 거기 있는 빈 가게에 연탄직매소를 차렸거든. 차린 지 두 달 돼. 그 연탄직매소 안에 사무실이 있어. 외수가 그리로 간다면 얼마나 좋아? … 얘 아버지와 직원들이 저녁까지는 사무실을 지키지만 밤이 되면 퇴근들 하면서 사무실이 텅 빈다는 것 같아. 그러니 외수가 그리 간다면, 저녁까지는 좀 복작거리겠지만 밤만 되면 혼자 편하게 독차지해 쓰는 거지. 그러면서 소설도 쓰고… 소설이라는 게 본래 혼자 방을 써야 잘 써지잖아? 내가 우리 병욱이 때문에 잘 알지. 소설도 쓰고 자동적으로 연탄직매소도 지키고, 이런 게 일석이조라는 거지. 내가 물어보진 않았지만 병욱이 아버지야 고맙고 말고지. 어때? 거기로 옮기는 게?"

"…그래야죠."

풀죽은 목소리로 답하는 형이다. 나는 '형을 이 방에서 내보내는 일이 이리도 쉽게 풀리다니!'하는 생각에 박수라도 치고 싶은 걸 참았다. 어머니가 한층 밝아진 얼굴로 형한테 물었다.

"그럼 언제 그리로 옮길 거야? 뭐, 가진 짐이 많지 않으면 오늘이나 내일 옮기지 그래."

"내일 가겠습니다."

"그럼, 내가 외수가 내일 간다고 알고 일어설게. 참, 그 사무실에서 지내게 되면 우리 집 부엌에서 밥도 찾아 먹고 그래. 얼마나 좋아. 우리 살림집이 연탄직매소 가까이 있거든."

"……."

"추우니까 감기 걸리지 않게들 조심해. 그리고 참! 외수야. 구두 뒤를 꺾어 신지 마라. 왜정 때 내가 여고를 다녀서 아는데 일본 선생들이 아주 싫어한 게 뭔지 알아? 학생들이 운동화 뒤를 꺾어 신고 다니는 거야. 그러면 붙잡아다가 복도에 벌을 세웠지."

"시정하겠습니다."

"그럼 시정해야 돼. … 그럼, 갈게."

어머니가 신이 나서 가버렸다. 멍하니 앉아있는 형. 그곳으로 가는 게 마뜩찮은가 보다. 연탄직매소의 사무실이라니, 아무래도 모르는 손님들과 수시로 맞닥뜨려야 할 일이 걱정돼서 그런가?

나는 형의 눈치를 보며 이리 말했다.

"뭐, 다른 건 몰라도 연탄직매소 사무실이니까 방바닥 하나는 뜨끈뜨끈할 겁니다. 그 동안 미적지근한 아랫목에서 지내느라 고생 많았잖아요."

"고생은 무슨…."

형은 다음날, 늦은 아침에 나를 따라 짐방을 나섰다. 보름 전 올 때는 맨손이었지만 이제는 그림도구들이 든 커다란 가방을 들었다. 내가 효자동 집에서 하루 만에 내 짐을 챙겨 올 때 사용했던 헌 가방이다.

"누나, 형이 효자동의 연탄직매소로 가려고 해."

안방 문 앞에 서서 내가 그리 말했다. 그러면 누나가 방문을 열고 내다

보며 형한테 '그 동안 좁은 짐방에서 지내느라 고생 많았어요' 같은 말이라도 건넬 줄 알았는데 그러질 않았다. 방문이 닫힌 채 누나 목소리가 들려왔다.

"갓난애 기저귀 가느라 문 열지 못해요. 조심해서 잘 가요."

"네에…."

효자동 연탄직매소가 있는 데까지 직선거리로는 1km 정도밖에 안 되지만 실제로는 2km 정도를 걸어야 한다. 딱히 지름길이 없는, 멀리 돌아서 가는 길이기 때문이다.

양말을 신어 맨발은 면했지만 여전히 얇은 나일론 잠바 차림으로 나를 따라 걷는 형. 간간이 불어치는 찬 바람에 그 마른 몸을 새우처럼 움츠린 딱한 모습이다. 그나마 내가 가방을 들어주니 다행이다. 나는 속으로 '이럴 줄 알았다면 형한테 매형의 헌 남방이라도 하나 찾아서 덧걸치라고 줄걸' 하고 후회했다. 짐방에 쌓여 있는 짐들을 하나하나 헤쳐 본다면 매형이 입지 않는 헌 남방 정도는 쉬 찾을 수 있었다. 내가 입는 양털잠바도 그렇게 해서 생긴 것이다.

가는 도중에 미코노스 항구가 있는 골목을 보았다. 형이나 나나 아무 말도 않고 지나쳐갔다.

서서히 연탄직매소가 가까워지면서 내 발걸음이 무거워져갔다. '아버지를 어떻게 만나나?'하는 고민 때문이다. 교동 거실에서의 사건 후 3년 가까이 아버지와 대면도 않고 살아왔는데 이제 형 때문에 하는 수 없이 대면할 참인 거다. 어떻게 해야 하나 고민하다가 '아버지를 똑바로 보지 않고 다른 데를 보며 형을 인사소개 시키자'고 속으로 결론 내렸다. 정말 딱한 궁여지책이다. 마침내 다 왔다.

'영광 연탄직매소'

건물 앞면 윗부분의 상호를 적는 간판에 검은 페인트로 그리 적혀 있었다.

연탄들이 줄 맞춰 쌓여 있는 홀 안쪽으로 '밖을 내다보는 손바닥만한 유리가 붙은' 창호지문이 있는 걸 봐서는, 그곳이 사무실인 듯싶었다. 아버지한테 어떻게 내가 왔음을 알리나 잠시 머뭇거릴 때 창호지문이 열리며 낯선 사내가 나오면서 물었다.

"연탄을 몇 장이나?"

"그게 아니고요, 저는 여기 연탄직매소 사장님의… 큰아들인데요."

내 목소리에 아버지가 사무실에서 뒤따라 나올 줄 알았는데 그런 일이 없었다.

"아하 그러고 보니 닮으셨네! 그러잖아도 사장님 사모님이 얘기했어. '우리 큰아들과 친구가 여기 찾아올 건데 큰아들 친구한테 사무실에서 지내게 할 거'라고. 그러시면서 이불까지 갖다 놓았지."

내 뒤에 있던 형이 나서서 인사드렸다. 행색에 비해 어른에 대한 예의 하나는 철저한 형이다.

"여기서 신세지게 된 불초 이외수입니다. 부족한 게 많습니다. 잘 부탁합니다. 그런데 여기 사장님인 병욱이 아버님은 어디 가셨나요? 인사드려야 하는데."

"일이 생겨서 오늘 새벽같이 저 태백산맥 골짜기에 있다는 '상동읍'이란 데로 출장 가셨지. 기차 타고 가다가 버스로 두 번이나 갈아타야 하는, 가는 데만도 하루가 꼬박 걸릴 거라니까 이래저래 출장이 며칠 걸릴 것 같더라고. 참, 내 소개도 해야겠네. 나는 여기 판매부장이야. 말이 판매부장이지 연탄이 영 팔리지 않은 채 그냥 쌓여 있잖아."

판매부장은 심심하던 차에 우리가 마침 찾아온 듯, 손짓으로 사무실 안으로 들어오게 한 뒤 이어서 말했다.

"중동 전쟁이 터지면서 석유파동이 생겼단 말이지. 그 바람에 고래싸움에 새우 등 터지는 격으로 우리나라에서는 석유를 제대로 사들여오지 못해 대신 연탄 값이 치솟게 됐지. 여기 사장님이 '떼돈을 벌 좋은 기회다!'면서 이 자리에 연탄직매소를 차려서… 처음에는 잘 됐지. 값을 올려 받아도 뒤편의 마당에 쌓아놓은 연탄들까지 다 팔릴 정도였어. 그러다가 정부에서 강력한 수급대책에 나서서 연탄공장마다 밤낮으로 연탄들을 찍어내게 하니 뭐 얼마 안 가 연탄들이 남아돌게 됐거든. 사장님이 하는 수 없이 싸게라도 연탄들을 팔려 해도 사람들이 이런 조그만 직매소보다는 대형 직매소를 찾으니까 보다시피 홀에 연탄들이 쌓인 채 그냥 있게 된 거지. 뭐, 여기는 전화기도 없잖아. 사람들이 전화만 걸면 집까지 배달되는데 굳이 여기까지 찾아오려 하나? 그러니까 낱장으로 사는 사람들만 어쩌다가 여기 오는 거지."

아, 하얀색 전화기…. 후평동 집으로 이사 오기 전 살았던 교동 집에서는 전화기가 있었다. 장호가 며칠 전 그 술집의 주모한테 '이 형네 집에 전화가 있었는데' 할 때의 그 전화기다.

내가 춘천고 2학년 학생이던 1968년, 교동 집에서 살 때 전화기를 한 대 놓았다. 당시 춘천 시내를 통틀어 100대도 되지 않을 그 귀한 첨단기기를 우리 집에 놓게 된 사연은 이렇다.

아버지는 그 즈음 예총 강원도지부 사무국장이었다. 도청 소재지라는 것 외에는 딱히 내세울 게 없는 지방도시 춘천을 전국적으로 알릴 방법을 찾다가 '춘천 출신 1930년대 소설가 김유정 선양사업'에 착안했다. 문인비로는 전국 최초라는 김유정 문인비 건립 계획이 그래서 나온 것이다. '김유정 문인비 건립추진위원회'를 결성해서 문인비 건립에 필요한 자금 마련에 나섰다. 강원일보사의 성원까지 받아가며 일을 추진했으나 목표액 달성은 어려웠다. 자발적인 성금 모음이었기 때문이다. 결국 문인비 건립은 첫 삽도 뜨지 못하고 무산될 위기에 처했다. 주무를 맡은 아버지가 며칠 고민한 끝에 총대를 멨다. 윗대로부터 물려받은 2만여 평 야산을 헐값에 팔아넘기고는 그 돈으로 부족한 목표액을 채운 것이다. 남은 돈으로는 현대문학사의 협조를 얻어 김유정 전집을 내는 한편 집에 전화기도 한 대 놓았다. 그게 다였다.

남들이 보기에는 '30평 넘는 단독주택, 전화기까지 있는 아주 잘사는 집'이었겠지만 실상은 그렇지 못했다. 독채 전세로 사는 남의 집이었으며 큰딸이 도청 다니며 받는 알량한 봉급이 없었더라면 생계가 어려웠다. 그렇기에 그 전화기는 사는 형편에 전혀 어울리지 않는 생뚱맞은 물건이었다. 모르긴 해도 아버지는 '내가 이래 봐도 춘천 지역의 지도급 인사인데 집에 전화기가 없다는 것은 말도 안 된다'고 판단한 게 아니었을까?

하얀 거북이가 웅크리고 있는 모양으로 생긴 그 전화기. 걸려오는 전화라고는 하루에 한 통 남짓. 며칠씩 전화 한 번 걸려오는 일 없이 안방 창가를 지키기도 했다. 결국은, 후평동 집으로 이사하게 되면서 슬그머니 사라지고 말았다. 아버지가 다른 사람한테 팔아넘겼는지 그 과정은 기억나지도 않는다. 어쨌든 괜하게 매달 날아오는 전화요금 납부고지서를 감당하기 어렵던 생활형편이 결정적이다.

"가만있자, 그럼 나는 여기 없어도 되지 않나?"

판매부장의 말에 나는 상념에서 깨어났다. 형이 나보고 알아서 답하라는 눈짓을 했다.

"판매부장이시니까 계셔야 되지 않나요?"

"가물에 콩 나듯 손님들이 오는 데다가, 여기 벽에 연탄가격을 적어 놓았으니까 내가 없더라도 연탄 파는 데는 어려울 게 없어. 뭐, 둘이 알아서 팔아. 받은 돈은 여기 이 돈 통에 넣고 동시에 매출장부에 적는 게 원칙인데 그 장부가 어디 가서 못 찾았거든. 뭐 양심에 맡기는 거지. ··· 이런 말을 해도 될지 모르겠는데, 내가 나가서 다른 취직할 데를 찾아봐야 하거든. 어째 여기가 오래갈 것 같지 않으니 말이야."

형보다도 열댓 살 위일 판매부장이 한숨까지 내쉬며 그리 말하니 나는 어쩔 수 없었다. 그의 조기퇴근을 받아들였다. 그는 군인들이 신는 워커화를 신고서 홀을 나서다가 '아 참!'하며 말했다.

"뒤편에 리어카가 있어. 손님이 낱장을 사지 않고 배달을 부탁할 때는 그 리어카를 쓰라고. 알았지?"

"몇 장 이상이라야 배달해 주나요?"

"50장은 넘어야겠지. 그럼 잘 부탁해."

그가 사라지자 사무실은 갑자기 조용해졌다.

"아버님 글씨이겠지?"

형이 문득, 벽에 한자로 써서 붙인 '榮光 煉炭直賣所 組織表'를 가리키며 내게 물었다. 8절지에 쓴 조직표에는 '社長'을 맨 위에 적었고 그 아래에 '營業部長'과 '販賣部長'을 나란히 이름들과 함께 붓글씨로 적어 놓았다. 그런데 무슨 까닭인지 영업부장 이름 옆에 볼펜으로 ×자를 그어 놓았다. 영업부장은 안 보이고 아버지는 상동읍이란 데로 출장 갔고 판매부장은 취직할 데를 찾는다고 나가고··· 대체 그 동안 이 연탄직매소에서 무슨 일이 있었던 걸까?

"내가 인제에 있을 때 동네에 한학을 하는 할아버지가 계셔서, 내가 한

자 붓글씨를 조금 알아. 병욱이 아버님 붓글씨는 아주 달필이야. 잘 쓰셨어."

"아버지가 왜정 때 춘고를 나왔거든요. 그뿐만이 아닙니다. 해방 후에는 서울로 유학 가 동국대학교 연극영화과까지 다녔어요. 그러니까 춘천에서는 사실 내로라 할 학력이지요. 그런데 우여곡절 끝에 이런 조그만 연탄 직매소 사장을 하고 있나 봅니다. 뭐, 무기력한 아버지 얘기는 더 하고 싶지 않네요. 이제 얘기인데 저는 아버지와 일절 대면도 않고 산 지 몇 년 됐어요."

'솔직히 형을 소개시키는 것 때문에 할 수 없이 아버지와 대면할 참이거든요.'하는 말이 이어지려는 걸 간신히 참았다. 내 속도 모르고 형이 물었다.

"아버지와 일절 대면도 않고 몇 년을 살았다고? 정말이야?"

나는 대답 대신 고개를 끄덕였다. 그러자 어이없다는 듯 혀를 차고는 이렇게 말하는 형.

"사람들이 나보고 괴상한 놈이라고 하는데 내가 보기에는 네가 더 괴상한 놈이야! 나도 아버지와 좋은 사이는 못되지만 그래도 대면을 않는다든가 하는 일은 없었어. 다른 사이라면 모르지만 부자지간은 싫더라도 필요할 때는 대면해서 대화를 나눠야 뭔가 나은 길로 나아갈 수 있는 거라고."

"형이 방금 새마을지도자처럼 말하는 데 나는 놀랐어요."

"그런가? 하하하. 그래, 아버지와 뭔 일이 있어서 대면도 않고 살게 된 거야? 내가 소설 쓰는 놈이라 그런지 몹시 궁금하네."

하면서 입은 나일론 잠바 안주머니에서 '반으로 접혀서 납작하게 된 원고지 뭉치'를 꺼내 보였다. 나는 놀랐다. 형은 그 원고지 뭉치를 무슨 보물처럼 잠바 안주머니에 간직하고 있었다.

"춘천에 오기 전까지 쓰던 소설 원고야. 시작하기는 객골 분교에 있을 때였는데 얼마 후 거기를 관두고서 집에서 지내면서 툭하면 계모와 말다툼이나 하고 그르느라 글 집중이 돼야 말이지. 결국 중단됐지. … 이 사무실 방바닥이 아주 따뜻한 게, 소설이 쓰일 것 같아. 네가 알겠지만 나는 글 쓸 때 방바닥에 엎드려서 쓰잖아. 소설이 완성되는 대로 보여줄게."

다시 원고지 뭉치를 잠바 안주머니에 넣고는 하던 말을 이었다.

"그래, 아버지와 뭔 일이 있어서 대면도 않고 살게 된 거야?"

나는 창피한 집안일이라서 말하고 싶지 않았다. 형이 내 대답을 기다리다가 체념했다.

"하튼 너는 나보다 더 괴상한 놈이야."

사무실 구석에는 철제 돈통, 양은주전자, 재떨이로 쓰이는 간장종지, UN 육각성냥갑, 화투짝들, 검정고무줄로 배터리를 동여맨 작은 트랜지스터라디오 등이 비품인 양 모여 있었다. 어머니가 갖다 놓았을 이불은 맞은편 구석에 있다.

어느 새 갖다놓았는지, 형의 가방이 그 이불 옆에 있었다.

형이 더 말을 않고 간장종지에서 쓸 만한 담배꽁초를 하나 찾아 입에 물더니 성냥으로 불을 붙였다. 잠시 후 두 뺨이 홀쭉해지도록 담배연기를 빨아 마셨다가 다시 길게 내뿜기를 거듭한다.

나는 남이 피다 버린 담배꽁초가 싫었다. 대신 라디오를 켰다.

"박정희 대통령은 영하의 날씨에도 국방의 임무를 다하고 있는 일선 장병들에게 다음과 같은 치하의 말씀을 하셨습니다. '호시탐탐 우리 대한민국을 노리는 북괴의 야욕을 저지하는….'"

일선장병들을 대통령이 치하하는 뉴스며, 거리가 왠지 조용한 거며, 추운 날씨며 해마다 정초 분위기는 한결 같다.

3년 전, 정초다. 교동 집에서 살 때다. 그 즈음 아버지는 술에 취해서 밤늦게 귀가하는 일이 잦았다.

밤하늘에 야간 통행금지 사이렌이 늑대울음처럼 음산하게 울려 퍼지고, 얼마 안 돼 철대문이 열리는 기분 나쁜 소리. (아, 내가 누나네 집 철대문이 열릴 때마다 그 소리에 별나게 진저리를 치는 건 내력이 있었다!) 아버지는 그 철대문 소리를 내며 귀가했다. 그러면 우리 집 식구들은 잠을 자다가도 깨서 두려움에 떨었다. 물론 겉으로는 잠을 계속 자는 척들 했다. 철대문 소리 얼마 뒤에 목제 현관문 열리는 '삐거덕' 소리가 이어지고는 마침내 아버지의 술주정이 시작되었다.

"그래, 가장이 왔는데 누구 하나 일어나 맞는 사람 하나 없어? 쌍!"

현관에 접해 있는 거실에 서서 한 10분은 소란을 피우다가 제풀에 지쳐 당신이 혼자 지내는 안방으로 들어가 자면 다행이었다. 그렇지 못하고 건넛방에서 자식들과 자고 있는 어머니를 따로 거실로 불러내 악담을 퍼붓기 시작하면 집안은 한밤중에 지옥처럼 변했다.

"그래 이 년아. 돈이면 다냐? 사람이 살다보면 돈 없을 때도 있고 그런 거지 그걸 갖고 나를 사람 취급 않는 거야?"

라든가

"그래 네년이 자식새끼들과 한 편이 되어 나를 무시해?"

라든가

"내가 이렇게 일이 풀리지 않는 건, 다 재수 없는 네년을 만난 때문이야!"

등등, 그 악담을 하도 들어 나는 여태 기억할 정도다. 다른 사람도 아닌 어머니한테 그런 악담을 퍼붓는 건 자식들로서는, 잠자는 체하지만 지옥 같았다. 급기야는 아버지가 어머니 뺨을 후려쳐서 울리고는 혼자 안방으로 들어가면서 한밤중의 소란은 막을 내렸다. '안방' '건넛방' '가운데 방'중에서 가장 넓은 안방을 아버지 혼자 쓰는 기괴한 교동 집 분위기. 어머니와 동생들은 건넛방에서, 나는 그 와중에 '대학 다니는 큰아들'이라고 혼자 가운데 방에서 각기 지냈다. 누나는 도청에 취직되자마자 동료 여직원과 방을 구해 함께 자취한다는 핑계로 집에서 벗어났다.

돌이켜보면 그 즈음 아버지는, 물려받은 야산까지 팔아 김유정 문인비 건립 자금으로 대는 등 예총 일에 최선을 다했으나 누구 하나 알아주는 이 없는 냉랭한 지역사회 분위기에 절망한 듯싶다. 댄 자금의 회수를 목적으로 김유정 전집까지 냈지만 판매는 부진했다. 누나가 어느 날 집에 들렀다가 아버지를 보더니 흐느끼면서 항의하던 게 기억난다.

"제발 제가 다니는 도청에는 그 전집들을 돌리지 말아요! 직원들이 누구 애비가 책을 강매하러 왔다고 뒤에서 쑤군거린다니까요!"

의암호반에 펜촉 모양으로 선 김유정 문인비는 이제 아버지의 현실적인 무능을 입증하는 증거물처럼 되었다. 집안의 유일한 희망처럼 갖고 있었던 수만 평 야산마저 무위하게 날린 셈이 됐으니… 결국 아버지는 견딜 수 없는 분노를 그 해 정초에 하루가 멀다 하고 집에서 터뜨린 것이다. 문제는, 당신의 큰아들이 이제는 성인으로 자란데다가 그 즈음 시작한 소설이 잘 풀리지 않아 신경이 곤두서있었다는 사실이다.

"아버지! 제발 밤늦게 식구들을 깨우고 어머니를 괴롭히는 짓일랑 그만 둬요!"

그 날 밤도 거실에서 주정 부리는 아버지한테 느닷없이, 가운데 방에서 자다 말고 뛰쳐나온 내가 고함지른 것이다. 순간 아버지는 놀라서 얼떨떨했다. 그럴 만했다. 우리 식구 중 그 누구도 아버지한테 감히 그런 사람

이 없었으므로,

"이 새끼가!"

하면서 뒤늦게 후려치려고 쳐든 아버지의 팔을 나는 꽉 붙잡았다. 붙잡힌 팔을 빼려고 기를 쓰는 아버지와 그런 상태로 안방으로 들어보내려는 내가 뒤엉키면서 생각지도 못한 일이 벌어졌다. 마치 씨름하다가 넘어진 것처럼 아버지가 거실바닥에 '쿵!' 쓰러진 것이다. 그 광경을 옆에 있던 어머니는 물론이고 방에서 나온 동생들까지 목격했다. 거실바닥에 쓰러진 채 얼굴이 하얗게 된 아버지가 비명처럼 소리 질렀다.

"이 새끼가 애비를!"

저질러진 광경에 놀란 나는 그 길로 현관문을 박차고 뛰쳐나왔다. 맨발이었다. 한겨울 자정 넘은 시간의 바깥추위만큼 사나운 게 없었으니, 속내의를 입었기 천만다행이다. 문제는 그 시간에 피신할 곳이 딱히 없었다는 사실이다. 나는 급한 대로 뒷마당의 연탄 창고 안으로 피신했다. 하지만 이런 생각이 머리를 스쳤다.

'분명 아버지가 뒤따라 나와 여기를 뒤질 게다.'

창고 문을 열고 나와 이번에는 창고 지붕 위로 올라가 납작 엎드렸다. 내 판단이 맞았다. 아버지가 삽을 찾아들고 나타나 창고 문을 열더니 그 안을 뒤지는 소리가 났다. 잠시 후 창고 밖으로 나오면서 뇌까렸다.

"이 죽일 놈의 새끼가 어디 갔어?"

찾는 대상이 바로 이삼 미터 거리의 창고 지붕 위에 납작이 엎드려 있다는 걸 몰랐다. 어두운 밤이길 다행이다. 아버지가 집안으로 들어간 것을 감지한 나는 도둑고양이마냥 지붕에서 살금살금 내려와 창고 안으로 다시 들어갔다. 지붕 위가 너무 추워서 얼어 죽는 것 같았기 때문이다. 언 맨발을 손으로 비비면서 30분은 지났다. 아버지가 안방에서 곤하게 잠들었는지, 어머니가 집 밖으로 나와 집 주위를 다니며 소리죽여 나를 찾았다.

"애야 어디 있냐?"

나는 창고 문을 조심스레 열었다. 어머니가 내 겉옷과 구두와 양말을 건네며, 울먹이며 말을 이었다.

"옷 입고서 옆집에 가 있어. 내가 부탁해 놓았다."

옆집 아주머니는 마음씨 좋기로 동네에서 소문난 분이다. 우리 집에서 툭하면 밤늦은 시간에 소란을 펴도 단 한 번도 뭐라 그런 적이 없었다. 이제 문제는, 내가 옆집에 가려면 우리 집 철대문을 열고 나가야 하는데 그 소름 끼치도록 기분 나쁜 소리에 아버지가 자다 말고 뛰쳐나올지 모른다는 사실이다.

철대문 앞에서 어떻게 해야 하나 고민할 때 어머니가 귀띔했다.

"문 열지 말고 저기 담을 넘어가."

담 너머 어둠 속에 옆집 아주머니가 서 있었다. 내가 담을 넘자 아주머니가 앞장서서 현관으로 들어갔다. 따라 들어갔더니… 우리 집과 구조가 비슷한데 다만 작은 방 하나가 더 있었다. 그 방의 문을 열어주면서 아주머니가 말했다.

"여기서 지내요. 원래 식모가 쓰던 방인데 시집갔거든."

방에는 작은 책걸상 한 조와 이불과 요, 베개까지 있었다. 아주머니가 방을 나간 뒤 나는 요 위에 누웠다가 잠들어버렸다. 잠에서 깼을 때에는 늦은 아침이었다. 아주머니가 갖다 놓은 듯 공깃밥과 서너 가지 반찬이 쟁반에 담겨 내 머리맡에 있었다. 나는 밥을 몇 숟갈 뜨다 말고 책상을 창가로 끌어다 놓은 뒤 그 위에 올라섰다. 창문으로 담 너머 우리 집이 손에 잡힐 듯 가까이 보였다. 지붕 추녀 밑의 거미줄… 현관문… 녹슨 철대문… 관리가 안 돼 제멋대로 자란 마당의 살구나무 가지들….

오후 1시쯤 돼 어머니가 도시락을 들고서 찾아왔다. 아버지가 외출하자 그제야 마음 놓고 나를 찾아온 것이다. 당신의 큰아들이 도시락밥을 꾸역꾸역 먹는 걸 지켜보면서 말했다.

"지지리 못사는 집일수록 정초에 지랄 같은 일이 잘 생긴다지. 나는 그렇다 치고 자식새끼가 뭘 잘못이 있다고!"

나는 어머니 팔자타령이 듣기 싫어 숟갈을 들다 말았다. 어머니가 내 심기를 알아채곤 침묵하다가, 다시 내가 숟갈을 들자 감격한 어조로 말을 이었다.

"글쎄 이 집 아주머니가 네가 그냥 이 방에서 겨울을 나도 된다고 그랬단다. 얼마나 고마운지! … 불편해도 이렇게 숨어 지내면서, 네 아비가 외출하면 집으로 와서 밥을 찾아먹고 그러거라. 나는 어디 다니는 데가 생겼으니 말이다."

어머니의 벌겋게 튼 손등을 보고 나는 어머니가 시내 어느 식당 주방에서 일할 거라 직감했다. 누나가 도청 다니면서 대는 생활비로는 자식들의 학비까지 해결할 수 없었기 때문이다. 사실 내가 동네 어린애들을 맡아 과외지도라도 하면 내 학비 부담이라도 덜 수 있었을 텐데 그러지 않은 것은 오직 한 가지 이유다.

'나는 소설을 써야 한다.'

바로 1년 전인 고등학교 3학년 때, 여름방학 동안에 처음으로 써 본 소설 두 편이 잇달아 전국 단위 문학상을 받게 되면서 '머지않은 장래에 대단한 소설가가 될 거'란 자부심이 대단했던 것이다. 그러니 틈나는 대로 소설을 써야지 어린애들 과외지도 같은 일로 시간을 낭비해서는 안 됐다.

집안 식구 중 그 누구도 그런 내 결심에 이의를 달지 못했다. 심지어는 식구들한테 소외된 채 지내는 아버지까지 같은 생각이었던 것 같다. 내

방 앞을 지나갈 때마다 최대한 발걸음 소리를 죽이며 다니는 것만 봐도 알 수 있다. 본래 아버지는 팔자걸음으로 요란하게 걷는 습관이다. 따라서 그 즈음, 아버지가 가운데 방과 접한 거실에서 한바탕 주정을 부리곤 했던 것은 세상에 대한 분노가 너무 커서 자제력을 잃었던 게 아닐까?

어쨌든 나는 옆집에서 그 겨울을 보냈다. 춘천의 겨울만큼 추운 겨울이 어디 또 있을까. 나는 따뜻한 그 방에서 라디오 방송을 듣거나 낮잠을 자거나 대중잡지를 보거나 하며 밖의 사나운 추위를 피했다. 어머니가 내게 '아버지가 외출한 뒤에 집에 와서 밥을 먹으라'고 당부했지만 왠지 구차한 짓인 것 같아 그 당부를 따르지 않았다. 하는 수 없이 동생들이 교대로 내 식사를 날라주었다.

갑갑할 때면 책상을 창가에 갖다 놓고 올라서서 우리 집을 엿보았다. 사람들이 '전화기까지 있는, 예총 도지부장네 집'이라며 대단하게 보고 있지만 실상은 '독채 전세로 사는 남의 집인 데다가, 얼마 안 되는 전화 요금마저 늘 연체되는 어려운 형편의 집'이 내 눈앞에 있었다.

같은 집이지만 남들이 알고 있는 집과 내가 알고 있는 집이 전혀 다른 데 따른 서글픈 감회. 그 감회를 소설로 풀어썼더라면 얼마나 좋았을까. 또는… 가출하기 전 가운데 방에서 쓰다만 소설 원고도 동생이 갖다 줘서, 나는 마음만 먹으면 그 소설이라도 마무리 지을 수 있었다. 그러질 못하고 라디오 연속극에 심취하거나 식모가 남긴 잡지책들을 보는 것으로 시간을 보낸 나.

그렇다. 나는 그 때 이미 소설이 안 되는 슬럼프에 들어갔다. 1년 전 고3때 반짝 빛난 내 소설 쓰기는 벌써 빛을 잃고 말았다. 안타까운 일이다.

그 겨울이 끝나고 봄이 되었다. 2학년 1학기 강의가 시작되었다. 3월 중순의 어느 날이다. 고등학교 동기인, 다른 과 친구가 강의 없는 시간에 나를 찾아와 의아한 표정으로 물었다.

"어제 네 아버님이 학교에 왔었어. 처음에, 너를 많이 닮은 어르신이 내게 다가와 이리 묻는 게 아니겠어? '자네 혹시 이병욱이라고, 우리 아들을 아나?' 그래서 내가 '네, 제가 병욱이와 친구입니다' 했지. 그랬더니 내 두 손을 잡고서 이런 말씀하셨어. '병욱이한테 모든 게 애비 잘못이니 이제는 집으로 들어와도 된다고 전해줘' 그러면서 이런 말씀도 덧붙였지. '지난 일은 없었던 거로 한다고 그래' … 처음 뵙지만 얼굴도 수척하신 게 네 걱정이 많은 것 같더라. 그래, 아버님과 무슨 일이 있었니?"

"아무 일도 아니야. 오해가 좀 있었는데 이제 오해가 다 풀렸으니까 집에 들어가야지."

그렇게 얼버무리고는 다음 날 오전 11시경에 귀가하기로 결심했다. 그날은 휴강인데다가, 오전 11시경이면 아버지가 늦잠에서 일어나 아침 겸 점심 먹을 준비나 하고 있을 게 뻔했기 때문이다. 두 달여 만에 이뤄지는 부자간 만남에 다른 식구들은 없는 게 좋을 듯싶었고 그렇다면 그 시간대가 등교들 했거나 시내 식당으로 일 나갔거나 해서 가장 적합해 보였다.

그늘진 데는 지난겨울의 한기가 여리게 남아 있던 그 날 오전 11시 경, 옆집에서 나온 나는 우리 집 녹슨 철대문 앞에 서서 잠시 망설였다. 마치 아버지와 단 둘이 서는 연극무대 입장을 앞둔 것 같았다. 사실 무슨 두려운 일이 생길지 모르지만 그렇다고 마냥 옆집 신세를 질 수도 없었다. 결국 '에라 될 대로 되라!'는 심정으로 철대문을 열고 들어갔다.

"삐그더덩 쿵!"

철대문의 기분 나쁜 소리를 뒤로 하고 그 다음에는 현관문을 열었다. 현관바닥에는 '뒷굽이 바깥쪽으로 많이 닳은' 아버지 구두만 놓여 있었다. 짐작대로 아버지 혼자 집에 있었다. 나는 괜한 헛기침까지 하면서 거실을 가로질러 내 가운데 방으로 걸어 들어갔다. 구석에 개어놓은 이불과 요, 벽에 걸린 교련복, 모서리 한쪽이 닳은 책상… 내 물건들이 변함없이 제자리에 있었다. 책상 서랍을 열어봤다. '청자' 담뱃갑도 그대로 있었다. 나는 아버지가 집에 있는 시간에는 담배를 피우지 않는 것을 원칙으로 지내왔지만 이제는 그러고 싶지 않았다. 담배 한 개비를 꺼내 입에 물고 라이터로 불을 붙였다. 창문은 열었지만 담배 냄새가 사방으로 퍼질 게 뻔했다. 아버지가 '이런 호로새끼, 어디서 담배를 펴?' 소리치면서 안방에서 뛰쳐나올지 몰랐다.

'될 대로 되라지.'

여전히 조용한 집안. 마치 절간 같았다. 아버지가 분명히 안방에 있을 텐데 왜 이리 조용할까?

10여 분 후 안방 문이 열리는 소리가 나더니, 거실을 걸어가는 아버지 발걸음 소리가 이어졌다. 잠시 후 현관문을 여는 소리가 난 뒤 '삐그더덩 쿵!'하는 철대문 소리. 팔자걸음으로 시내 어느 다방을 향해 걸어가는 아버지의 뒷모습이 내 눈에 보이는 것 같았다. 그렇게 아버지와 나는 모습이 아닌 소리들로써 만났다. 유난히 봄 햇빛이 화창한 날이었다.

돌이켜보면 그 날 아버지는 당신의 큰아들이 안방 문을 열고 들어와 무릎 꿇고 용서를 비는 모습을 보여주기를 기다렸는지 모른다. 하지만 그런 일은 일어나지 않았고 결국 아버지는 무참해진 채 아침 겸 점심으로 먹는 밥도 거르고서 그냥 시내의 어느 다방을 향해 집을 나선 것이다.

그렇다. 아버지는 두 달 전 정초에 거실에서 벌어진 '사건'으로 이미 예전의 아버지가 못되었다. 예전에도 무능력한 가장이었지만 그래도 술의 힘을 빌리면 집안에서 한바탕 소란을 피울 수 있는 권위 같은 게 있었다. 하지만 그 사건으로 그 알량한 권위마저 밑바닥으로 추락한 것이다. 큰아들과 거실에서 붙잡고 싸우다가 패한 것처럼 된 광경을 온 식구가 목격했으니 더는 고개도 들 수 없었다.

그 동안 아버지한테 일방적으로 모욕당하던 어머니도 달라졌다. 내가 기억하기에 어머니는 늘, 아침 겸 점심을 먹는 아버지를 위해 부엌에 밥상을 차려놓고서 외출했는데 이제는 그러질 않았다. 그냥 외출하던 것이다. 마치 아버지한테 '배고프면 당신이 알아서 밥상을 차려 먹으라고!' 소리치는 것 같았다.

식구들한테서 얼마나 소외된 아버지였던가. 큰아들이 가출해서 간 데가 먼 데가 아니라 바로 옆집이었는데 그 사실을 식구 중 누구 하나 일러주질 않아서 그렇게 강원대 캠퍼스까지 와 찾았으니.

봄 햇빛 화창한 날에 이뤄진 나의 뻔뻔한 귀가와 아버지의 무참한 모습. 그 날 이후 아버지와 나는 일절 대면 않고 지냈다. 거실에서 어쩌다가 맞닥뜨려도 서로 다른 데를 보며 지나쳐갔다. 얼마 후 후평동 집으로 이사 가서 살게 됐을 때도 그런 부자 관계는 달라짐이 없었다. 지금의 효자동 집으로 다시 이사 가게 됐을 때도 마찬가지다.

'그런데 그렇게 잦은 이사에도 아버지가 어떻게 낙오되지 않고 새 집을 찾아왔을까?'

부부간 대화 단절이 오래됐으니 어머니가 일러주었을 리 만무하고… 동생들이 일러주었을까? 아니다. 누나가 일러준 듯싶다. 맏딸이라 그런가, 누나는 아버지를 싫어하면서도 늘 안됐어 한다. 그 바람에 아버지가 식구들의 소외를 견디는지 모른다.

"눈이 내리잖아?"

형의 말에 나는 긴 상념에서 깨어났다. 간장종지에서 담배꽁초를 찾다 말고 사무실 문까지 활짝 열어 내리는 눈을 감상하는 형.

"왠지 주위가 한층 조용해진 듯했어요."

"그러게 말이다. … 그런데 병욱아. 그리스 미코노스 항구에도 눈이 내리고 있지 않을까?"

나는 순간 형의 비현실이 싫어졌다. 미코노스 항구는 지중해에 있는 항구이니까 눈보다는 비가 내릴 거다. 그런 현실적인 생각도 못하고 감상에 빠져있다니. 나는 자리에서 일어나며 말했다.

"형, 이만 갈게요."

"아니 더 있다가 가지. 눈도 내리는데 말이야."

내리는 눈 때문에 가지 못한다는 건 말이 안 된다는, 오기마저 나도 모르게 생겨났다. 그렇기도 하고 일단 형한테 이렇게 새 거처를 안내해줬으니 더 남아 있을 필요가 없다는 생각도 들었다.

"그냥 갈 겁니다."

"기다려 봐."

형이 홀에서 비닐우산을 찾아냈다.

"이거 쓰고 가."

하면서 펼쳤는데 삼분지 일쯤 찢어진 비닐우산이었다. 나는 그 우산을 펼쳐 쓰고 연탄직매소를 나섰다. 형이 내 뒤에서 소리쳤다.

"심심하면 놀러와. 알았지?"

어느새 연탄직매소를 자기 집처럼 여기는 형. 놀라운 적응력이다.

나는 찢어진 우산 속으로 들어오는 눈을 어쩔 수 없이 맞으며 누나네 집을 향해 걸어갔다. 그러면서 생각했다.

'지난번 학교 운동장에서, 미 이수된 교련 학점을 해결하기 위해 나흘 간 훈련 받을 때 눈이 내리지 않았으니 망정이지 만일 눈이 내렸더라면 어떡할 뻔했나? 눈을 맞아가며 눈 바닥을 기는 최악의 훈련이 이뤄졌을 게다. 서울에 있는 대학이라면 으레 있을 법한 실내체육관이나 강당 하나 없는 지방 대학이라 그런 고생은 피할 수 없었다. 정말 그 즈음 눈 안 내리길 천만다행이다.'

뒤늦게 다행스러워하다가 먹구름처럼 엄습하는 불안.

'교련도 그렇고 독일어도 그렇고 천신만고로 학점 미 이수 문제를 해결하느라 갖은 고생 다했는데… 과연 졸업사정회를 무난히 통과했을까?'

석 달 전만 해도 나는 두 과목이나 미 이수 된 것도 모르고 시내의 한 중학교에서 교생실습을 하고 있었다. 나름대로 열심히 하고는 있으나 어설프기 짝이 없었다. 넥타이 매는 일부터 서툴러 우왕좌왕하다가 결국 포기한 채 출근했고 중학생들을 대학생처럼 가르치다가 지도교사한테서 '그렇게 어렵게 가르치면 학생들이 하나도 못 알아듣습니다'는 지적을 받기도 했다. 시험문제 출제를 대부분 주관식 서술형으로 냈다가 '객관식으로 출제해야 채점하기 쉬운데 이래 놓으면 채점만 며칠 걸릴 텐데요!'하는 난감한 지적 또한 빠트릴 수 없다.

함께 실습 나온 다른 동기들에 비해 확실히 내가 실수가 많았다. 그럴 만했다. '졸업 전에 문제작을 한 편 쓰고야 말겠다'며 누나네 집방에서 원고지를 붙잡고 엎치락뒤치락하다가 교생실습을 나왔기 때문이다. 교생실습이 시작되는 날 새벽까지 원고지와 씨름했으니 오죽하랴. '나는 월남에서 돌아왔다. 커다란 군함으로, 비둘기 태극기 풍선 띄우는 조국의 항구로— 환영의 플래카드 속으로 돌아온 것이 아니다. 전상자 후송 비행기로 사월 어느 날 조국의 남부지방 어느 적막한 공군기지로 돌아온 것이다. 내 가슴에도 훈장은 걸렸다.'로 시작되는 소설이 아직도 미완성인 거다.

실수투성이 교생실습이 끝나던 날 밤에, 장호를 만나게 될 줄이야.

지도교사가 '그 동안 지적받느라 고생 많았다'며 사준 막걸리를 거나하게 마신 나는 취한 발걸음으로 밤거리를 비틀비틀 걷고 있었는데, 등 뒤에서 장호의 목소리가 들리던 것이다.

"뭐해요 형?"

정말 우연히 만났다. 인구가 10만도 안 되는 춘천이라서 가능한 조우였다. 그런데 다른 때의 인사조로 하는 '뭐해요 형'과 억양이 달랐다. 걱정 어린 억양이랄까. 얼떨떨해 고개 돌려보는 내게 장호가 이렇게 말을 이었다.

"우리 강원대 중앙현관 앞에 게시판이 있잖아요. 거기에 대문짝만하게 '졸업학점 미 이수자 명단'이 붙어 있는데 형이 두 과목이나 미 이수된 거로 돼 있어요."

"뭐?!"

"무심하긴. 지금 나를 만나지 않았더라면 그런 사실도 전혀 몰랐겠구먼."

"……."

"내일이라도 학교에 가 봐요."

술이 확 깼다. 장호와 헤어진 나는 귀갓길을 서둘렀다. 원래는 포장마차 에라도 들러서 한 잔 더할 생각이었다. 귓바퀴가 시린 싸늘한 늦가을 밤거리를 정신없이 걸어갔다. 얼마나 정신없었던지 몇 달 전까지 산 후평동 쪽으로 가다가 뒤늦게 운교동 누나네 집으로 발길을 돌리기까지 했다. 기가 막혔다.

'졸업학점 미 이수라니, 그렇게 되면 어머니와 누나가 학수고대하는 교사 발령은 둘째 치고 졸업부터 되지 않는다. 날벼락도 유분수지, 정말.'

어머니와 누나가 나의 교사발령을 학수고대하고 있다는 사실을 알게 된 건 교생실습 닷새째 되는 날이다. 중학교에서 하루 종일 지도안 작성과 수업참관으로 시간을 보내고는 지친 발걸음으로 퇴근했는데 어머니가 웬일로 누나네 안방에 와 있다가 철대문 소리에 방문을 열어 나를 보더니 불러들여서 이리 말했기 때문이다.

"우리는 자나 깨나, 내년 3월 초를 기다린다. 그 때 되면 네가 국어선생님으로 발령 받으면서 우리 집안의 고생이 한시름 놓게 되지 않겠니!"

그러면서 어머니는 내 오른손을, 누나는 내 왼손을 나눠 잡고서 행복한 표정들을 지었다.

… 그런 일까지 있었는데 장호 말에 의하면 내가 졸업학점 미 이수자 명단에 있단다. 세상에 이럴 수가.

밤잠을 설치고는 아침이 되자 식사도 거른 채 세수나 간단히 하고서 서둘러 강원대학교로 갔다. 11월 하순의 캠퍼스는 종강한 강의들이 많은 탓에 인적도 뜸한 쓸쓸한 풍경이었다. 장호가 말한 '중앙현관 앞 게시판'부터 살폈다. 과연 대문짝만하게 '졸업학점 미 이수자 명단'이란 제목으로 이름들이 나열된 곳에 내 이름 석 자도 있었다. 기가 막힌 것은, 다른 학생들은 한 과목 정도가 미 이수됐는데 나는 정말 '독일어'와 '교련', 두 과목이나 미 이수된 것으로 적시됐다는 사실이다. 전 날 밤 장호가 얘기한 대로지만 막상 직접 목격했을 때 그 암담함이란.

'어떻게 이런 중요한 사실을, 당사자가 교생실습 나가 있는 것도 모르고 그냥 게시해 놓았을까? 아무리 어설픈 신생 대학이라도 너무했다.'

'교련'은 다섯 명이, '독일어'는 나 한 명이 미 이수였다. 나는 그길로 독일어 교수를 찾아갔다. 다행히도 그분은 교수연구실에 있었다. 종강은 했지만 다른 일로 출근한 것 같았다. 천만다행이었다. 전날 밤 길에서 장호를 우연히 만난 것도 그렇고 정말 하늘이 나를 도왔다. 낯선 학생의 방문에 의아해하는 교수께 공손히 인사드리고 나서 내 이름과 학과를 밝힌 뒤 찾아온 용건을 말씀드렸다.

"염치불구하고 미 이수된 과목 때문에 찾아왔습니다, 교수님."

노(老) 교수는 그제야 사태를 알아채고는 치미는 분노를 어쩌지 못해 의자에 앉은 채 몸을 부르르 떨면서 말했다.

"맞아. 시험지를 백지로 내서 내가 F 준 학생이야! 그래, 무슨 배짱으로 그랬어? 그것도 교양필수 과목을."

졸업이 임박해서 허겁지겁 찾아온 학생에 대한 분노도 있겠지만, 자신의 과목이 업신여겨진 듯싶은 데 따른 분노가 더 컸는지 모른다. 나는 면목이 없었다. 어쩌다가 이런 지경에 다다랐나.

바로 2년 전인 2학년 2학기 기말고사 때다. 독일어 시험을 보는 날, 나는 시험지의 답란을 메울 생각은 않고 창밖의 '첫눈 내리는 풍경'을 보며 엉뚱한 상념에 잡혔다.

'첫눈 내리는 멋진 날에 골치 아픈 독일어 시험에 잡혀 있다니 도대체 말이 안 된다. 아무리 생각해 봐도 내 인생에 도움이 될 구석이 전혀 없는 과목이다. 그렇다면 까짓 거, 망설일 게 없다. 그냥 편히 살자.'

그 길로 나는 시험지를 백지로 내고는 밖으로 나와 버렸다. 시험감독 차 들어온 조교가 어안이 벙벙한 표정으로 내 뒤통수를 바라보는 것 같았다. 눈을 맞으며 학교를 벗어나 부근 골목의 작은 대폿집에 들어간 나는 기세 좋게 막걸리 한 되를 주문해서 김치를 안주로 대낮부터 취해갔다. 그러면서 '첫눈'이란 제목으로 소설 한 편 써 보면 어떨까 생각했다.

"어서 대답해 보라고, 내가 어쩌면 좋은지?"

독일어 교수의 다그치는 말에 나는 상념에서 퍼뜩 깼다. 소설 생각으로 4년 세월을 헛되이 날린 셈이지만 그 바람에 순식간에 스토리를 꾸며대는 능력은 생겼다.

"제가 독일어 시험을 치를 당시에 시험공부를 전혀 할 수 없었거든요. 하필 전 날 집에서 이사 가는 바람에 늦게까지 짐을 나르고 하다가…."

"집에서 이사 가는 건 이사 가는 거고 시험은 시험이지! 무슨 핑계도 되지 않은 소리야!"

나는 긴 말이 필요 없음을 깨달았다. 한 마디만 더 말씀드려보고 반응이 좋지 않으면 그냥 인사드리고 가기로 결심했다. 그 후에 어떻게 될지는 운명에 맡겼다.

"교수님. 이 독일어가 학점이 나오지 않으면 저는 졸업이 안 되고 그렇게 되면 저는 마·지·막입니다."

교수는 '마지막이라니 무슨 소리야?'같은 다그침을 하지 않았다. '마지막'이란 말에 힘을 주던 내 표정이 워낙 처절해 보여서 차마 그러지 못한 게 아닐까. 두 눈을 감고서 망연히 있더니 이윽고 서랍에서 깨끗한 시험지 한 장을 꺼내 건네며 말했다.

"아는 대로 적어서 내라고."

나는 워낙 기억나는 것들이 적어서 시험지의 반의 반 밖에 못 메웠다. 그런 뒤, 창밖을 망연히 내다보고 있는 교수의 책상 위에 그 시험지를 조용히 올려놓고서 연구실을 나왔다. 고백하건대, 정년이 코앞인 교수에게 나는 손자뻘 나이가 될 텐데 그렇다면 측은히 여겨서 학점을 줄 거라 믿을 뿐이었다.

그런 내 믿음이 맞을지는 의문이었다.

'독일어도 그렇고 그 며칠 후의 교련도 그렇고 과연 두 과목 모두 별 탈

없이 학점 이수로 처리돼 졸업사정회를 무난히 통과했을까? 워낙 경황없이 이뤄진 일이라 확신이 서지 않으니 말이다'

찢어진 비닐우산을 쓰고서 8호 광장을 지날 때에는 눈길에 구두가 젖어서 양말 속의 발가락들이 시렸다. 누나네 집에 다 왔다. 철대문 윗부분의 뾰족한 창들에 탑처럼 쌓이던 눈이, 내가 철대문을 밀자 한꺼번에 허물어져 내렸다. 기분 나쁜 '삐이그으더더덩 쿵!' 소리도 물먹은 듯 가라앉았다.

내 발자국들을 끌고서 마당으로 들어섰다. 쓰고 난, 찢어진 비닐우산처럼 귀찮은 것도 없다.

짐방 문 앞에 서서 '이걸 어쩌나' 고민할 때 안방 방문이 조금 열리며 누나 얼굴이 숨바꼭질하듯 나왔다.

"눈 맞아가며 어디 갔다 왔어?"

"연탄직매소에."

"아 참 그렇지. 그 지저분한 선배랑 나갔지. 거기서 아버지 봤니?"

나는 고개를 저었다. 그 때 아기 우는 소리가 들렸다. 누나가 급하게 방문을 닫으며 뭐라고 말을 이었는데 잘 들리지 않았다. 머뭇거리던 나는 찢어진 비닐우산을 담벼락 밑에 놓고는 짐방 문을 열었다. 어두운 방 안. 전등을 켜려다가 그만뒀다.

아랫목에 편히 누웠다. 오랜만이다.

형이 없으니 이렇게 편할 수가. 어둠 속에 누워 이 생각 저 생각을 하다가 나도 모르게 잠들었다. 잠을 깼을 때는 오후 8시 반이었다.

'소설을 다시 시작해 보자.'

전등을 켰다. 앉은뱅이책상도 방 한가운데에 편히 놓았다. 소설 원고만 책상 위에 올려놓고 시작하면 되는데 젠장, 원고를 찾을 수가 없다. 쌓인 짐들 속 어딘가에 잘 넣어둔 것 같은데….

찾다가 포기했다. 다시 전등을 끄고 누워버렸다. 무게 하나 없는 어둠이 나를 무겁게 누르는 느낌. 엎치락뒤치락하다가… 잠들었다. 그러는 동안에 1973년이 1974년으로 바뀌었다.

06. 정초

"뭐하니? 매형이 기다리는데. 어서 안방으로 와."

하는 누나의 말에 잠이 깼다. 아침이었다.

"한 집에 있어도 우리 처남 본 지 오래된 것 같아."

매형의 말에 나는 말없이 고개나 끄덕이고는 떡국을 떠먹기 시작했다. '그러게나 말입니다. 하하하' 같은 맞장구를 쳐줘야 화기애애한 식사분위기가 될 듯싶은데, 아무래도 어려운 매형이라 그러질 못한다.

매형은 1·4 후퇴 때 남쪽으로 피난 온 집안의 둘째아들이다. 피난민들의 자식이 대개 그랬듯이 어려서 고생이 많았다. 신문배달로 학비를 버는 고생 속에서도 공부를 열심히 해서 서울대 공대를 갔고… 최전방의 ROTC 소대장으로 군복무를 마친 뒤 처음 취직한 데가 여기 춘천에 있는 국책기관의 연구소였다. 업무 차 자주 들르던 도청에서 누나를 알게 됐을 때 매형 나이가 32세, 누나는 23세이니 9살이나 나이 차가 났다. 나중에 알게 된 사실은, 그 즈음 매형은 이화여대를 나온 서울 처녀와 혼담이 한창 오가던 중이었단다. 그녀는 학벌도 좋을 뿐만 아니라 집안도 잘살며 다니는 직장도 종로에 있는 대기업이었다. 그렇게 여러모로 흠잡을 데 없는 그녀를 그만두고 '강원도 춘천의, 못사는 집안의, 여고만 나온, 도지사 비서라는 임시직'의 누나와 교제를 시작한 지 일 년도 안 돼 결혼식을 올린 것이다. 이유는 단 한 가지.

'좋아서.'

한 남자가 한 여자를 좋다는 데에 무슨 설명이 필요할까?

우리 아버지의 무능함이 본격적으로 드러나기 시작한 게 매형과 누나의 약혼식에서부터다. 약혼식 비용은 여자 측에서 다 낸다는데 우리 집은 그럴 능력이 없었다. 아버지는 교통비 정도 나오던 예총 일마저 그만 둔 실직자고 어머니는 다니던 적십자사에 사표 내고 집안에 눌러앉은 상태. 그동안 누나가 사실상 가장으로서 도청에서 받는 봉급 대부분을 집안 생활비로 다 써 버렸으니 여유가 있을 수가 없었다. 고민하는 누나를 보고서 매형이 사정을 알아챘다. 매형은 그 길로 자기 적금 통장 하나를 깨서 슬그머니 누나한테 건넸다. 그 돈으로 약혼식이 무사히 치러졌다. 몇 달 뒤 결혼식도 마찬가지였다. 결혼예물까지 매형의 돈으로 다 해결됐다.

"아니 그 중요한 날에 내가 새 양복을 입어야지 헌 양복을 입어?"

누나 약혼식 날이 정해지자 아버지가 어머니한테 큰 소리로 다그친 말이다. 어머니가 아버지한테 '입던 양복을 세탁소에 맡겨 깨끗하게 클리닝해서 차려입고는 약혼식에 가야 하지 않겠어요?'하고 조심스레 권하자 버럭 화를 내며 말한 것이다. 결국 예비사위의 돈으로 새 양복까지 맞춰 입고는 약혼식이 치러지는 식당에서, 예비 바깥사돈어른한테 연실 술잔을 건네며 '내가 예총 도지부장을 할 때 말입니다'라는 말과 '허허허' 웃음을 남발하던 아버지. 그 허장성세라니.

아버지가 누나를 시집보내면서 제대로 한 일이라곤 '결혼식장에서 누나를 데리고 점잖게 걸어가 매형한테 인도한 일' 하나밖에 없었다. 그 후 누나가 신혼생활을 시작한 이 운교동 집에 한 달에 한 번 꼴로 찾아와 용돈을 받아간 아버지. 그렇다. 아버지의 경제적 무능함은 당사자의 문제를 넘어 온 식구의 체면까지 무참하게 만들었다. 그 바람에 나는 매형이 어려울 수밖에 없었다. 그러잖아도 나이 차가 10년 이상 져서 조심스러웠는데.

누구인들 정겨운 처남 매부 간이 되고 싶지 않을까?

나는 그럴 수가 없었다. 사실 매형한테 나이 차는 문제가 못됐다. 자신보다 한참 어리면서 '대 작가를 꿈꾸는 처남'을 흥미롭게 보는 따뜻한 눈길이라니. 나는 매형의 그런 눈길을 애써 모른 체한다. 늘 부담 거리인 처가의 장남이기 때문이다. 내 자존심이 너무 강한 걸까?

제기랄, 이 모든 사태의 출발은 아버지의 무능함이다. 그렇다. 나는 아버지를 잘못 만났다.

떡국을 먹던 매형이 '참!' 하며 누나한테 물었다.

"처남 선배 분도 있잖아? 오라 해서 같이 먹어야 되지 않겠어?"

누나가 아기한테 젖병을 물린 채 정색하며 답했다.

"벌써 다른 데 취직해서 짐방에서 나갔어요."

"그랬다고? 어느 회사에?"

"이름도 없는 작은 회사."

"진작 알았더라면 밥이라도 한 번 같이 먹는 건데."

설날 아침의 식사가 끝났다. 자리에서 일어나려는 내게 매형이 '참!' 하며 물었다.

"소설은… 잘 돼가나?"

"되다 말다 그래요."

짐방으로 돌아온 나는 양치질도 잊고 앉은뱅이책상을 방 한가운데에 펴 놓았다. 쓰다 만 소설 원고만 찾으면 되는데… 여전히 오리무중이다. 찾다 찾다 지쳐서 요 위에 벌렁 눕다가, 이상한 느낌에 요 밑을 들쳐보았다. 세상에, 그 쓰다 만 소설 원고가 요 밑에 납작하게 깔려 있었다.

다시 소설 쓰기에 매달렸다. 이미 써 놓은 데까지 여러 번 묵독하고는 무사가 칼을 쥐듯 비장하게 볼펜을 쥐었다. 한참 만에 문장들이 이어졌다.

환영의 플래카드 속으로 귀국한 게 아니라 전상자 후송 비행기로 귀국한, 딱한 처지의 부상병이 부상당한 과정을 술회하는 문장들이다.

『나는 사단본부의 안전한 장소에서 복무했다. 내가 작성하는 서류에 의해 수많은 전우들이 월남의 이곳저곳으로 이동하였다. 내 펜대에 의해 부상당하거나 포로가 되거나 승리하거나, 혹은 어느 땅굴에서 베트콩과 부둥켜안고 싸울 거라는 상상이나 하면서 월남파병의 세월을 끄적끄적 보내고 있었다.

외출 나간 병사들이 납치될 뻔한 사건이 잇단 뒤로 사단본부의 근무자들은 모두 안전한 영내생활로 제한됐던 그 즈음이었다.

물론 나도 처음 월남에 상륙했을 때에는 전투부대 소대원이었다.

매복 작전.

거미줄 같은 인계철선의 크레모아가 깔린 현장에서 숨죽여 주위를 살피던 긴장 속 나날들. 그런데 매복 작전이 네 달째 이어지면서…… 나는 아무 데로나 총을 갈기고서 영창에라도 가고 싶었다.

끝없는 매복 작전. 숨은 적이 먼저 드러나거나 숨어서 기다리던 우리가 먼저 드러나거나, 어느 쪽이 지루함을 견디지 못해 몸을 드러내느냐에 전투의 승패가 달린 그 지루한 작전. 성가신 숲 모기들을 견디며 오줌도 매복한 채 누어야 했다. 땀에 젖다가 마르다가를 반복하며 소금기마저 배던 내 몸.

한 번쯤, 총탄이 빗발치는 전장에서 치열하게 살아보겠다는 나의 참전지원 의사는 착각이었다. 후회가 막급한 매복생활 다섯 달째 나는 느닷없이 사단본부로 전출되면서 그 지루한 전투부대 생활을 마감한 것이다.

어찌 된 일일까? 영문도 모른 채 나는 안전한 사단본부에서 근무하게 되었는데 '그 날' 사건은 터져버렸다.

그 날, 엄폐된 막사에서 책상의 일들을 끝내고 기어 나왔을 때 하늘은 푸르렀다. 비가 그친 직후였다. 월남의 날씨는 늘 그랬다. 비가 억수같이 쏟아지다가도 이내 화창해지는 게, 돌아서면 베트콩이 된다는 그곳 민간인들의 표정 같았다.

나는 푸른 하늘 아래, 본부의 연병장을 걸어가고 있었다.

태양의 무수한 조각들이 땅바닥과 야자수의 푸른 이파리들과 쇳덩이 포신들 위에서 뒹굴고 있었다. 눈이 부셨다. 눈을 가늘게 뜬 채로 나는 걸어가고 있었다.

월남의 태양은 강인했다. 철모를 부술 듯 하늘에서 펄쩍펄쩍 뛰고 있었다. 영내 가득히 펄쩍펄쩍 뛰고 있었다.

나는 눈을 잔뜩 찌푸리고 걸었다. 온몸의 세포들이 꿈틀대는 게 역력했다. 밀림의 모기들처럼 군복을 사정없이 꿰뚫고 들어오는 뜨거운 열기. 땀이 흘렀다. 영내는 넓었다. 적막은 넓었다.

적막 속을 걷고 있었다.

그러다 내 발끝에 무엇이 걸렸다. 나는 눈을 거의 감은 채로 그것을 걸어차 버렸는데…… 고막의 한계를 넘는 폭음과 함께 미쳐 날뛰는 한쪽 다리와 태양을 보았다. 걸어찬 것은 수류탄이었다. 적막은 찢어졌고 찢어진 틈새로 태양의 비늘들이 가득 퍼부어졌다.

그리고 내게도 훈장이 수여됐다.

정말 애매한 훈장이었다.

내 손아귀에 들어가는 그 쇳덩어리의 면적은, 내 한쪽 다리와 한쪽 눈알을 보상해주기엔 너무 좁아 보였다.

그리고서…… 나는 다시 이 적막한 공간에서 심심함과 싸우고 있는 것이다. 통증을 호소하는 신음들이 끊이지 않지만 왜 이리 후송병원은 적막한 곳으로 여겨질까? 게다가 판에 찍은 듯 반복되는 일상의 심심함까지. 어쩌면 이런 풍경은 또 다른 전투 풍경일 수 있다는 생각마저 든다. 다친 몸을 갖고서 통증을 견뎌 나가야 하는, 지루한 날들에 대한 매복 작전?

유리창 밖으론 벚꽃들이 웃는데 온종일 쑤시는 상처. 내가 남자로 살아 있음을 깨닫게 해 주는 유일한 낙인 간호장교들의 몸매와 움직임. 금빛 광택뿐이던 훈장에는 꼬질꼬질한 손때가 묻어갔다.』

스토리 전개상 아주 못생긴 간호장교가 등장할 참인데… 문장이 이어지지 않는다. 그러잖아도 비좁은 방바닥이, 쓰다가 실패해 내버린 원고지들로 넘쳐났다. 쓰레기장 같다. 나는 순간 좌절감에 쥐고 있던 볼펜을 냅다 벽 쪽으로 던졌다. 벽에 잠깐 꽂히더니 제 무게를 못 이겨서 방바닥에 떨어졌다. 그 바람에 벽지에 조그만 구멍만 생겼다.

그 구멍 안으로 내 새끼손가락을 비집어 넣어보았다. 꺼끌꺼끌한 게 만져졌다. 시멘트 블록이었다. 방벽을 미장도 않고 도배한 것이다. 어이가 없었다. 정말 날림으로 지은 집이다.

망연히 앉아 있다가 다시 소설 쓰기에 매달렸다. 웬일로 잘 풀리는 문장들.

『경자를 만난 건 초가을이었다.

벚꽃이 다 떨어져버리면서 끊임없이 등창(瘡)과 싸워야 하는 여름이 왔는가 싶더니 어느덧 선선한 가을바람일 때 경자가 우리 병실에 들어섰다. 경자는 세 번째 바뀐 담당 간호장교였다.

경자는 광대뼈 얼굴에 주근깨가 가득한 추녀였다. 모래밭의 개미떼 같은

주근깨들.

그 경자가 가을이 지나가고 매서운 추위가 닥친 날, 내 침대 옆 유리창에 '사랑합니다'란 글씨를 손가락으로 썼다. 흰 성에가 가득 핀 유리창이 '사랑합니다'란 글자들로 파이면서 밖의 겨울풍경이 새어들어 왔다. 무거운 잿빛 하늘, 벚나무 가지마다 핀 눈송이 꽃들.

사랑한다니?

몸의 절반이나 잃은 꼴인 나를 사랑한다는 뜻인가? 점심식사 후 낮잠들 자느라 조용한 주위를 둘러보고서 나는 소리 낮추어 반문했다.

"정말입니까?"

경자는 '정말입니다'라고 다시 유리창에 손가락으로 써보였다. 곤혹스러웠다.

경자가 '사랑합니다'란 글씨를 쓴 것은 그녀가 시월에 오고서 세 달 만의 일이었다.

세 달.

그녀는 정해진 시간에 와 체온을 재고 주사를 놓았었다. 가끔씩 내 침대 맡에 머물며 얘기를 건네기도 해서 말동무가 생기나보다 했는데 그렇게 느닷없이 사랑한다 했다. 일시적인 감정의 충동으로 그런 글씨를 쓸 나이가 아니었다. 서른이란 노처녀 나이. 넓적한 얼굴에 가득한 개미떼들.

나보다 다섯 살이나 더 많은 나이, 결코 일시적인 행위가 아닌 고백, 세 달이란 시간.

나는 아무 말 못하고 앉아 있었다. 그런 내게 그녀는 자기의 손목을 내밀어 내 손으로 쥐게 만들었다. 곤혹스런 내 외눈엔 눈물이 가득 고였다. '사랑합니다', '정말입니다'의 글씨들로 벗겨진 유리창의 성에 틈새로 보이던 겨울의 풍경들도 얼룽얼룽해졌다.

그 겨울이 가고 봄이 되었을 때 우리는 도시의 예식장에서 결혼식을 올렸다.

정작 친지들보다 더 많은 잡지사와 신문사 기자들이 식장으로 달려왔다. 취재의 화살은 나보다도 경자에게로 퍼부어졌다. '어떻게 몸이 불편한 분과 장래를 약속하게 되었습니까?'

경자는 간단한 대답으로써 기자들의 호기심을 일축하였다.

"저는 이분을 사랑합니다."

그 이상의 대답은 필요 없었다.

부모님부터 고모 이모네까지 참석한 우리 쪽에 비해, 경자네 쪽에선 같이 일하던 간호장교 두셋이 가족처럼 왔을 뿐이라 양가 어른들의 인사 차례도 생략하고 간단히 치러진 결혼식이었다. 나중에 경자가 해명하기로는, 어머님 한 분이 살아계시지만 노환으로 누운 데다가 친척도 별로 없는 자기 집안이라 했다.

기자들은 결혼식장 참석자들의 면면을 살피고서 요란뻑적지근한 판단을 내렸다. '신부네 집에서 극심한 반대가 있었는데도 결국은 한 여성의 진실한 사랑이 승리를 거둔 것이다.'고. 기자들은 경자의 이름을 필두로 자기네 감정까지 듬뿍 발라가며 기사를 써갈겨댔다. 우리의 결혼은 그렇게 뉴스거리가 되는 것으로 시작되었다.

나흘간의 불국사 신혼여행.

신혼여행을 마치자마자 경자는 신문들에서 우리 관련 사진과 기사들을 찾아 따로 스크랩해놓느라 바빴다.

나는 그런 경자를 지켜보면서 방구석에 심드렁하게 누워 있었다. 경자의 몸은 돌덩이였다. 아무리 껴안아도 변화가 오기는커녕 오히려 소름 돋는 피부로 나를 맞는 불감증…… 경자는 석녀(石女)였다. 나흘간의 신혼여행은 초등학교 아이들의 수학여행이나 다를 바 없었다. 아니, 그보다도 못한 따분하고 쓸쓸한 여행이었다.

어떻게 되어서 그런 것인지 묻진 않았다. 그녀와의 약속, 결혼식을 올리기 전 날의 약속 때문이다. '서로의 상처는 절대 건드리지 않는다'는 그 약속이 나는 내게만 적용되는 것으로 알고 또 눈물을 흘렸었다. 그러나 그렇지 않았다. 상호쌍무적인 약속이었다.

경자는 첫날밤부터 도무지 반응을 보이지 않은 것이다. 어리둥절한 내게 그녀는 자기는 본시부터 그랬다면서 쿡쿡쿡 울었다. 나는 술만 마시다가 새벽녘에야 녹아 떨어져 잠이 들었다. 나흘간의 신혼여행은, 내가 경자한 테서 '사랑합니다'란 유리창 글씨를 받던 순간 곤혹스럽던 무엇을 처음으로 헤아리게 된 여행이었다.

어쨌든 단칸셋방에서 우리의 신혼살림이 시작되었다.

'상이용사와 사랑에 빠진 간호장교 출신 여인'을 격려하는 전국 각지의 성금과 물품들이 답지하기를 보름여, 더 이상 답지할 게 없는 즈음이 되자 경자는 물품들을 모두 반값에 내다팔았다. 성금에다가, 병원을 퇴직할 때 받은 자기 퇴직금은 물론 내게 지급되는 상이군인 연금까지 자기 통장으로 끌어 모으고 있었다.

그리고 어느 날 아침.

경자는 큰 가방 두 개로 짐을 꾸렸다. 무슨 짐이냐고 묻자 경자가 답했다.

"당신은 그저 따라오기만 해요. 시골로 가는 거니까."

어리둥절한 내게 그녀는 그곳에 직장과 살 집도 얻어 놨으니 아무 걱정할 필요가 없다 하였다. 나는 더욱 어리둥절했다.

우리는 기차를 타고 가다 낯선 역에서 내려 버스를 탔다. 포장이 안 된

도로 탓에 심히 덜컹대는 버스로 가길 두어 시간. 마침내 버스에서 내렸다. 허허벌판에 우리 둘만 서 있었다.

큰 가방 두 개를 양손으로 나누어 든 경자와 목발을 짚은 내 그림자가 흙먼지 이는 벌판에 드리워졌다.

경자는 앞장을 서서 벌판 끝 산 쪽을 향해 걷기 시작했다. 나는 쩔룩쩔룩 뒤따라가다가 힘겨워 멈춰 섰고 그러면 경자는 그걸 모르고 얼마만큼 가다가 멈추어 서서 나를 기다리곤 했다. 오후로 접어들면서 늦봄의 햇살은 비스듬한 각도로 들이쳐서 나는 고개도 똑바로 들지 못하고 풀풀 날리는 경자의 발걸음 흙먼지를 주시하며 뒤따라야 했다.

조금도 지치는 기색 없이 손에 쥔 두 가방을 앞뒤로 엇갈려 흔들며 앞장서가는 경자.

산과 산 사이의 골짜기 길로 들어섰다. 옆으로 다가서는 산들로 점점 좁아지는 하늘, 십 리쯤에 한 채씩 보이는 민가, 요란해지는 계곡의 물소리.

저녁나절에 어느 낡은 너와집 앞에 도착했을 때 내 목발이 부러져나가, 긴 나뭇가지를 대신 짚어야 했다.

너와집은 화전민이 사는 집이었다. 머리 한 번 감은 적이 없어 보이는 봉두난발 화전민 내외가 우리를 맞았다. 비어 있는 옆방이 우리가 며칠 묵을 방이라 했다. 빛바랜 신문지들로 도배된 벽, 가마니 두 장이 장판 대신 깔려 있는 방바닥. 보리밥 저녁을 얻어먹자마자 나는 물먹은 솜처럼 쓰러져 잤다.

사흘 후.

경자가 어디서 구해온 목발 하나. 나는 다시 경자 뒤를 따라 나서야 했다.

어디로 가는 것일까.

또 다시 산길. 긴 뱀이 아무 일 없다는 듯 가로지르고 어디선가 들려오는 괴기한 새 울음소리. 웬 사마귀가 경자의 머리카락에 붙었다가 날아가기도 했다.

쩔룩쩔룩, 경자를 따라 굽이굽이 산길을 갔다.

산 위의 태양은 엄청난 소리로 맴돌며 땀에 젖은 내 몸을 무겁게 내리눌렀다. 나는 앞으로 무너질 듯 무너질 듯 목발을 짚었다.

한나절 걸려 도착한 곳은 조그만 학교였다. 교문도 없는 운동장 저 편에 자리한 교실 한 칸짜리 분교.

돌투성이 운동장은 잡초들까지 무성했다. 나는 목발을 내던지고 운동장 어귀의 포플러나무 등걸을 부여잡고 섰다. 겨드랑이 살갗이 벗겨지고 문드러져서 피가 웃옷에 배어 있었다. 게다가 어지럽기까지.

빈혈 증세.

분교의 빛바랜 유리창들마다 한 개씩의 태양이 담겨져 운동장을 내다보는 한낮. 나는 가쁜 숨을 가누면서 어질어질한 채로 서 있었다.』

내가 1년 전 가을에, 형을 따라서 인제 객골 분교에 갔던 경험이 소설의 배경으로 쓰였다. 그런 대로 실감이 났다. 그런데 거기까지다. 더 이상 문장이 나오질 않는다.

사흘 밤낮을 매달렸으나 진척이 없었다. 소설 전개상 경자의 앙큼한 계획이 드러나기 시작하는, '위기'단계로 다가가는 느낌인데 마음에 드는 문장이 나오질 않는 것이다. 다시 원고지들을 접었다.

작년 1월 프랑스 파리에서 평화 협정이 체결됨으로써 공식적으로는 막을 내린 베트남 전쟁. 그 동안 나라에서는 파병한 청룡부대 맹호부대가 승승장구한 전쟁인 듯 보도했는데 그렇게 허망하게 마무리되는 걸 보고서 나는 이런 생각이 들었다. '그렇다면 우리 측 참전 군인들의 전상자나 부상자도 적지 않았을 게다. 심지어는 안전한 곳에 머물다가 개인적인 실수로 몸을 다쳐 후송된 병사까지 있지 않겠나?'

그런 착상이 소설의 구상으로까지 발전해서 집필을 시작했던 거다. 그런데 이렇듯 지지부진하다.

이번 소설은 여러 모로 운이 없었다. 시작한 지 얼마 안 돼 빌어먹을 교생실습을 나가게 되는 바람에 한 달 넘게 중단했던 게 결정적이다. 교생실습이 끝나는 대로 다시 매달리려 했지만 '졸업학점 미 이수' 문제를 만나 그걸 해결하느라 열흘 가까이 손을 놓아야 했다. 마침내 그 문제가 다 끝나는가 싶었는데 이번에는 외수 형이 거지꼴로 나타나 겹 더부살이를 하는 바람에 다시 보름 동안은 문학 얘기나 하며 보낼 수밖에 없었다. 우여곡절 끝에 형이 연탄직매소 사무실로 가게 되면서 이제야 소설을 마무리 지을 수 있겠구나 싶었는데… 이 지경이다.

마음과는 달리 소설은 문이 닫혀 있었다. 문제작을 쓰고야 말겠다는 결심이 강박관념이 돼서 오히려 지장을 주는 건 아닐까. 천생 당분간 쉬어야 할 것 같다는 결론에 다다랐다.

문득 형이 궁금해졌다. 오늘은 1974년 1월 5일이다.

'연탄직매소에서 별일 없이 잘 지내고 있을까? 어머니가 형보고 부엌에서 밥을 찾아먹으라 당부했지만 형이 자존심에 그리했을지 의문인데….'

옷을 갈아입고 짐방을 나섰다.

눈길이 며칠 새 얼어붙어 아주 미끄럽다. 방심했다가는 낙상하기 십상이다. 이래저래 영광 연탄직매소로 가는 길은 멀고 힘들다.

더욱 힘든 건 '아버지와 대면할 일'이다. 지난번 상동 출장에서 돌아왔을 테니 어쩔 수 없이 대면하게 될 텐데 천생 '다른 데를 보면서 아버지 쪽을 향해 인사드리는 수밖에 없겠다. 외수 형이 별일 없는지, 궁금해서 찾아가는 내 발걸음이 이렇게 복잡할 수가.

마침내 연탄직매소 앞에 다 왔다.

홀에 쌓아놓은 연탄들이 며칠 전에 비해 많이 줄어든 것 같다.

사무실 문 앞에 아버지의 '뒷굽이 바깥쪽으로 많이 닳은 구두'와 형의 뒤축이 꺾인 구두가 함께 놓여있지 않을까 싶었는데… 형의 구두만 있었다. 라디오 소리만 나는 사무실. 어떻게 형을 부르나 망설이다가 그냥 내키는 대로 불렀다.

"형, 살아 있어요?"

사무실 문이 왈칵 열리며 형이 요란스레 나를 맞았다.

"살아 있지!"

맨발로 홀까지 뛰어나와 나를 포옹한다. 나는 뺨까지 비벼대는 형한테 소리 죽여 물었다.

"우리 아버지는?"

"오전에 시내로 나가셨어. 그러잖아도 네가 올 것 같다고 말씀하셨지."

"?"

"임마, 아버님한테 잘해!"

"?"

"사무실로 들어가자."

형은 멀쩡할 뿐만 아니라 오히려 전보다 활기차 보인다. 아랫목에 앉으면서 이렇게 말을 이었다.

"어머님이 시켜서, 네 동생이 아침 느지막하게 쟁반에 밥과 반찬을 차려 갖다 주지. 전하는 말씀으로는 '점심과 저녁은 당사자가 알아서 부엌에 와 밥을 찾아 먹으라'시는데 뭐 그럴 필요가 있니? 나는 워낙 조금 먹으니까,

갖다 주는 아침밥을 세 번에 걸쳐서 나눠먹으며 지내는 거지. 방바닥도 따뜻한데다가 밥도 거르지 않으니 아주 지낼 만해."

"그럼 그렇지. 나는 형이 자존심에 우리 집 부엌에 갈 것 같지 않아서 그냥 굶어죽지나 않았나 걱정했다고."

"아냐. 나는 먹어야 할 때는 자존심이 없어. (하고는 소리 죽여서 말했다.) 며칠 굶주렸을 때에는, 개가 먹는 밥을 빼앗아 먹은 적도 있어."

내가 기가 막혀서 반문했다.

"정말이요?"

"몇 년 전 자취할 때야. 고향 집에서 생활비가 오지 않으니 방법이 있니? 개집 앞 그릇에 담긴 밥을 개가 안 볼 때 내 두 손으로 긁어먹을 수밖에. 아버지가 나중에 그런 사실을 알고는 교대 앞 동네에서 제일 하숙비가 싼 집에 나를 하숙시킨 거야. 네가 작년 여름에 와봐서 알지만 말이 하숙집이지 솔직히 외양간이나 다름없지 않니? 와하하하 … 그런데 참, 임마, 너는 네 아버님이 궁금하지도 않니? 아버님이 어제 출장을 마치고 밤늦게 돌아오셨거든. 처음 보는 나를 어리둥절해하시기에 '불초 이외수입니다' 하며 자진 인사드리고 그 동안 있었던 일을 다 말씀드렸지. 그랬더니 아주 반가워하시면서 이번에 그 먼 상동까지 갔다 오게 된 스토리부터 털어놓았지. 그 스토리가 이래. … 여기 영업부장이 이 연탄직매소 뒤편 마당에 갖다 놓을 연탄 한 트럭 분을 빼돌려서 다른 직매소에 헐값에 팔아치우고는 그 먼 태백산맥 아래 상동까지 달아난 게 시작이야. 아버님이 그 작자를 잡아 연탄대금을 반이라도 회수해 보려고 상동까지 가 붙잡기는 했지만, 벌써 그 돈을 술집 작부한테 다 써버리고는 죽을죄를 졌다며 엎드려 싹싹 빌더라나. 그 자리에서 경찰에 넘겨 감옥에 처 넣으려다가 그래 봤자 뭔 소용이 있나 싶어 차용증이나 한 장 쓰게 해서 나중에라도 돈이 생기면 받는 거로 정리하고 말았다지 뭐야. … 그런데 그 과정에서 아주 헐하게 나온, 괜찮은 작은 텅스텐 폐광 하나를 소개받았다지. 텅스텐이란 전구나 탄알 같은 거 만들 때 필수라는데? 그 텅스텐 폐광을 인수할 자금을 마련해본다며 아까 시내로 나가셨어. 텅스텐 폐광에 따라서는 잘만 개발하면 떼돈을 번다고 그래."

나는 얘기 듣다가 울화가 치밀었다.

"우리 아버지가 이번에는 광산업에 뛰어들려 한다는 거잖아요. 글쎄… 그 동안 벌인 사업들이 단 한 번도 성공한 적이 없어서 영 신뢰가 가지 않으니 어째요. 세상에 우리 아버지처럼 한심한 사람도 없을 겁니다!"

"내가 들어봐도 영 신뢰가 가지 않는 얘기이긴 해. 하지만 어떡하냐? 아버님이 돈 한 번 왕창 벌어서 식구들 고생도 그만 시키고, 일생에 남을 멋진 연극 한 편도 무대에 올려보는 게 소원이시라는데. … 문제작이 될 대단한 소설 한 편을 쓰고야 말겠다는 너하고, 부자가 어쩜 닮았냐? 하하하."

"아이고 그놈의 연극! 우리 아버지의 연극 얘기는 그만 듣고 싶어요. 이렇게 식구들 걱정을 시키는 아버지가 세상에 또 있을까요?"

"너무 그러지 마라. 우리 아버지도 만만치 않거든. 병욱이 아버님과는 다른 차원의 걱정거리를 만든 죄인이지."

… 1945년 광복되던 해 경상남도 진주에 있는, 진주사범학교의 한 남학생이 한 살 위 여고생과 사랑에 빠졌다. 학업에 정진해야 할 학생들이었지만 사랑에 빠져드는 데에는 대책이 없었다. 사랑의 결실로 여고생이 이듬해에 아이를 낳았다. 사람들 눈총이 두려워 집에서 몰래 낳은 것이다. 그런데 안타까운 일이 벌어졌다. 출산후유증으로 아이 낳은 지 석 달 만

에 산모가 숨졌으니…. 현실을 감당하기 어려운 남학생은 갓난아이를 처가에 떠맡기고는 겨우 이름이나 지어주었다. 외가에서 키우는 아이라고 외가의 '외'자를 따 '외수'라 했다.

얼마 후 6·25동란이 터졌고 학도의용군으로 전쟁터에 나갔다. 3년 뒤 전쟁이 끝났는데도 그는 돌아오지 않았다. 전사통지서도 날아오지 않았다. 대신 '강원도에서 초등학교 교사로 있다'는 소문만 들려왔다. 어린 외수를 사돈집에서 찾아온 친할머니는 가만있다가는 손주가 사생아처럼 될 걸 알고서 아이의 아버지 즉 자신의 아들을 찾기로 결심했다. 괴나리봇짐을 꾸린 뒤 어린 손주의 손목을 잡고서, 살던 경남 함양을 떠나 강원도로 넘어왔다. 남의 집 추녀 밑이나 거지들이 사는 다리 밑을 일 년여 전전한 끝에 마침내 인제에서 초등학교 교사로 있는 아이의 아버지를 찾아냈다. 하지만 아이의 아버지는 지난 과거를 다 잊고서 다른 여자와 결혼하여 자식을 넷이나 낳은 상태. 오갈 데 없는 아이와 할머니가 한집안 식구로 합류하자, 평온했던 집안은 복잡한 갈등의 집합소처럼 돼 버렸다. 졸지에 계모가 돼 버린 여자도, 가장으로서 면목 없게 된 아이의 아버지도, 없던 이복형이 생긴 자식들도, 며느리의 눈칫밥을 먹으며 살게 된 아이의 할머니도, 연유야 어쨌든 '환영받지 못하는 업둥이'꼴이 돼 버린 아이도, 모두가 한집에 사는 기막힌 일이 벌어진 것이다.

아이는 그런 환경에서도 공부 잘하고 그림도 잘 그리는, 재주 많은 아이로 자라났다. 늦게 들어간 초등학교는 물론 중·고등학교에서 상이란 상은 다 타는 영특함을 보였다. 아이가 고등학교 졸업 후 서울의 홍익대 미대로 진학해 화가의 꿈을 이루려했을 때 계모와의 갈등이 본격화됐다. 계모가 '네 동생들 학비 대기도 어려운 판이니 돈 안 드는 춘천교대나 가라'며 홍익대 미대 진학을 반대하고 나선 것이다.

아이— 외수 형은 할 수 없이 춘천교대로 진학했으나 학업에 충실할 수 없었다. 학교 부근에 방을 얻은 뒤 그림만 그렸다. 고향에서 매달 보내주는 얼마 안 되는 생활비로는 방세를 내기보다는 그림도구와 술·담배를 샀다. 학교에 가서 강의 듣는 건 뒷전이었다. 홍익대 미대 진학을 막은 어머니에 대한 반항심이 적지 않게 작용했을 게다. 결국 졸업 못하고 휴학과 복학을 거듭하면서 10년 가까운 세월을 보냈다. 참다못한 부모가 매달 보내주던 생활비를 중단하고는 '학업을 그만두고 귀향해라. 네 직장도 고향에 구해 놓았다'는 편지를 보냈다. 그 즈음 형은 그림에 한계를 느껴서 문학으로 관심을 돌리던 차였다. 대폿집에서 나를 처음 만났는데도 '문학 얘기가 통한다'는 이유 하나로 십년지기처럼 반기던 게 그 때문이다.

귀향한 형의 직장은 가는 길도 없어 개울 따라 한 시간은 걸어가야 나타나는, 산골짜기 '객골'의 분교였다. 그 분교에서 형은 관사를 숙소로 하는 소사였다. 잡일 처리 담당이지만 한 명뿐인 교사가 자리를 비우면 대신 수업도 맡아야 했다. 그 교사는 나이도 형보다 스무 살 가까이 많은 데다가 이런저런 핑계로 읍내에 가 있을 때가 잦았다.

한창 젊은 형으로서는 견디기 힘든, 외로운 분교의 생활. 결국 한 달에 한 번 봉급이라고 쥐꼬리만한 돈이 생기면 형은 그 길로 읍내로 나와 술집부터 들러 몽땅 술값으로 날리고는 만취해서 부모가 사는 집을 찾았다. 부모한테 '자식의 앞날을 돕기는커녕 산골짝에 가둬놓았다!'고 드러내놓고 원망했다. 형의 아버지가 그런 형을 후려치고 형은 대들고… 그 바람에 집안의 가구들이 부서지고 난리가 났다.

사실 형의 불행은, 형의 아버지가 6·25 동란이 끝난 뒤에 귀향하지 않고 타향인 강원도에 정착하면서 재혼(?)한 데서 비롯된 거라 봐도 과언이 아니다.

형의 '우리 아버지는 병욱이 아버님과는 다른 차원의 걱정거리를 만든 죄인'이라는 말은 그런 뜻이다.

형이 라디오까지 끄고서 진지하게 얘기를 이어나갔다.

"병욱아. 아버님도 말씀하더라. 3년 간 부자간 대화가 전혀 없었다고. 같은 집에 살면서 어찌 그럴 수 있냐며 무척 속상해서. 나도 우리 아버지한테 잘하는 아들은 못되지만 그래도 그렇지 대화를 거부하는 그런 일은 없었어. 오히려 대화가 왕성해서 문제였지. 하하하. … 내가 어제 이 자리에서 너희 아버님한테 약속했어. 부자간 대화의 장을 마련해 드리겠다고 말이다. 밤늦게라도 들어오실 테니까, 너, 오늘은 일찍 가지 말고 반드시 만나서 대화를 나눠야 돼. 알았지?"

손목까지 잡고서 간절하게 바라는 형을 어쩔 수 없었다. 나는 고개를 끄덕였다. 형이 편한 표정이 돼 말을 이었다.

"그럼 그렇지. 아버님도 그렇고 너도 그렇고 결코 꽉 막힌 사람들이 아니거든. 대화만 하면 부자간 정을 되살릴 수 있어. 아, 한시름 놓았다."

형이 한시름 놓았다고 말한 건 이제야 연탄직매소에서 마음 편히 신세지게 됐다는 뜻이 아닐까? 나는 화제를 전환하고 싶었다.

"그런데 형, 여기가 지내기 좋다면 중단한 소설을 시작하지 그래요?"

"임마, 소설이 '이제부터 쓰자!'해서 쓰이는 게 아니잖아? 거처가 바뀌어서 그런지 아무래도 마음이 들떠 있는 거야. 좀 더 시간이 지나야 될 것 같아. 그리고 또… 쓰려 하면 연탄 사러 사람들이 오거든. 나중에 알았는데 우리 영광 연탄직매소 연탄이 다른 데보다 싸. 그러니 알음알음으로 손님들이 올 수밖에. 그래서 그냥 라디오나 들으면서 지내고 있어."

"화구가 아까운데 그림이라도 그리지 그랬어요?"

"그림도 누가 수시로 찾아오고 그러면 집중이 되나? 뭐, 그냥 편히 지내기로 했어. 한겨울에 춘천 와서 얼어 죽지 않고 지내는 것만 해도 어디냐? 안 그래? … 어젯밤에 아버님한테서 아버님이 살아온 얘기도 들었다고. 아버님이 얘기를 재미나게 잘 하셔. 너처럼 말이다. 부자가 얼굴도 그렇고 예술에 대한 갈망도 그렇고 정말 많이 닮았어. 놀리는 게 아냐. 하하하. … 일제 때 가미가제 특공대로 차출돼 일본에 갔다가 출격 직전에 해방이 되는 바람에 천신만고로 살아서 귀국한 얘기부터, 한때 춘천에서 가장 큰 공장인 제지공장을 물려받아 운영하다가 부도난 얘기에, 예총 일을 하면서 문인비 건립에 산까지 팔아댔는데 돌아온 건 하나도 없이 허망하게 끝났다는 얘기 등 벼라별 얘기를 다 들었어. 뭐, 사범학교를 다니다가 연상의 여고생을 사귀어 나를 낳고는 미처 감당 못해 전쟁터로 피신한 우리 아버지 정도는 비교도 되지 않더라고."

하면서 다시 와하하! 웃을 때 밖에서 인기척이 났다. 나는 마침내 아버지와 만나게 된 것 같아 긴장했는데 오판이었다.

"여기 연탄 얼마씩 해요?"

남자처럼 군인잠바를 걸친 아주머니가 두 손을 비비며 홀에 서 있었다. 형이 자리에서 일어나려는 나를 붙잡아 앉히며 소리쳤다.

"네에 기다리세요. 나갑니다!"

정작 아버지를 만난 건 다음 날이다.

전 날에 형과 사무실에서 이런저런 얘기를 나누며 아버지를 기다리다가 날이 어두워지자, 나는 나도 모르게 자리에서 벌떡 일어나며 선언하듯 이리 말했던 것이다.

"형, 이만 가 볼래요."

"이 써글 놈아! 조금만 더 기다리면 아버님이 온다고."

나는 '아버지 올 때를 기다린다'는 목표를 정해 그런지 시간도 더디 가고 아주 지겨웠다. 형이 자리에서 일어선 나를 다시 앉히려다가 포기하고는 한탄했다.

"하튼… 너는 나보다 더 이상하고 성질 더러운 놈이야! 알았어."

형은 삐쳐서 내가 사무실 문을 열고 나가는데도 '잘 가'라는 말조차 건네지 않았다.

나는 어두운 거리로 나왔다. 그 먼 운교동 누나네 집을 향해 어둡고 미끄러운 길을 조심조심 걸어가면서 결심했다. '당분간 연탄직매소에 오지 말자. 올 시간이 있으면 다시 소설 쓰는 일에 매달리자.'

… 그랬는데 하루가 지난 오늘 오후에 생각을 바꿨다. 여전히 소설이 풀리지 않는 마음 답답함이 작용했다.

'이럴 바에야 형의 부탁대로 아버지나 만나자.'

그렇게 해서, 사무실에서 아버지와 나는 형을 가운데 두고 마주앉았다. 눈길들은 다른 데 두고 마주앉았다. 형의 제안으로 연탄직매소까지 임시로 문 닫았다. '손님들이 오면 모처럼의 부자간 대화 분위기가 깨질 수 있기 때문'이란다. 이윽고 형이 말문을 열었다.

"아버님도 그렇고 병욱이도 그렇고, 제가 아는데 두 분 다 마음이 열려 있거든요. 결코 꽉 막히지 않았어요. 그런데도 대화 한 번 나누는 일 없이 지낸다는 건 정말 이상합니다. 자, 오늘 모처럼 부자 분이 마주앉았으니 평소에 하고 싶었던 얘기부터 편히 나누세요."

그래도 침묵이 흘렀다. 형이 나를 다그쳤다.

"네가 먼저 얘기를 꺼내 봐. 불만이 있었다면 아버님한테 지금 얘기해."

'아니 불만이 한두 가지인가? 그걸 다 얘기하라고? 그럼 당장 말다툼부터 벌어질 텐데'하는 생각에 나는 계속 침묵할 수밖에 없었다. 침묵을 견딜 수 없었는지 아버지가 먼저 무겁게 입을 열었다.

"다, 내가 돈을 못 버는 바람에 이리된 게 아니겠어?"

그 말에 나는 어이가 없었다. '아버지는 돈만 못 번 게 아니라 수시로 술주정을 해서 온 식구를 지옥에 빠트리곤 했잖아요! 어디 그뿐입니까? 시집간 누나한테 수시로 들러서 용돈을 타고… 자식들 학비 한 번 댄 적이 있어요? 어머니가 다 댔지요. 어디 그뿐입니까?'하고 소리치고 싶은 것을 참았다. 애당초 아버지는 대화의 상대가 아니라는 생각마저 들면서 나는 차라리 계속 침묵하며 앉아있는 게 낫다는 결론을 속으로 내렸다. 그러나 형이 그런 나를 못 견뎌했다. 손으로 내 무릎을 가볍게 쳤다. 뭐라 한 마디 할 것을 다그치는 것이다. 나는 하는 수 없이 이렇게 말하고 말았다.

"오늘 말고 더 있다가 다른 날에 대화해야 될 것 같아요. 아직 준비가 안 됐습니다."

형이 난감한 표정으로 내게 물었다.

"네가 아직 대화할 준비가 안 됐다는 거지?"

나는 아무 대꾸도 안 함으로써 내가 아니라 아버지가 준비되지 않았다는 뜻을 에둘러 나타냈다. 아버지는 둔감하지 않았다. 괜한 헛기침을 '헛흠! 헛흠!' 연발함으로써 준비가 안 된 쪽은 자신이 아니라 큰아들 쪽임을 암시했다. 형이 망연한 표정이 돼 말을 못했다. 결국 아버지가 한 마디 뱉었다.

"내가 잘한 것도 없지만 그렇다고 잘못한 것도… 사실은 없다."

나는, 아버지가 언제부턴가 주눅 든 모습으로 변했지만 속은 하나도 변하지 않았다는 걸 깨달았다. 괜히 더 앉아있을 필요가 없었다. 자리에서 일어났다. 아버지는 고개를 돌렸고 형은 일어난 나를 멍하니 올려다보았다.

사무실을 나왔다.

누나네 집으로 가는 길은 오늘도 멀게 느껴졌다. 미끄러운 얼음길을 아기 걸음마처럼 조심조심 걸어가는데 형이 뒤에서 '병욱아!'하며 나를 불러 세웠다.

"부자간 대화가, 정말 판문점에서 하는 남북 간 대화처럼 힘들구나! 어제만 해도 만나기만 하면 대화가 술술 잘 풀릴 것 같았는데…. 시간이 더 가야 대화가 가능해질까?"

"형. 저는 처음부터 아버지하고 대화가 될 것 같지 않았어요. 형이 괜히 고생한 겁니다."

"그건 그래. … 내가 미처 얘기 못 했는데, 아버님이 내일 아침 일찍 또 상동으로 출장 가신다 했어. 텅스텐 폐광을 인수할 자금으로는 턱없이 모자라지만 어쨌든 조금이나마 자금이 마련됐기 때문이란다. 폐광 주인을 만나서 사정을 호소해 보고 정 안 되면 다른 폐광을 알아본다고 해서. 잘되면 나한테 광산 사무장 자리를 맡길 거라나? 무슨 소리인지 당최. … 그래서 하는 얘기인데 너 내일, 아버님도 없을 거니 사무실로 편하게 놀러와. 우리가 좋아하는 문학 얘기 나누면서 재미나게 보내자고."

다음 날도 나는 형을 보러 갔다. 연탄직매소에 들어가기 전에 우리 식구들이 지내는 낡은 집부터 먼저 들렀다. 뒤늦게, 동생들이 별 일 없는지 궁금해졌다.

넓은 안방에서, 막냇동생 혼자 밥상을 펴놓고 앉아 공부하고 있었다. 내가 있는 짐방처럼 대낮인데도 어두워서 형광등을 켜 놓았다.

"다른 애들은 어디 갔냐?"

"작은형은 교회에 놀러간 것 같고 작은누나는… 모르겠어. 참! 연탄가게에 있는 형 선배, 언제까지 있을 거지?"

"아마 겨울 날 때까지 있을 거야. 그런데 그걸 왜 물어?"

"아침마다 밥 나르기 귀찮아서."

나는 뭐라고 나무라려다가 그만뒀다. 방문을 닫고 돌아서려는데 방구석으로 엄지손가락만한 까만 게 움직이다 멈췄다. 바퀴벌레였다. 동생은 신경도 쓰지 않고 수학 문제집을 풀고 있었다.

나는 마당으로 나왔다. 괜한 심호흡을 한 뒤, 합판 한 장으로 된 연탄직매소 사무실 뒷문에 다가가 노크하며 말했다.

"형, 살아 있수?"

"그럼 살아 있지! 어서 들어와."

하루 만에 보는 건데 격하게 두 팔로 나를 껴안는 형. 술 냄새가 났다.

"한 잔 했어요?"

"쪼금 하다 말았지. 판매부장한테 야단맞았거든. '낮부터 사무실에서 술을 마시고 있으면 어떡하냐?'고 말이야. 내가 잘못했다고 사과하고는 마시던 소주를 마당에 쏟아버렸지. 아무렴 지당한 말씀이지! … 판매부장이 조금 전에 갔는데 못 봤어?"

아마 내가 집에 들른 사이에 간 것 같았다. 내가 고개를 젓자 형이 와하하! 크게 웃고 나서 이렇게 말을 이었다.

" '이외수'가 출세했잖니. 대 영광 연탄직매소의 판매부장이 됐다고! 판매부장이 자기 자리를 내게 넘긴다 했어. 대신 밀린 한 달 치 봉급을 아버님한테 말씀 잘 드려서 받아 달라나. 그 밀린 봉급을 받을까 해서 모처럼 왔는데 아버님을 못 만난 거지."

"형, 축하해요."

내 말에 형이 손사래를 치더니, 손으로 기타 치는 시늉을 하며 이용복의 '그 얼굴에 햇살을'을 노래 불렀다.

"눈을 감으면 저 멀리서/ 다가오는 다정한 그림자/ 옛 얘기도 잊었다 하자/ 약속의 말씀도 잊었다 하자/ 그러나 눈감으면 잊지 못할 그 사람은/ 저 멀리 저 멀리서 무지개 타고 오네…."

이어서 팝송도 불렀다.

"Oh oh, yea, yea/ I love you more than I can say/ I'll love you twice as much tomorrow/ Oh love you more than I can say// Oh oh, yea, yea/ I miss you every single day…."

뭐에 씌었는지 쉬지 않고 이런저런 노래를 부를 때 누군가가 홀에서 사무실 문을 '똑똑똑' 두드렸다. 내가 형한테 노래를 멈추라고 손짓한 뒤 문을 열었더니, 초등학교 5-6학년으로 보이는 남자애가 신문지에 뭘 싸안고 서 있었다. 내가 그 애한테 물었다.

"뭐냐?"

"전에 여기서 산 연탄인데 깨졌거든요. 그래서…."

"바꿔 달라고?"

"…네에."

형이 오고간 대화를 엿듣고서 내게 말했다.

"추운데 어린애가 갖고 오느라 고생한 것 같아. 부상으로 연탄을 한 장 더 주자."

차마 형의 부탁을 모른 척할 수가 없었다. 나는 홀에서 연탄 두 장을 고른 뒤, 그 애가 그냥 갖고 가기 힘들 것 같아 새끼줄을 두 가닥 갖다가 한 장에 한 가닥씩 꿰어주며 말했다.

"네가 심부름 잘하는 착한 어린이라서 한 장을 더 주는 거다."

그 애가 희희낙락하며 사라지고 난 뒤다. 가져온 깨진 연탄을 홀의 한구석에 두려던 나는 화들짝 놀랐다. 우리 영광 연탄직매소의 연탄이 아니기 때문이다. 우리 연탄은 가운데에 삼각형 표식이 있는데 그 애가 가져온 연탄은 아무런 표식이 없었다.

"이 새끼가!"

홀 밖으로 뛰어나가 그 애를 찾았다. 어느 골목으로 들어갔는지 보이지 않았다. 할 수 없이 사무실로 들어온 내게 형이 물었다.

"무슨 일이야?"

내가 자초지종을 말했다. 형이 어이없는 표정으로 있다가 생뚱맞게 서유석의 '가는 세월'을 노래 부르기 시작했다.

"가는 세월 그 누구가 잡을 수가 있나요/ 흘러가는 시냇물을 막을 수가 있나요/ 아가들이 자라나서 어른이 되듯이/ 슬픔과 행복 속에 우리도 변했구료// 하지만 이것만은 변할 수 없어요/ 새들이 저 하늘을 날아서 가듯이/ 달이 가고 해가 가고 산천초목 다 바뀌어도/ 이내 몸이 흙이 돼도 내 마음은 영원하리…."

07. "온순해요."

돌이켜보면, 1974년 1월 중순 어느 날 영광 연탄직매소 사무실에서 외수 형의 중재로 부자간 대면이 이뤄진 일은 '사건'이었다. 비록 부자간 대화는 무산됐지만 그 중재자가 다른 사람도 아닌 형이기 때문이다. 부자는 물론 이고 형까지 얼마나 현실부적응이 심한 사람들이던가.

우선 형의 경우다. 2년제 교대를 10년 가까이 다니다가 그만둔 것도 그 렇지만, 산골짜기 분교의 소사로 있다가 그만두고는 이 추운 겨울에 얇은 나일론 잠바 차림으로 춘천에 올라와 초라한 연탄직매소 사무실 신세를 지고 있으니… 같은 교대 동기들이 일선 초등학교에서 신참교사로서 한창 활약하고 있을 텐데 그런 처지라니 얼마나 현실부적응이 심한가.

우리 아버지도 만만치 않았다. 요즈음으로 치자면 수십 억대의 제지공장 을 부도낸 것을 시작해서, 예총 일을 하면서 김유정 문인비 건립 자금을 대느라 물려받은 산 하나를 헐값에 팔아버리고도 대우받지 못한 채 현재 는 초라한 연탄직매소의 사장을 하는 신세. 연탄직매소 운영마저 뜻대로 되지 않아 그 먼 태백산맥의 상동까지 오가며 새 사업을 벌이려는 모습이 지만 문제는, 어머니를 포함해서 식구 중 누구 하나 그 새 사업이 잘 될 거라 믿는 사람이 없다는 사실이다. 지천명 나이에 다다른 아버지의 현실 부적응이라니!

나는 또 어떤가. 대 작가가 될 꿈에 부풀어 다니는 대학을 업신여기며 학점 관리를 제대로 못한 탓에… 두 과목이나 해결하느라 갖은 고생을 다 하고도 '과연 졸업사정회를 통과했을까?'하는 불안이 수시로 엄습하는 처 지. 뒤늦게 자신의 현실 적응 능력에 자신감을 완전히 잃은 모습이다.

이런 세 사람이 한겨울에 자리를 함께했다는 건 '사건'이 아닐까.

현실부적응자들에게 과연 미래가 있을까?

미래는 현실(현재)을 토대로 이뤄지는 것이기 때문이다. 형이나 아버지는 모르겠고 그나마 나한테서 미래가 열리기 시작했다. 불행 중 다행이다.

내 미래는 '꽃무늬 몸뻬바지를 입은 40대 여자'의 등장으로 시작됐다.

형이 뭐에 씌었는지, 쉼 없이 이런저런 노래들을 부른 그 다음 날도 나는 연탄직매소에 갔다. 이유는 단 한 가지.

'딱히 할 일이 없어서.'

형은 나를 보자마자 정원의 '허무한 마음'을 부르기 시작했다.

"마른 잎이 한 잎 두 잎/ 떨어지던/ 지난 가을날/ 사무치는 그리움만/ 남겨놓고 가버린 사람/ 다시 또 쓸쓸히/ 낙엽은 지고"

할 때 누군가가 사무실 문을 노크하는 바람에 노래를 중단하고 문을 여니 그런 모습의 여자가 홀에 서 있었다.

"노래 부르시는데 미안해서 어쩌나. 다른 게 아니고 우리 식당에 연탄 100장만 갖다 줄래요?"

홀에 연탄이 400장 가량 남아있었다. 100장이라면 뒷마당에 세워놓은 리어카로 실어다 줘야 한다. 자칭 판매부장이라던 형이 난감한 눈길로 나를 쳐다보았다. 나는 나도 모르게 사장처럼 여자한테 말했다.

"그럼요, 갖다 드려야죠. 그런데 식당이 어딥니까?"

"멀지 않아요. 육림극장 맞은편 동네 '한마음 닭갈비'식당이어요."

젠장, 거리도 가깝지 않은 데다가 결정적으로는 비탈진 고개를 올라가야 한다. 연탄 100장을 리어카에 싣고서 끙끙거리며 고개 올라갈 걸 생각하니 눈앞이 캄캄했다. 홀에 숙제처럼 남은 연탄들을 어서 처분하고 싶은 생각에 갖다 드리겠다고 선뜻 답한 내 자신이 원망스러웠다. 여자는 눈치가 빨랐다. 지갑을 열어 연탄 100장 값을 미리 건넸다. 이런 말을 덧붙이며 사라졌다.

"식당에 다섯 장밖에 안 남았으니까 해 저물기 전에 갖다 줘요."

형과 나는 우선 사무실 뒷마당에 있는 리어카 상태를 살폈다. 사용한 지 오래돼 그런지 바퀴가 바람이 빠져 있었다. 형이 말했다.

"봐라. 바람도 빠졌는데 … 받은 돈을 되돌려주고 마는 게 낫지 않니?"

나는 대꾸도 않고 주위를 살폈다. 역시, 바퀴에 바람을 넣는 펌프가 가까운 담 밑에 있었다. 바퀴에 바람을 채우고는 홀의 연탄들을 한 장씩 들어다 싣자 형도 하는 수 없이 따라했다. 100장이 리어카에 다 실렸다. 출발하기에 앞서 내가 말했다.

"여기 문을 닫고 가야 하잖아요?"

"젠장, 내버려두자. 누가 연탄을 훔쳐가겠니?"

"아니에요. 훔쳐가는 사람들이 있어요. 문 닫고 가야 될 것 같아요."

"알았어!"

홀의 문짝들을 함께 닫았다. 문짝이 다섯 개나 돼 혼자 닫기 벅찼다.

"형은 리어카 뒤에서 밀어요. 내가 앞에서 끌고 갈 테니."

"써글 놈의 연탄들을 싣다가 힘이 빠져서, 밀지는 못해도 붙잡아줄 수는 있어. 그만도 도움이 되지 않아?"

"알았어요."

마침내 출발했다. 그나마 다행인 건, 춥던 날씨가 그새 풀려서 얼었던 길이 대부분 녹았다는 사실이다. 그 때문에 자동차들이 옆으로 지나갈 때마다 길바닥의 더러운 얼음물을 튕기기 일쑤였고 형과 나는 처음에는 기겁했지만, 그런 일이 거듭되자 체념했다.

더러운 얼음물에 젖어가며 '허덕허덕' 비탈진 고개로 접어들려 할 때다. 누군가가 우리를 불러 세웠다.

"아아, 너희들 잠깐 이리 와 봐."

젊은 경찰관이 인도에 서 있었다. 우리는 어리둥절하다가 리어카를 인도 가까이 대고는 부동자세로 서서 경찰관의 다음 분부를 기다렸다. 그는 서류봉투에서 웬 서류를 한 장 꺼내더니 볼펜을 쥔 채 이렇게 물었다.

"너희들 혹시 '이병욱'이라고 몰라? 너희들 또래 같은데."

내가 놀라서 반문했다.

" '이병욱'이면 전데요?"

"강원대 다니는 이병욱이 맞아?"

"네! 강대 국어교육과 4학년이죠."

"나 참, 이제야 해결하게 됐네! 내가 바쁘니까 이제부터 묻는 사항에 빨리 답해야 돼. 알았지?"

"네."

"가만있자… 자네 성격이 어떻지? 다음의 셋 중 하나를 선택하라고. '명랑하다', '온순하다', '우울하다'."

사실 내 성격은 '우울하다'에 속할 것이다. 하지만 경찰관이 가진 서류에 우울하다로 기재돼 있으면 아무래도 안 좋을 것 같았다. 그렇다고 '명랑하다'고 답하기에는 너무 어울리지 않았다. 좋은 게 좋은 거라고 무난하게 답하기로 했다.

"저는… 온순합니다."

"그래? '온순하다' 했지. 알았어. 가 봐도 돼."

그는 서류에 볼펜으로 뭐라 간단히 적더니 서류봉투에 집어넣고서 가까이 있는 운교동 파출소로 들어가 버렸다. 형이 내게 말했다.

"저는 온순합니다? 세상에. 와하하!"

형은 웃지만 나는 상황을 알아챘다. 공무원으로 발령 내기 위한 사전절차로서 신원조회가 방금 끝났다는 것을. 지난가을에 영광 연탄직매소가 있는 효자동 집을 내 주소지로 해 놓았으나 정작 지내기는 운교동 누나네 짐방이었다. 그러니 효자동 주민들이 나란 존재를 전혀 모를 수밖에. 요즘 들어 형을 보러 연탄직매소에 들락거리지만 사무실 안에서만 지냈으므로 나를 아는 주민은 없었을 터. 하마터면 나는 '주소불명의 신원이상자'로 정리돼서 머지않은 3월의 중등교사 발령을 못 받을 뻔했다.

그렇다. 연탄 100장 배달을 주문한 몸빼바지 여자는 결과적으로 '이병욱'과 '이병욱의 신원조회를 담당한 경찰관' 간의 기막힌 만남을 마련해줬다. 그 동안 나 혼자서 '과연 졸업사정회를 통과했을까?' 걱정하던 게 말끔히 사라져버렸다. 신원조회까지 나왔으니 졸업사정회야 당연히 통과된 게 아닌가.

나는 리어카 손잡이를 부여잡고는 힘차게 외쳤다.

"형, 출발합시다! 한마음 닭갈비 식당을 향해서."

형이 얼떨떨해져서 리어카 뒤를 밀어주기 시작했다. 조금 전까지는 리어카가 좌우로 흔들리지 않게 붙들어만 주다가 이제부터는 자신도 모르게 힘을 다해 밀어준다. 나는 구호까지 붙이며 리어카를 앞에서 끌었다.

"으영차! 으영차! 으영차!"

연탄 배달을 마쳤다.

꽃무늬 몸빼바지 여자가 '고갯길에 수고했다'며 사이다 한 잔씩 따라주었다. 이제부터는 빈 리어카로 연탄직매소로 돌아가는 길이다. 올 때는 오르막길이던 게 내리막길로 바뀌었다. 이렇게 가볍고 편할 수가 없다. 형한테 말했다.

"빈 리어카, 타고 가요."

좋아라고 탈 줄 알았는데 그렇지 않았다.

"됐어. 너 먼저 내려가. 나는 리어카 밀다가 진이 다 빠져서… 리어카는 정나미가 떨어졌어. 그냥 걸어갈래."

하는 수 없이 나 먼저 빈 리어카를 덜컹덜컹 끌고서 비탈길을 내려갔다.

그런데 멀리 영광 연탄직매소 앞에 누군가가 서 있었다.

어머니였다. 어머니가 나를 보자마자 서둘러 다가와 리어카 손잡이를 함께 잡으며 말했다.

"우리 큰아들이 모자란 작자를 만나 고생 많구나! 어서 리어카를 갖다 놓고 얘기 좀 하자."

'모자란 작자'란 외수 형이 아니라 아버지를 가리키는 말이다. 어머니는 이제는 아버지를 드러내놓고 폄하한다. 3년 전 겨울, 교동 집 거실에서 벌어진 '사건' 이후의 변화다. 아버지는 그 날 밤 거실 마루에서 큰아들과 실랑이를 벌이다가 얼결에 내동댕이쳐진 굴욕적인 모습을 마지막으로 더는 존대의 대상이 되지 못한다.

닫고 갔던 문짝들도 어머니와 함께 다시 떼어놓고서 사무실로 들어갔다. 형은 놀며 오는지 여태 안 왔다. 어머니가 물수건으로 내 얼굴의 연탄가루를 닦아주며 말했다.

"어서, 이 가게를 비워줘야 해."

"?"

"글쎄 모자란 작자가, 이 가게의 월세를 우리 전세보증금에서 매달 빠져나가는 거로 집 주인과 약속했더라고. 나하고 상의도 없이 말이다. 네가 아는지 모르겠는데 우리 전세보증금은 내가 모은 거야. 모자란 작자는 한 푼도 보탠 게 없어. … 전세보증금이 우리 재산의 마지막이나 다름없는데 그마저 날리려고 모자란 작자가 환장한 거지. 벌써 세 달치 월세가 보증금에서 나갔다고 그래. 이 콧구멍만한 연탄가게를 차리면서 부장을 두 사람이나 둔 것만 봐도, 연탄 팔아 월세 낼 것 같더냐? 세상에 참! … 여기 이대로 있다가는 우리 전세보증금 다 날리고 길바닥에 나앉을 것 같아 내가 집 주인을 만나 '여차여차 해서 빠른 시일 내에 다른 데로 이사 가야겠다'고 사정해놓고는, 여기저기 이사 갈 집을 알아보고 있다. 전세 기한 전에 나가는 거니까 전세보증금에서 월세를 두 달 치나 제하고 돌려받는 거로 했다. 그런 줄 알고 너는 너대로 어서 이 연탄 가게나 정리해라."

반년도 안 돼 또 이사라니 기가 막혔다. 게다가 연탄이 300여 장 홀에 남았다.

"남은 연탄들은 어쩌고?"

"그깟 것들, 파는 데까지 팔아 봐. 정 못 팔면 가게 앞에 '50% 할인 판매'라고 써 붙여. 그러면 순식간에 팔릴 거다."

"아버지가 머지않아 상동에서 돌아올 텐데?"

"그러니까 우리끼리, 오기 전에 어서 여기를 뜨자는 거다."

아버지는 이미 '우리'에 들지 못했다. 어머니는 이런 당부까지 하며 서둘러 자리에서 일어났다.

"만일 그 모자란 작자가 나타나면 그냥 무시해버려! 대꾸도 말고. 그 작자가 어디 한 번이라도 애비 구실을 제대로 한 적이 있더냐? 참, 내가 돈 통에 있는 돈을 다 꺼냈다. 이사 갈 집을 찾게 되면 선금부터 걸어야 되는데 수중에 있는 돈이 얼마 안 되거든."

어머니가 서둘러 연탄직매소에서 사라지고도 한 10분은 지나 형이 왔다. 기진맥진한 얼굴로 이렇게 뇌까리면서.

"두 번 다시 써글 놈의 배달일랑 하지 말자."

순간 나는 아차 싶었다. 여기 연탄직매소를 문 닫아 버리면 형이 머무를 데가 사라진다는 생각을 미처 못 한 거다. 방금 전 있었던 어머니와 나 사이의 대화에도 형은 언급조차 되지 않았다.

'형을 어떻게 해야 하나?'

내게서 받은 물수건으로 얼굴과 손을 대충 닦고는 사무실로 들어오는 형. 아랫목에 벌렁 누워버렸다. 형한테 '아랫목'은 이 겨울을 버텨내게 하는 자존심의 상징이 아닐까, 하는 생각을 나는 잠깐 해 봤다. 어쨌든 형한테 이 연탄직매소의 운명을 얘기해 줘야 했다.

"형, 긴하게 할 얘기가 있어요."

"?"

형이 심상치 않은 걸 직감했는지 아랫목에서 간신히 상반신을 일으켜서는 벽에 등을 기대고 앉았다.

"다른 게 아니고…."

하면서 형이 오기 전 어머니와 내가 나눈 얘기의 요지를 전했다. 얼굴빛이 금세 어두워진 형. 침묵에 잠겨 있다가 이렇게 뇌까렸다.

"어디로 가야 하지?"

보름 만에 거처를 다시 옮겨야 하는 형. 나는 뭐라 할 말이 없어서 라디오를 컸다. 하필 트윈폴리오의 '하얀 손수건'이 흘러나왔다.

"헤어지자 보내온 그녀의 편지 속에/ 곱게 접어 함께 부친 하얀 손수건/ 고향을 떠나올 때 언덕에 홀로 서서/ 눈물로 흔들어주던 하얀 손수건/ 그때의 눈물 자욱 사라져 버리고/ 흐르는 내 눈물이 그 위를 적시네…."

'하얀 손수건'이 끝났다. 여 아나운서가 감성적인 음성으로 노래 해설을 늘어놓는 것을 형과 나는 말없이 듣고만 있었다. 아니다. 듣는 체하면서 각자 다른 생각을 하고 있었다. 형은 아마도 나한테서 '형, 그러면 다시 우리 누나네 짐방으로 갑시다' 같은 제의가 있기를 기다리지 않을까? 하지만 나는 침묵했다. 다시 그 짐방으로 형을 데리고 가기에는 누나한테 면목도 없고… 결정적으로는 '혼자 방을 써야만 소설이 쓰이는 내 자신'을 위해서다. 물론 파지만 날리고 있지만 파지를 날리는 것도 혼자 방을 사용하기 때문에 가능한 일이 아닌가.

'형을 어떡하나?'

라디오에서, 트윈폴리오 특집인지 '웨딩케익'이 이어졌다.

"이제 밤도 깊어 고요한데, 창문을 두드리는 소리/ 잠 못 이루고 깨어나서, 창문을 열고 내어다보니/ 사람은 간 곳이 없고, 외로이 남아있는 저 웨딩케익./ 그 누가 두고 갔나. 나는 아네. 서글픈 나의 사랑이여./ 이 밤이 지나가면 나는 가네. 원치 않는 사람에게로./ 눈물을 흘리면서 나는 가네. 그대 아닌 사람에게로./ 이 밤이 지나가면 가네. 사랑치 않는 사람에게로./ 마지막 단 한 번만 그대 모습 보게 하여 주오, 사랑아.…."

하필 슬픈 노래들만 나온다.

형이 말없이 간장종지의 많은 담배꽁초들 중 가장 긴 것을 골라 입에 물더니 성냥불을 붙여 피우기 시작했다. '반짝이는 청자 담뱃갑에서 한 개비 꺼내어 왼손의 손등 위에 얹고서, 오른손으로 왼손 끝을 탁 쳐서 그 반동으로 솟은 것을 놓치지 않고 입으로 물어 피우던 멋진 동작'은 어언 옛날이다. 나는 더 이상 같이 앉아 있기 힘들어 자리에서 일어났다.

사무실 뒷문을 열고 나왔다.

마당을 가로질러 우리 식구가 사는 낡은 집으로 갔다. 녹슨 기계들이 처박혀 있는 건넛방 앞을 지나고, 부엌 앞을 지나 안방 앞에 다다르자 여기저기서 쥐들이 달아나는 다급한 소리가 났다. 스위치를 올려 형광등을 켰다. 아무도 없는 방안에 짐 보따리 여남은 개가 줄맞춰 놓여있었다. 임시로 덮고 자는 이불과 벽에 걸린 옷 몇 가지 외에는 모두 보자기에 싼 거다.

'벌써 이사 갈 준비를 하고 있구나.'

우리 식구들은 하도 이사를 자주 다녀서 일단 이사 가기로 결정되면 아무 말 없이 자기 짐 보따리부터 싼다. 그런 뒤 결행의 날 밤에 그 보따리를 양손에 들고서 어머니를 따라 조용히 걸어가는 것이다. 찬장과 이불 같은 큰 짐만 따로 리어카로 나른다.

나는 여러 짐 보따리 중에서 '지난가을에 누나네 짐방으로 갈 때 두고 간, 특별한 내 짐 보따리'를 찾아냈다. 호랑나비무늬 보자기로 싸 놓아서 다른 짐 보따리들과 쉬 구분되는데 초등학교 4학년 때부터 쓰기 시작한 내 일기 13년 치가 다 들어 있다. 문구사에서 산 정식 일기장도 있지만 그냥 공책을 활용한 일기장에, 연습장을 활용한 일기장까지. 형태는 갖가지이지만 여하튼 내 삶을 적은 일기라는 점에서는 한결같다. 현재 누나네 짐방에서 지내면서 쓰는 대학노트 일기장 외에는 모두 다 이 호랑나비무늬 보자기 속에 들어있다. 13년 치라서 분량도 대단하고 어린아이는 들지 못하게 무겁다.

고등학교 3학년 때 전국 단위 현상문예를 두 군데나 휩쓴 문장력은 다 이 일기장들에서 길러졌다.

'그런데 이 일기장들이 이제 무슨 의미가 있을까?'

대학생활 4년 내내 제대로 된 소설 한 편 못 쓰고 (용돈을 벌 요량으로 엉터리로 써댄, 학보의 연재소설들은 창피해서 언급을 않겠다.)… 문제작을 발표하여 문단에 선풍을 일으키며 등장하기는커녕 전날 마신 술이 덜 깨 강의 받다가 코 골며 자기 일쑤였고… 그래서 교수들의 눈 밖에 나서 학점도 엉망이고… 결국 하루도 빠지지 않고 쓴 일기가 내 자신을 향상시킨 게 하나도 없다는 참담한 결론이다. 졸업식 날 함께 기념사진 찍을 애인 하나 없다는 사실만 봐도 알 수 있다.

얼마 안 있으면 중등교사로 발령을 받으면서 도내 어느 시골 중학교로 가게 될 텐데 그 때도 이 일기 보따리를 우리 식구들한테 맡겨둘 건가? 물론 내가 보물처럼 아끼는 물건이라 식구들이 허술하게 보관하지는 않을 것이다. 특히 어머니가 자신의 보물처럼 잘 보관할 게다.

하지만 이제, 일기 쓰는 일이 아무 소용없다는 결론을 스스로 내렸는데 그런 보관이 무슨 의미가 있을까?

나는 다른 짐 보따리들 사이에서 별나게 호랑나비무늬 보자기에 싸인 채 침묵하는 내 13년 치 일기 보따리 앞에서 생각이 깊어졌다. 그러다가 어떤 느낌에 고개 들어 위를 쳐다보았다. 대들보 위에서 생쥐 한 마리가 까만 눈알을 빛내며 나를 내려다보고 있었다.

08. 일기들의 운명

왜정 때 한약방 집 외동딸로 귀하게 자랐다는 어머니. 딸자식은 잘해야 초등학교나 보냈다는 그 시절 어머니는 놀랍게도 여고까지 다녔으며 그 때 있었던 얘기를 우리 자식들 앞에서 자랑 삼아 하곤 했다.

"내가 춘여고 다닐 때가 왜정 때가 아니겠니? 일본 애들이 우리 조선 애들을 업신여기는 학교 분위기였지만 나는 달랐어. 나는 말이다, 걔네들이 나한테 조센징이라고 놀리기만 하면 당장 쫓아가 때렸단다. 그래도 나를 어쩌지 못한 게, 워낙 떵떵거리며 잘사는 한약방 집 외동딸이거든. 일본 선생들도 나를 어쩌지 못했는데 지네들이 어디 감히 나를?"

그런 어머니와 결혼한 남자가 아버지다. 아버지 또한 왜정 때 춘천에서 알아주던 부잣집의 두 아들 중 둘째아들이었다. 왜정 때 춘천고를 다니고 해방 후에는 서울의 동국대 연극영화과를 다녔다는 아버지. 따라서 아버지와 어머니의 결혼은 그 시절 춘천에서 모두가 부러워하는 선남선녀의 결합이자 상류층 집안끼리의 결연이었다. 스물한 살 동갑내기이기도 한 두 사람의 결혼식이 치러진 1948년 어느 봄날은 춘천바닥이 종일 떠들썩했단다. 하객들에다가 구경꾼들까지 결혼식장에 밀려들어 순경들이 출동해 질서를 잡아줘야 했다고.

그렇게 화려하게 출발한 선망의 부부가… 이제는 자기 집도 없이 수시로 이사 다니는 어려운 형편이 됐으니 얼마나 인생유전이 심한가. 그 기막힌 영락의 원인을 아버지는 언젠가 자식들 앞에서 지나가는 말처럼 뇌까린 적이 있다.

"이렇게 된 게 그놈의 6·25동란 때문이지. 너희 할아버지가 인민군들에

게 납북돼버리면서… 집안이 몰락한 거지."

간단히 술회하는 아버지에 비해 어머니는 아주 길게 말했다. 아버지가 외출하고 없는 자리에서다.

"네 할아버지가 납북돼버리면서 많은 재산이 무주공산처럼 남겨졌는데 그 때 아들들이 똑똑했더라면 그 재산을 잘 맡아서, 의좋게 지내면서 맡은 재산을 불리거나 … 불릴 능력이 안 되면 그냥 잘 지키기만 해도 좋았을 것을… 똑똑치들 못하니까 불화하며 지내면서 대부분 날려버렸으니 집안 꼴이 이리된 거지. 경성대 법대까지 나왔는데도 자리 잡지 못한 서울의 큰아버지도 그렇지만, 네 아버지도 여간 모자란 게 아니지. 춘천 시내 한복판에 있던 인쇄소는 당장 먹고 살기 위해 팔아먹었다 치자. 그러면 제지공장이라도 잘 꾸려나갔어야지. 그러질 못하고 아랫사람들을 툭하면 손찌검해서, 고소당하면 그걸 해결하느라 공장 운영보다는 고소 취하에 공을 들이는 꼴이니… 결국 얼마 못 가 망해버린 거지. 공장을 청산하고 남은 얼마 안 되는 돈으로 내게 문구사 하나 차려주고는 하던 짓이란! 지금도 생각하면 이가 갈린다. 툭하면 연극을 무대에 올리는 데 급전이 필요하다며 돈 통의 돈을 다 꺼내가고… 그뿐이더냐? 나중에는 예총활동에 미쳐서, 강가에 무슨 문인비를 세우는 데 돈이 필요하다며 몇 만 평 되는 산을 헐값에 팔아버리고… 내, 더 말하지 않으련다. 복장이 터질 것 같아서!"

그런 얘기를 자식들 앞에서 서슴없이 늘어놓던 어머니도 정작 아버지가 있는 자리에서는 침묵했다. 제지공장 할 때 툭하면 아랫사람들을 손찌검했다는 성질이 두려워서였을까, 아니면 오래된 여필종부 관념에서일까… 아버지가 밤늦게 귀가해 술주정을 부려도 아무 말 못하고 감내하며 자신의 팔자라 여겼다. 그러다가 바로 3년 전 겨울, 교동 집에서 아버지와 큰아들

(나)이 옥신각신하다가 벌어진 '사건'을 목격한 후부터 어머니는 완전히 변했다. 아버지를 '모자란 작자'라고 부르는 건 보통이고 급기야는 '더 이상 같이 살다가는 온 식구를 길바닥에 나 앉힐 작자'로까지 여겨서 이번 기회에 내칠 작정이다. 명목은 '전 재산이나 다름없는 전세보증금을 지키기 위해서'다.

사실 한겨울에 이사 갈 집을 찾는다는 게 얼마나 힘든 일일까. 겨울 끝나고 봄이 되어야 여기저기 집이 나올 테니 말이다. 하지만 어머니는 주저하지 않았다. 추운 겨울에 춘천바닥을 며칠 돌아다닌 극성 끝에 이사 갈 집을 찾아냈다.

'시민아파트 103호. 1월 23일.'

내가 아침늦잠에서 깨 일어나다가 짐방 방문 틈에 웬 쪽지가 끼어있기에 얼른 빼서 펴보았더니, 어머니 글씨로 그렇게 적혀 있었다. 밑도 끝도 없이 주소와 날짜만 적혀 있었지만 모자간에 이런 대화가 오간 거나 다름없었다.

"우리 큰아들. 우리가 시민아파트 103호로 1월 23일에 이사 가니까 그리 알거라."

"알았어요."

"모자란 작자한테는 절대 비밀이다."

"알았어요."

오늘이 1월 20일이니, 사흘 뒤에 이사다. 그런데 '시민아파트'라니, 춘천의 몇 안 되는 아파트 중에서 가장 낡은 아파트다. 게다가 내게는 특별한 추억 속의 아파트다. 바로 2년 전 가을 밤, 영미를 만나러 갈 때마다 그 아파트 앞을 지나서 갔기 때문이다.

그 아파트 앞을 지나서 15분쯤 더 걸어가면 인가가 그치고 나지막한 야산이 나타난다. 잡초들만 무성한 데다가 군데군데 묘도 있어서 사실 밤에 오기는 꺼려지는 곳이다. 하지만 영미와 나는 오히려 그런 곳이기 때문에 약속장소로 삼았다. 다른 사람들 눈에 뜨일 리 없는, 우리 둘만의 시간을 보내는 곳으로써 최적이었기 때문이다. 축구경기장 두 배 넓이의 나지막한 야산이라, 중앙의 붕긋하니 솟은 봉우리가 우리 만남의 구체적인 장소였다.

먼 도심에서 봉우리까지 날아오던 희미한 불빛들. 어둠 속에서도 고개를 들 때마다 찰랑이던 영미의 단발머리. 내 품에 안겨서 이렇게 속삭이곤 했다. "영원히 이대로 있고 싶어."

나는 첫사랑의 추억에 잠기다가 화들짝 정신 차렸다.

'우리 식구들이 사흘 뒤에 시민아파트로 이사 간다는데 내가 이러고 있다니! 어서 효자동 집에 가서 일기장들을 처리해야 한다.'

밖에는 눈이 내리고 있었다. 천장까지 쌓인 짐들 속에서 검은 박쥐우산을 찾아냈다. 빛이 바랜 걸 보니 매형 총각시절 것인 듯싶다.

박쥐우산을 쓰고서 효자동 집을 향해 걸어가면서 새삼스레 효자동 집이 영광 연탄직매소와 같이 있다는 생각을 했다. 그렇다면 형이 그 새 어떻게 됐는지 연탄직매소부터 들러봐야 했다. '형이 천신만고 끝에 다른 거처를 구해서 사무실을 떠나지 않았을까?' '홀에 연탄들이 300여 장 있었으니 형이 그것들을 팔아가며 사무실에서 버티고 있지 않을까?' '참, 아버지가 상동에서 돌아와 형과 같이 있는 건 아닐까? 그렇다면 이번에는 내가 어떻게 대하는 게 좋을까?' 이런저런 생각을 하며 걸어가는데 오늘도 지름길이 없는, 돌아서 가는 길이라 멀고 힘들다. 눈까지 내리니 다른 때보다 더 지체돼 영광 연탄직매소 앞에 도착했다.

300여 장 쌓여있던 홀의 연탄이 댕그라니 서너 장만 남았다. 텅 비다시

피 한 홀 풍경은 처음이다. 아버지 구두는 없고 형의 뒤축 꺾인 구두만 놓여있는 사무실 문 앞. 썰렁한 홀도 그렇고 왠지 섬뜩한 느낌에 나는 늘 하던 '형, 살아 있수?'란 인사말도 잊었다.

내 기척에 사무실 문이 열리며 형이 나왔다. 반갑다고 나를 껴안을 것 같았는데 오늘은 그냥 힘없이 내 손목을 잡을 뿐이다. 눈빛도 죽어있다. 나는 알아챘다. 형이 다른 거처를 못 구했음을. 교대 앞 동네에서 수 년 간 하숙했던 집을 찾아갈 생각도 한 번쯤은 해봤겠지만 하숙비가 엄청나게 밀렸던 미안함에 포기했을 게다. 게다가 지금은 겨울방학 기간이라, 10년 가까이 휴학과 복학을 거듭했던 교대 캠퍼스라고 찾아가본들 아는 후배 한 명 보기 힘들 터. 이래저래 형은 나 하나 믿고 이 겨울에 춘천 왔다가 진퇴양난에 빠졌다. 나 참, 형을 어떻게 해야 하나.

이런 내 생각들을 말할 수는 없고 그저 텅 비다시피 한 홀을 둘러보며 물었다.

"연탄이 그새 다 팔렸어요?"

형이 흐흐흐 웃으며 답했다.

"다 팔렸으면 좋았게? … 어제 낮에 '김석동'이란 어른이 리어카를 끌고 와서 하는 말이 '여기 영업부장이 두 달 전에 직매소 이름으로 돈을 꿔가고는 여태 아무 소식이 없어서 그 돈을 받는 대신, 여기 연탄들을 갖고 간다'면서 그 리어카로 세 차례나 오가며 다 싣고 갔다니까. 내가 '제가 이 사무실에서 지내는데 연탄을 다 가져가면 어떡합니까?' 했더니 보기가 딱한지 딱 열 장 남겨놓았어. 그 중 지금 넉 장 남았지. … 나도 걱정이지만 정말 병욱이 아버님이 더 걱정이야. 그런 신용 없는 영업부장을 믿고서 상동이란 데 가서 여태 돌아오시지 않았다고. 상동이 골짜기라던데 그 골짜기에서 폐광 하나 소개받는 게 뭐 그리 시간이 걸리겠니? 모르긴 해도 한 번 더 속은 게 아니겠어."

그러면서 벽에다가 압정으로 고정시켜놓은, '김석동' 어른한테서 받았다는 차용증을 가리켰다. 한 때 영광 연탄직매소 영업부장을 한 작자가 한 일이란 그저 시도 때도 없이 16절지에 볼펜으로 차용증을 써댄 일이었다. 나는 압정을 빼내고서 차용증을 읽어봤다. 차용증을 하도 자주 써 그런지 볼펜 글씨로는 매끈한 달필이다.

"… 위 차용금액을 금일 김석동 귀하로부터 확실히 차용·영수하였으며, 그 채무를 아래와 같이 이행할 것을 확약합니다./ 1973년 11월 21일. 채권자: 김석동. 채무자: 영광 연탄직매소 영업부장 우환철"

나는 그 '우환철'을 처리하듯 차용증을 확 꾸겨서 돈 통에 넣어 버렸다. 텅 빘던 돈 통에 우환철이 감금됐다.

'연탄이 네 장밖에 없다니, 형이 이 사무실에서 불 때며 지낼 수 있는 날이 잘해야 이틀 남았다는 건데….'

태울 만한 담배꽁초도 없는 간장종지재떨이에, 성냥개비로 하도 그어 대서 옆면이 대부분 벗겨진 팔각성냥갑에, 배터리가 다 됐는지 소리 안 나는 트랜지스터라디오에, 딱딱하게 굳은 채로 반 이상 남은 밥에, 그런 밥 대신으로 먹는 건지 군용건빵들에, 내가 준 헌 가방에, 그새 꾀죄죄해진 이불에… 그런 한심한 사물들 사이에서 연명하는 형. 그 와중에 나를 나무란다.

"써글 놈아. 너는 어떻게 소식 없는 아버님을 염려하는 말 한 마디 없냐?"

"염려한다고 우리 아버지가 잘되나요?"

"이런 네가 '온순하다'고? 천만에. 온순하다기보다는… 사나운 놈이야."

"그나저나 형은 뭐하면서 지냈어요?"

"화투 점이나 치며 지내지. 하루에 몇 십 번은 칠 거야. 새해 운수는 잘 풀릴 거라는 좋은 점이 대부분이긴 한데…."

그러면서 잠바 주머니에서 화투짝들을 꺼내 보였다.

"우리 이병욱의, 새해 운수는 어떤지 대신 점쳐 줄까?"

"잠깐만 집에 갔다 올게요."

눈 내리는 마당을 가로질러 집으로 갔다. 녹슨 과자 기계들이 가득한 건넛방을 지나 … 부엌 앞을 지나 … 안방 앞에 다다랐다. 내 발기척에 쥐들이 급하게 달아나는 소리가 났다.

방문을 열며 형광등을 켜자 방 풍경이 지난번과 조금 달라졌다. 호랑나비무늬 보자기로 싼 '내 13년 치 일기' 짐 보따리를 비롯한 다른 여러 짐 보따리들과 방바닥의 이불, 벽에 걸린 옷가지들까지는 그대로인데… 부엌에 있을 찬장이 가마니에 싸인 채 방 한 구석에 놓였다. 보나마나 지금 부엌에는 라면 끓여먹을 수 있는 냄비와 숟가락 몇 벌만 남아 있을 게다. 사실상 모든 짐을 다 싼 거니 당장이라도 이사 갈 태세다.

나는 내 일기 보따리를 어깨에 짊어졌다.

눈을 맞아가며 연탄직매소 홀까지 짊어지고 가서 홀 바닥에 내려놓았다. 보자기를 풀자 내 13년 치 일기들이 모습을 드러냈다. 초등학교 때의 삐뚤삐뚤한 글씨부터 대학생이 된 현재의 휘갈긴 글씨까지 적나라하게 알몸들을 드러냈다.

형이 사무실 문을 열고서 내게 물었다.

"뭐하나?"

"초등학교 4학년 때부터 쓴 내 일기들이거든요. 그 동안 보관해왔는데 이젠 다 쓸데없다는 생각에 불태워버리려고요."

"그것도 참! … 나중에 후회하지 않겠어?"

"다 태워버릴 겁니다. 참, 형. 성냥갑 좀 갖다 줘요."

형이 육각성냥갑을 들고 나와 내게 건네고는 옆에 섰다. 나는 내 일기들 앞에 쭈그리고 앉은 뒤 성냥개비로 성냥갑 면을 그어대 불 한 점을 만들었다. 일기들 곳곳에 그 불을 붙였다. 13년 치 일기는 만만치 않았다. 타는 데만 한 시간 넘게 걸렸다. 분량도 많았지만 재가 돼 사그라진 듯싶은 불이 되살아나는 경우가 잦았기 때문이다. 홀은, 처음에는 연기로 채워지려는 듯싶다가 얼마 안 가서 연기 대신 뜨듯한 열기로 채워졌다. 그 바람에 형과 나는 추위에 떠는 일 없이 '13년 치 일기들이 사라지는 모습'을 끝까지 지켜볼 수 있었다.

밖에는 쉬지 않고 눈이 내렸다.

오랜 세월 뒤 형을 만났을 때 내게 이런 말을 했다.

"나는 그 날, 병욱이가 10년 넘게 쓴 일기들을 불사르는 걸 지켜보면서 '허무'가 뭔지 제대로 목격하는 것 같았다. 그렇지, 인생의 그 무엇이 의미가 있을까? 성냥개비 불 한 점에 10년 넘는 삶의 기록이 다 사라져버리는데… 그 날 밖에는 눈이 내렸지."

돌이켜보면 그 날, 영광 연탄직매소의 홀이야말로 내 13년 치 일기들을 불태워버릴 수 있는 최적의 장소였다. 우선, 눈이 쉼 없이 내리는 날이어서 그 일기들을 바깥에서 태우려 했더라면 고생이 많았을 거라는 점이다. 종이는 불에도 약하지만 물에도 약하다. 종이재질의 일기들이 수분(水分)의 눈을 맞으면 불에 잘 탈 수 없다. 그러니, 일기들을 눈 하나 맞히지 않고 온전하게 태워버릴 수 있었던 영광 연탄직매소의 홀이야말로 얼마나 최적의 장소였나.

그뿐만이 아니다. 일기들을 태우고 난 뒤에 생긴 잿더미를 처리하기에도 영광 연탄직매소의 홀은 최적의 장소였다. 방대한 양의 일기들을 태웠기 때문에 '재'가 아니라 '잿더미'가 생겨났는데 그 잿더미를 내버려두었다가는 실화의 위험이 있었다. 그래서 연탄집게로 잿더미 곳곳을 들춰서 바람구멍을 내 완전소화로 이끌었는데 그런 번거로운 작업이 가능한 장소로써도 영광 연탄직매소 홀은 최적의 장소였던 거다. 홀의 사 면 중 삼 면이 외부와 차단된 데다가, 열린 한 면이 길 쪽이지만 마침 눈이 쉼 없이 내리고 있어서 길을 지나가는 행인들은 홀에서 벌어지는 광경을 눈여겨볼 새가 없었다.

게다가 홀의 바닥도 몇 달 간 쌓아 놓았던 연탄들 탓에 시커메져서, 일기들을 태우느라 생겨난 자국이 별로 티가 나지 않았다. 남겨진 재들이야, 나중에 바닥 물청소라도 하면 사라질 듯싶었다.

아, 그 일기들.

13년간 내 삶을 지탱해 준 것이면서 동시에 옥죈 그 무엇이었다. 13년간 내 문장력을 길러주었지만 동시에 슬럼프에 빠뜨린 그 무엇이었다. 나는 더는 그 무엇과 함께하기 싫어졌다. 대학 4학년이 되도록 제대로 된 소설 한 편 쓰지 못한 침체의 죄를 그 무엇— 일기들에게 물을 수밖에 없었다.

결국 일기들은 알몸인 채로 형장에 끌려가 사정없이 성냥불 망나니에 목을 베였다. 나는 그 날부터 다시는 일기를 쓰지 않았다.

09. 1974년 1월 20일

일기들이 불씨 하나 없는, 완전한 재가 된 뒤에도 형과 나는 홀에 아무 말 없이 서 있었다. 나는 '허탈하다'는 말 한 마디로는 표현이 부족한 심적 상태에서, 형은 먼 훗날 내게 밝혔지만 '허무'가 뭔지 제대로 목격하는 것 같아서 말없이 서 있었다. 그 때 장호가 왔다.

"뭐해요 형들."

춘천의 서쪽을 차지한 미군부대에서 흘러나온 건지, 장호는 꽤 괜찮아 보이는 바바리코트 차림이었다. 자기 머리와 코트에 묻은 흰 눈을 두 손으로 '타닥타닥!' 털어 홀 바닥에 떨기면서 장호가 말을 이었다.

"눈까지 내리는 날에 말입니다."

나는 뜻하지 않은 장호의 등장에 미처 대답 못하고 섰는데 형은 달랐다.

"추워서 불을 피웠지."

"?"

나는 어리둥절한 장호의 얼굴을 보는 순간 형의 막막한 거처 문제가 해결될 수 있음을 깨달았다. '그렇다. 장호네는 대학생들을 하숙치며 사는 집이다. 하숙생들이 겨울방학을 맞아 고향에 내려갔을 테니 방들이 비었을 게고 그 빈 방 중 하나로 형이 가면 된다!'

"마침 잘 왔어. 요새 너희 집에 비어 있는 방들이 있지 않니?"

내가 묻는 말에 장호가 고개를 끄덕이며 반문했다.

"그런데요?"

"외수 형이 한동안 여기서 잘 지냈는데 사정이 생겨서 문을 닫게 됐거든. 그러니 이번에는 어디로 가야 하나 걱정하고 있었어. 이제 잘됐네. 너희 집 빈 방 하나를 쓰면 되잖아. 안 그래?"

나는 장호가 '우리 어머니한테 물어보고요' 같은 대답을 할 줄 알았다. 그렇지 않았다. 기다렸다는 듯이 선선하게 답했다.

"그렇게 해요. 그러면 외수 형 짐부터 날라드려야겠네."

형이 환해진 얼굴로 대꾸했다.

"내 짐은… 가방 하나야. 다른 건 없어."

"그래요? 그럼 지금 그 가방을 챙겨들어요."

형이 부리나케 사무실로 들어가 내가 준 그 헌 가방을 들고 나왔다.

만일을 생각해서 홀 바닥에 있는 재에 주전자 물을 갖다 뿌렸다. 그런 뒤 문짝들을 들어다가 홀까지 닫았다.

장호가 앞장서고 나는 헌 가방을 든 형과 함께 박쥐우산을 쓰고서 뒤따랐다. 사실 나는 장호네 집이 어느 동네에 있는지 잘 몰랐다. 몇 년 전 교동에 살 때는 장호네 집이 한동네였지만, 얼마 후 '그 집을 팔고서 하숙 치며 살기 위해 강원대 부근 동네로 이사 갔다'는 소문만 들었을 뿐이다. 내리는 눈발이 뜸해졌다. 바바리코트의 목깃을 바짝 올린 채, 간간이 내리는 눈을 맞으며 앞장서 가는 장호. 형이 말했다.

"바바리코트, 폼 나네!"

"작은집에 놀러갔다가, 사촌동생이 입지도 않고 벽에 걸어놓았기에 내가 그냥 입고 다녀요. 양키시장에서 난 것 같아요."

내 짐작이 맞았다. 춘천의 좋은 물건은 서쪽에 자리 잡은 미군부대에서 나온 것이다. 눈 내리는 길을 우리는 그런 얘기나 나누며 걸어갔다. 박쥐 우산 하나에 형과 나 두 사람이 눈을 피하기는 어려웠다. 형의 나일론 잠바 오른쪽 어깨 부분과 내 양털잠바 왼쪽 어깨 부분이 내리는 눈을 맞아 조금씩 젖어갈 수밖에. 형이 궁상맞게 가방을 품에 안고 가면서 이런 말을 했다.

"우리 지금, 김승옥이 쓴 '환상수첩'의 한 장면 같지 않니?"

안 지 얼마 안 되는 장호네 집 빈 방으로 짐 보따리마냥 옮겨지는 자신의 한심한 처지는 생각 않고 자살이 난무하는 김승옥의 환상수첩을 떠올리다니 형의 김승옥 사랑은 정말 대단했다.

셜록홈즈 탐정처럼 바바리코트 차림으로 눈을 맞으며 앞장서 가는 장호. 내가 물었다.

"니네 집이 머니?"

"좀 멀죠. 한참 가야 돼요. … 아까 운교동 집에 갔더니 형 누님이 그러더라고요. '봉의국민학교 부근에서 작고 엉성한 연탄직매소를 찾으면 병욱이와 선배란 사람이 같이 있을 거'라고. 그래서 별 고생 않고 찾았는데 글쎄, 간판 하나 끝내줍디다. 영광 연탄직매소라니, 하하하."

"우리 아버지가 지은 이름이지. 참, 너희 아버님은 어떻게 지내셔?"

"안방 아랫목을 차지한 채 신문만 보며 지내죠. 어머니가 고생해도 아버지는 신문만 봐요. 왜, 고전소설에서 양반은 당장 처자가 굶어죽게 돼도 의관정제하고 앉아 책만 보다가 이따금 호통 치잖아요. 딱 그 모습입니다."

그 말에 나는 이런 생각이 들었다. '너희 아버지는 식구들한테 호통이라도 치지만 우리 아버지는 호통은커녕 바야흐로 집안에서 쫓겨날 찰나이다. 두 사람이 같은 춘고 동기라는데 왜 이리 차이가 큰 걸까?'

이런저런 생각을 하며 장호를 따라가느라 얼마나 멀리 걸었는지도 나는 깨닫지 못했다. 하물며 눈이 내려서 풍경마저 낯설어졌으니.

한참 앞서가던 장호의 걸음이 돌연 왼쪽의 비탈진 좁은 골목길로 들어섰다. 이렇게 말하면서.

"형들, 비탈져서 미끄러우니까 조심! 거의 다 왔습니다."

나는 소스라쳤다. 이 비탈진 좁은 골목길은 첫사랑 영미가 나를 야멸차게 경멸하면서 사라져버린 그 골목길이었다. 영미가 그 때 '우리 집이 이 동네에 있으니까 더 따라올 생각 말아요' 하는 말까지 내뱉었으니 그렇다면 장호네 집은 영미네 집과 한동네였다. 나도 모르게 가슴이 뛰었다.

문제는 이 비탈진 골목길에 눈까지 내렸다는 사실이다. 그나마 큼지막한 돌들을 층계처럼 박아놓아서 발은 디딜 수 있었다. 벌써 몇 미터 올라가서 형과 나를 지켜보는 장호. 폭이 좁은 골목길이길 다행이었다. 형이 가방을 장호한테 던져주고는 두 팔 벌려서 양쪽의 담을 잡으며 조심조심 골목길을 올라갔다. 나도 우산을 던져주고는 그 뒤를 똑같이 따라 하며 올라갔다. 형이 뇌까렸다.

"써글! 유격훈련이 따로 없네."

비탈진 골목길이 끝나자 평탄한 골목길이다. 마음이 놓였다. 장호를 따라 10미터쯤 가자 장호가 '목제 대문이 훤히 열려있는 집' 마당으로 들어서며 말했다.

"여기가 우리 집입니다."

영미네 집에서 한 집 건넛집이 장호네 집이었다.

2년 전 가을밤이다. 영미와 나는 봉우리에 앉아, 200여 미터 전방에 있는 산 아래 동네의 어느 집 불빛들을 지켜보았다. 큰 불빛과 작은 불빛이 함께 있는 그 집을 영미가 가리키며 말했다.

"저 작은 불빛이, 우리 집 다락방에서 켠 거에요. 중학교 다니는 남동생이 공부하기 딱 좋은 다락방이라며 밤마다 올라가 불 켜고 지내죠. 그런데 공부는 무슨 공부! 한 번 몰래 올라가 봤더니 만화책을 보고 있더라고요."

그러면서 우스워 죽겠다는 듯이 내 가슴팍을 콩콩 치더니 품에 안겼다.
싸늘한 밤공기와 비교되는 영미의 따뜻한 가슴. 나는 품에 안긴 영미의
입술을 찾아 내 입술과 포갰다. 처음에는 차갑다가 이내 뜨겁게 달아오르
는 입술….

형이 장호한테 소리 죽여 물었다.
"부모님한테 내가 인사드려야 하지 않겠어?"
장호가 자기 손가락을 입에 대며 '쉬잇'했다. 그럴 필요가 없다는 뜻 같
았다.
장호네 집은 기역자 형 기와집이었다. 장호를 따라서 빨랫줄이 공중에
사방으로 어지럽게 쳐져 있는 마당을 지나 기와집을 끼고 뒤편으로 돌아
갔다. 그러자 생각도 못한, 기와집과 뒷담 사이의 좁다란 공간을 이용해
만든 방이 나타났다. '장호네가 살던 집을 팔아 그 돈으로 방이 여럿인 기
와집을 전세로 얻어, 시골에서 올라온 대학생들을 상대로 하숙치며 산다'
는 소문이더니 이렇게까지 방을 늘렸을 줄이야.
장호가 방문을 열어주면서 형한테 말했다.
"이 방을 우리 집에서는 뒷방이라 부르는데 이 뒷방에서 지내는 게 어때
요?"
형이 감격에 젖은 음성으로 답했다.
"조옹지."
"우리 집에 하숙치는 방이 넷이나 되는데 그 중 이 뒷방이 제일 괜찮아
요. 집 뒤편에 은밀하게 자리 잡아서 닭을 잡아먹어도 모른다니까요."
"돼지를 잡아먹어도 모르겠네."

그러면서 형은 마치 '아이들이 먼저 맡는 물건을 자기 물건으로 간주하는 놀이'하듯 제일 먼저 방안으로 들어갔다. 내가 뒤따라 들어갔다. 장호는 들어오는 대신 형의 헌 가방을 방문 가에 내려놓으며 말했다.

"방이 냉골일 거예요. 엄마한테 연탄불을 넣어달라고 할게요."

그 말에 형이 정색하며 말했다.

"이참에 내가 따라가서 인사드려야 하지 않겠어?"

늘 느끼는 일이지만 형은 차린 행색에 비해 웃어른에 대한 예절이 깍듯하다.

"나중에 해요. 참, 형들 밥은 먹었수?"

사실 배가 고팠지만 뭐라 답해야 할지 판단이 안 서 침묵하는 나와 달리 형은 서슴없었다. 벌써 아랫목을 찾아 앉으며 이리 말했다.

"밥은 됐고 소주 한 병 없나? 이렇게 마음에 드는 방에 왔으니 기념으로 술 한 잔부터 해야지. 안 그래?"

"소주야 많죠. 여기 하숙생들이 단합대회 할 때마다 남긴 소주들이 꽤 되거든요. 빈 병이면 엿장수한테 주고 엿이라도 얻어먹을 텐데 마개도 따지 않은 멀쩡한 것들이라 제가 부엌 찬장에 짱박아 놨지요. 엄마만 알아요. 잠깐 기다려요, 술상을 차려올 테니."

"잘됐네."

차려온 술상이라야 '녹향' 소주 세 병과 김치 안주가 전부였다. 하지만 그게 어딘가. 차가운 방바닥에 앉아서들 소주잔을 주거니 받거니 시작했다. 얼마 뒤 밖에서 기척이 있더니, 장호 어머니가 연탄불을 넣은 건지 차갑던 방이 따뜻해져갔다. 장호가 말했다.

"이 방 하숙생이 둘입니다. 둘 다 저와 동기이죠. 하나는 강릉에서 왔고 다른 하나는 속초에서 왔지요. 둘 다 동해안에서 와 그런지 이 방만 들어오면 푸른 동해바다 냄새가 나는 것 같다니까요."

형이 화답했다.

"나는 미코노스 앞바다 냄새가 나는 것 같은데? 그렇지. 이 겨울, 우여곡절 끝에 미코노스 바닷가에 온 거야. 아아 파도 소리가 들리네…."

저녁 8시경에 술자리가 끝났다. 형이 벽에 기대고 앉아 '미코노스…' 타령을 하다가 잠들어버리면서 내가 자리에서 일어났기 때문이다.

"그냥 여기서, 외수 형과 같이 자는 게 어때요? 이불도 있는데."

하고 장호가 붙잡았지만 나는 고개를 저으며 뒷방을 나섰다. 벌써 형이 코 고는 것도 그렇고… 다른 데도 아니고 영미네 집이 가까이 있는 데라 밤새 잠을 설칠 것 같았기 때문이다. 장호가 대문 열린 데까지 따라와 말했다.

"가다가, 비탈진 골목길을 내려가기 자신 없으면 그냥 돌아와요."

"그럴 일이 없을 거야."

"여기 박쥐우산, 갖고 가야죠."

"아 참!"

"걱정되네."

"걱정 말고 들어가."

"알았어요. 조심해서 가요."

얼마쯤 걸어가자 나타난 비탈진 골목길.

어두워서 잘 보이지 않지만 눈도 녹지 않았다. 나는 술이 확 깼다. 만일 여기를 내려가다가 미끄러지기라도 한다면 돌층계들에 부딪히면서 골절상을 입을지도 몰랐다. 뒤돌아서 다른 길을 찾아볼까 생각했지만 처음 온 동네인 데다가 어두워서 단념했다. 더는 지체할 수 없었다. 나는 2년 전 이 골목길 어귀에서 영미한테 야멸차게 당한 일을 떠올리며 다시 한 번 정신 차렸다.

궁리 끝에 박쥐우산 자루를 지팡이 삼아 바닥을 짚으며 … 무사히 내려왔다. 진땀이 목덜미와 겨드랑이에 축축하게 배었다. 시내버스 정류장 표지판을 찾아가는데 택시가 어둠 속에서 방향지시등을 깜박이며 다가왔다.

'누나가 준 용돈을 이럴 때 쓰지 않는다면 어느 때 쓸까?'

택시의 뒷문을 열고 탔다. 운전기사가 물었다.

"어디로 모실까요?"

"8호 광장 쪽으로요."

"알았습니다."

안락한 택시 뒷좌석에 내 취한 몸을 맡긴 채 감회에 젖어갔다. '13년 치 일기들을 불살라버렸고, 형은 천만다행으로 장호네 집으로 옮겨졌고, 장호네 집이 내 첫사랑 영미네 집에서 한 집 건넛집이라는 놀라운 사실을 알게 됐고, 어디 그뿐인가, 그 괴로운 기억의 비탈진 골목길을 천신만고 끝에 무사히 내려왔으니 … 오늘, 1974년 1월 20일이야말로 정말 많은 일들이 벌어진 날이다.'

10. 야산

내 젊은 날에 '야산'이 둘 있었다. 하나는 아버지가 예총 사무국장을 하면서 '김유정 문인비' 건립 자금을 대기 위해 팔아치운 거두리 야산이며, 다른 하나는 첫사랑 영미와의 추억이 깃든 효자동 야산이다.

첫사랑 영미와 만나던 야산이나 아버지가 차린 영광 연탄직매소나 다 같은 효자동에 있었다. 그러니 효자동은 얼마나 넓은 동네인가.

효자동에서 동쪽으로 30리쯤 가면 해발 899미터의 대룡산이 나온다. 대룡산 바로 아랫마을이 거두리이며… 거두리에는, 할아버지가 6·25동란으로 납북되면서 남겨진 수만 평 넓이 야산이 있었다. 그러잖아도 할아버지의 주요 유산인 인쇄소와 제지공장을 능력 부족으로 정리한 우리 아버지. 웬만하면 거두리 야산만은 그냥 내버려두기만 해도 좋았을 텐데, 그렇지 못했다.

그 때가 내가 중학생이던 때다. 아버지는 춘천농고의 도움으로 거두리 야산에 수 천 그루 뽕나무묘목들을 심었다. 농고 학생들이 야산 능선에 한 줄로 서서 교사의 구령에 맞춰 두어 걸음씩 하산하면서 묘목을 심던 장관! 거두리 마을 사람들이 그 광경을 보느라 바쁜 일손까지 멈췄다. 몇 년 뒤 시작된 새마을운동의 전조일까, 정부에서 양잠업을 적극 권장할 때다.

만일 거두리 야산을 뽕나무밭으로 개간하던 그 일이 잘 됐더라면 아버지는 '재기에 성공한 사업가'가 되었을지 모른다. 하지만 1년 만에 그만두고 말았는데 그 이유는 '집에서 다니기가 너무 힘들어서'였다. 그럴 만했다. 자동차가 귀하던 그 시절, 교동 집에서부터 뽕나무밭이 있는 거두리 야산

까지 왕복 60리가 넘는 길을 그저 두 발로 걸어 다녀야 했으니! 교통여건
이 열악한 시절이라, 외진 농촌 마을인 거두리로 가는 시내버스 노선은
애당초 없었다. 게다가 학생들을 동원해 줬던 춘천농고 측에서도 '원거리
현장학습에 따른 갖가지 어려움'으로 더 이상 돕지 않았다.

결국 거두리 야산은 뽕나무밭이 아니라 잡초 밭처럼 방치된 채 몇 년
뒤 김유정 문인비 건립 자금으로 팔아치워지는 운명을 맞았다.

내 첫사랑의 추억이 깃든 효자동 야산.

강원대에 인접한 나지막한 야산이라서 강원대 옥상에서 보면 봉긋한 봉
우리부터 봉우리를 넘어가는 오솔길까지 한눈에 다 들어왔다. 나무도 없이
풀밭만 널따랗게 펼쳐져있어서 몇 군데 있는 묘들조차 풀밭의 작은 능선
처럼 보였다.

그 가을 밤 영미와 나, 단 둘이 봉우리에 앉아 있을 때 바람이라도 불면
사방의 풀밭은 일제히 파도처럼 물결쳤다. 그러면 파도치는 망망대해의 외
딴 섬에 우리 둘만 남은 것 같아 그 외로움에 뜨겁게 껴안고는 서로의 입
술을 찾았다.

밤 9시쯤이면 청량리 발 기차가 남춘천역 가까이 오면서 내쏘는 강렬한
전조등불빛이 10리 가까운 어둠을 뚫고서 야산에까지 닿곤 했다. 망망대
해 저 너머의 등대 불빛이 우리를 찾아온 것 같은 환상에 휩싸이는 순간
이었다.

내가 시내에서 야산의 봉우리로 가려면 두 가지 길이 있었다. '춘원국도
를 따라 한참 가다가, 야산 아래 동네인 영미네 동네를 지나서 봉우리로
올라가는 길'과 '8호 광장을 거쳐, 시민아파트를 지나서 가는 길'이 그것이

다. 전자의 길로 해서 야산 봉우리를 간다면 너무 먼 것도 그렇고 … 영미네 동네를 지나가야 해서 자칫했다가는 '영미를 미리 만나는 멋쩍은 일'이 벌어질 수 있었다. 야산 봉우리에서 만나기로 해 놓고서 야산 아래에서 먼저 마주치는 셈이니, 아무리 연인 사이라지만 그런 멋쩍은 일이 어디 또 있을까.

그 때문에 나는 항상 후자의 길을 택했다. 전자의 길보다 훨씬 지름길인데다가, 뭣보다도 '영미와 내가 야산 봉우리를 향해서 서로 맞은편에서 올라와 상봉한다는 가슴 설렘'이 좋았다.

그 가슴 설렘.

어둠 속에 붕긋하니 솟아 있는 야산 봉우리를 향해서 비탈진 오솔길을 가노라면 나도 모르게 걸음이 빨라져 갔다. 내가 먼저 봉우리에 도착할 때도 있고 영미가 먼저 도착할 때도 있고 경우에 따라서는 거의 동시에 도착할 때도 있었다. 어떤 경우에도 가슴 설렘은 한결 같았다.

언젠가는 내가 사정이 생겨서 한 10분 늦게 야산 봉우리에 도착한 적이 있었다. 군데군데 묘가 있는, 어둠 속 너른 야산 한가운데 봉우리에 서서 나를 기다리던 영미. 무서움과 가슴 설렘이 복잡하게 뒤섞인 채로 어둠 속에 있다가, 오솔길에서 나타난 나를 두 팔로 꼭 껴안고서 속삭였다.

"자기, 너무 보고 싶었어."

… 손목시계의 야광 바늘이 파랗게 10시 30분을 가리키면 우리는 봉우리에서 헤어졌다. 다락방의 불빛까지 불빛이 두 점 있는 자기 집을 향해 오솔길을 내려가던 영미의 뒷모습. 대개, 집에 닿을 때까지 뒤돌아보는 일 없이 갔지만 가끔은 걸음을 멈추고서 뒤돌아보기도 했다. 그러면 나는 두 팔을 흔듦으로써 '조심해서 가'라는 뜻을 전했다. 먼 데다가 어둠이 짙어서 상대방을 제대로 볼 수 없었는데도 우리는 마치 환한 낮에 보듯 그렇게

행동했다.

그런 우리의 사랑은 얼마 후 가을이 끝나고 겨울이 되면서 막을 내렸다. 이듬해 봄이 되면서부터 우리는 더 이상 만나지 않았다. 정확히는, '영미가 나를 야멸차게 경멸하고서 비탈진 골목길로 사라진 어느 봄날의 밤'을 마지막으로 우리는 더 이상 만나지 않은 것이다.

나는 그 후 야산 쪽으로는 눈길도 주지 않고 지냈다.

11. 시민아파트

형의 거처를 옮기느라 장호네 집에 갔다 온 뒤 나는 앓아누웠다. 그럴 만했다. 장호를 따라 그 먼 춘원국도를 걸어갔던 데다가 밥도 거른 빈속으로 뒷방에서 소주를 마셨고… 결정적으로는, 그 위험한 비탈진 골목길을 어둠 속에서 내려오느라 온몸의 진을 다 뺐으니.

그런 외적인 일들도 그렇지만 '장호네 집이 영미네 집에서 한 집 건넛집이라는 사실'에 마음의 상처가 선하게 되살아난 때문이 아닐까.

나는 그 날 밤, 2년 넘게 눈길도 주지 않던 야산에 간 거나 다름없었다. 장호네 뒷방에 앉아 소주 마시며 문학 얘기를 나누면서도 마음 한 편으로는 '내가 어쩌다가 야산 아래 동네에 와 있나!'하는 심란함이라니. 아무리 춘천이 좁은 도시라 해도 기가 막혔다. 하긴 장호네가 '교동의 집을 팔아 그 돈으로 방이 많은 집을 전세로 얻어 대학생들을 상대로 하숙'치며 살려면 강원대가 가까운 야산 아래 동네에서 집을 구할 수밖에 없었을 터.

나는 영미와의 사랑 얘기를 뒷방 술자리에서 털어놓지 않았다. 그 얘기를 털어놓았다가는 영미네 집이 한 집 건너 집이라는 사실까지 드러날 텐데 그 얼마나 웃기는 얘기가 될 건가. 나는 알고 있다. 내 비극은 남들한테는 희극이 될 수 있다는 사실을. 다른 건 몰라도 영미와의 사랑 얘기는 절대로 희화화돼서는 안 된다.

사실, 나와 영미의 사랑 사실을 아는 이는 극소수일 게다. 영미와 나는 같은 강원대 선후배 사이다. 교대 다니다 만 형이야 우리 사랑 사실을 모르는 게 당연하고 장호 또한 그 날의 표정을 떠올려봤을 때 전혀 모르는 게 분명하다. 만일 알았다면 짓궂은 표정으로 '병욱 형. 오늘 우리 동네에 처음 왔지만 뭔가 가슴속에 집히는 게 있지 않수?' 하지 않았겠나.

가까운 후배 장호조차 모를 수밖에 없는 건, 영미와 나의 사랑이 그 가을 한 철에만 이뤄졌던 데다가, 시간대도 어두운 밤이었고 장소 또한 밤이 되면 인적 그치는 야산인 때문이었다. 그렇다. 영미와 나의 사랑 사실을 아는 사람은 본의 아니게 삼각관계의 한 사람처럼 돼 버린 명자 정도였을 게다.

여자들만의 직감이 있는 걸까. 영미가 야산 봉우리에서 나를 만난 어느 날 밤 이런 얘기를 했으니.

"재학증명서를 뗄 일이 있어서 학사행정처에 가 줄을 섰는데 이상하게 뒤통수가 따가운 거야. 그래서 휙 뒤돌아봤더니 한 선배 언니가 바로 내 뒤에서 사납게 노려보다가 얼른 눈길을 돌리더라고. 나중에 알았는데 이름이 '명자'라고 병욱 씨와 같은 과 동기 언니더라고. 병욱 씨. 그 언니와 무슨 일이 있었어요?"

"무슨 일은? 그저 등굣길이 같아서 가끔씩 함께 등교하곤 했지. 그뿐이야. 아무 일도 없었어."

그리 답하면서 나는 속으로 놀랐다. 자기 뒤통수를 노려보는 어떤 눈길을 감지한 영미도 놀랍지만 '그 즈음 같이 등교하는 일이 아무래도 뜸해진 내 태도의 변화에서 원인을 바로 찾은' 명자도 놀라웠다.

여자들은 그들만의 직감이 있는 걸까.

어찌됐든 명자로서는 나와 영미의 특별한 관계에 대한 얘기를 주위에 하기는 어려웠을 것 같다. 왜냐면 결국 자기가 영미만 못한 여자라고 선전하는 셈이 되는 거니까.

내가 영미와의 사랑을 은밀하게 진행한 까닭은 '만일 어떤 남녀 학생이 밤에 자주 만난다면 둘은 결혼을 약속한 사이!'라고 보는 당시 강원대 학생들의 시선을 염려한 때문이었다. 70년대 전반만 해도 지방대학생의 이성 교제는 그만큼 고루하고 보수적이었다. 그렇다. 영미와 나는 남몰래 만날 수밖에 없었다. 그 즈음 가수 이장희가 부른 노래 '그 애와 나랑은'이야말로 마치 영미와 나의 사랑을 지켜보고서 지은 것 같았다.

'그 애와 나랑은 비밀이 있었네/ 그 애와 나랑은 남몰래 만났네/ 그 애와 나랑은 서로가 좋았네/ 그 애와 나랑은 사랑을 했다네/ 하지만 지금은 그 애는 없다네// 그 애를 만나면 한없이 즐거웠네/ 그 애가 웃으면 덩달아 웃었네/ 그 애가 슬프면 둘이서 울었네/ 그 애와 나랑은 사랑을 했다네/ 하지만 지금은 그 애는 없다네/ 그 애의 이름은 말할 수 없다네.'

앓아누운 지 사흘째 되는 날, 누나가 어두운 짐방의 문을 밖에서 열고서 걱정스레 물었다.

"부엌의 밥도 많이 남았던데… 어디 아프니?"

"몸살이야."

"뭐 사다 줄까?"

"괜찮아."

"먹고 싶은 게 있으면 얘기해."

"……."

다음 날인 1월 24일, 저녁이다. 나는 자리에서 일어났다. 몸이 썩 좋은 건 아니지만, 예정대로라면 전 날 우리 식구들이 시민아파트로 이사 갔을 텐데 내가 이대로 있어서는 안 된다는 생각에서다.

변함없이 기분 나쁜 소리를 내는 철대문을 뒤로 하고 8호 광장 쪽으로 걸어갔다. 앓아누운 동안 날씨가 푹했던지 길바닥에 눈은 물론 얼음도 없었다. 아직은 후들거리는 다리로 8호 광장까지 왔다. 지나가는 차를 피해 광장을 지나 시민아파트가 있는 주택가의 좁은 길로 들어서면서 나도 모르게 가슴이 뛰었다. 2년 전 가을밤에 영미를 만나러 갈 때마다 지나가던 바로 그 길이라서.

멈춰 섰다가 다시 걸어갔다.

어둠 속에 뿌옇게 나타난 3층 건물, 시민아파트다. 건물 옆면에 크게 써놓은 '시민아파트'라는 페인트 글씨의 마지막 글씨가 대부분 지워져 '시민아파'로 보였다.

'103호라 했으니 1층에 있을 텐데' 생각하며 1층의 호들을 하나하나 확인하려다가 말았다. 바빠서 못 치웠는지, 우리 집 찬장을 리어카에 실을 때마다 밑에 까는 가마니가 복도에 그대로 남아있었기 때문이다.

"우리 큰아들, 저녁밥은 먹었냐?"

어머니가 주방에서 일하다가, 현관문을 열고 들어서는 나를 보고 반가이 소리쳤다. 나는 고개를 끄덕이고는 실내를 둘러보았다. 어머니가 서 있는 '주방 겸 거실'과 방 두 개, 화장실 하나인 구조인데 한결같이 비좁았다. 동작을 조금만 더해도 벽에 부딪힌다. 여동생이 말했다.

"오빠가 언니네 집에 가 있길 잘했어. 이 아파트는 너무 좁아. 13평이래."

막냇동생 녀석이 영어문장을 외우다 말고 물었다.

"형 선배, '예수'라는 사람은 어떻게 됐지?"

"임마, '예수'가 아니고 '외수'야. … 아는 집에 마침 빈 방이 있어서 그리 갔어."

어머니가 '참' 하면서 끼어들었다.

"그러잖아도 연탄가게에서 없어졌길래 걱정했는데… 어느 집으로 간 거냐?"

"장호네 집."

"그 집이 하숙쳐서 근근이 먹고 산다는데 그런 집 신세를 진다니 딱한 노릇이구나."

"뭐 그렇다고 내가 있는 누나네 짐방에 다시 데려오기가…."

"하긴 그래. 그나저나 구두 뒤축을 꺾어 신고 다니는 버릇은 고쳐졌더냐?"

"쉽게 고쳐지겠어?"

그러자 고개를 끄덕이는 어머니.

화장실 문고리가 달아나서 대신 비닐 끈을 달았고, 창문 하나는 금이 간 걸 반창고로 붙여놓았고, 주방 바닥에 깐 비닐장판지는 너덜너덜했고, 형광등갓은 파리똥이 가득했다. 비좁고 형편없는 아파트로 이사 왔는데도 왠지 홍겨워 보이는 어머니. 주방에 서서 그릇·접시·숟가락·젓가락 순으로 하나하나 물에 씻어 찬장에 진열하며 왜정 때 노래를 흥얼거렸다.

"사쿠라, 사쿠라/ 야요이노 소라와 미와타스 카기리/ 카스미카 쿠모카 니오이조 이즈루/ 이자야, 이자야/ 미니유카은…."

그렇다. 어머니는 어느 때부턴가 '이사'를 즐기고 있었다.

우리 자식들이야 자기 짐만 챙겨 들고 가면 끝나는 '이사'지만 어머니는 달랐다. 새로 이사 갈 집을 구하느라 며칠간 춘천 시내 곳곳을 발품 팔아야 했고, 이사 갈 집이 정해지면 집 주인을 만나 흥정한 뒤 흥정이 잘되면 보증금을 건넴과 동시에 전세계약서를 써야 했고, 그런 뒤 자식들한테 이사 갈 날짜를 알려서 짐들을 싸도록 했고, 이사 가는 날에는 새 집을 향해 손수 앞장서 가야 했다. 그런 '이사'를 자주 하게 되면서 어머니는 자신도 모르게 이사가 취미활동처럼 된 거다.

정말 슬픈 희극이다.

처음에 아버지는 '이사'는 성가신 일이라 여겨서 별 생각 없이 어머니한 테 위임했다. 위임이 빈번해지자 자연스레 전임이 됐고 전임은 전권으로 모습을 바꿔버렸다. 어머니가 우리 집 이사의 전권을 쥐게 된 거다. 그 결과 아버지는 당신의 식구들이 이사 가는 행렬에서 제외되기에 이르렀다.

나는 결론을 내렸다.

'이 모든 사태는 아버지가 자초했다.'

이사 온 지 이틀째일 텐데 시민아파트 103호는 벌써 자리 잡았다. '한 번 이사하면 짐 정리에만 며칠씩 걸린다는 다른 집들'과 달랐다. 마치 이 사에 관한 특별훈련을 받은 듯이 빈틈없었다.

여동생과 어머니가 한 방을 쓰는 식으로 방 둘을 '여자들 방과 남자들 방'으로 나눠놓은 건 물론이고 그에 따른 짐들이 빈틈없이 배치됐다. 우리 집에서 이삿짐 정리의 최종 단계는 '달력 걸기'다. 여동생은 여동생대로 남 동생들은 남동생들대로 자기 달력을 마음에 드는 곳에 걸어놓았다.

워낙 좁은 아파트다 보니 현재의 네 식구 외에 다른 식구는 더 들일 수 없는 게 당연해 보였다. 아버지는 이래저래 이 아파트에 올 수가 없었다.

하긴, 식구들 중 누구 하나 '아버지'를 거론하지 않았다. 아버지는 영광 연탄직매소를 차리면서 매달 내는 월세를 식구가 사는 집의 전세보증금과 연계시키는 바람에 — 최후의 재산인 전세보증금마저 줄어들게 한 최악의 실수를 저지름으로써 더는 식구가 아니었다.

103호에서 가장 넓은 공간은 '주방 겸 거실'이었다. 당신의 큰아들이 찾 아올 때를 대비했던지 어머니가 '미깡' 다섯 알을 쟁반에 담아 주방 겸 거 실 바닥에 내려놓고는 모두에게 알렸다.

"양키시장에서 미깡을 사 왔단다. 어서들 와서 하나씩 먹어라."

미깡은 별나게 껍질이 두꺼운 과일이다. 미깡 껍질을 벗겨내느라 바쁜 자식들을 보며 어머니는 이렇게 말을 이었다.

"이제 우리 식구는 잘 살 날만 남았다. 얼마 안 있으면 우리 병욱이가 학교 선생으로 나갈 테고 그러면 고생은 끝나지 않겠니?"

그 말에 나는 속으로 생각했다. '지난 연말에 졸업학점 미 이수 문제를 해결해 놓길 망정이지, 정말 큰일 날 뻔했다!'

둘째동생 녀석이 어머니와 나를 번갈아보며 물었다.

"형이 학교 선생이 되면 우리 집도 텔레비를 살 수 있지 않나?"

바야흐로 텔레비전의 시대가 열렸다. 춘천에서도 잘사는 집들은 가구 장만하듯이 큰 텔레비전을 한 대 사서 거실이나 안방 같은, 집에서 가장 넓은 공간에 놓고 시청했다. 심지어는 조그만 국책기관의 계장인 매형마저 작은 텔레비전을 하나 사서 안방구석에 놓았다. 누나가 아기 보는 틈틈이 시청하는 것 같았다.

둘째동생 녀석의 애타는 질문에 어머니가 피식 웃으며 답했다.

"살 수 있겠지만 글쎄, 네가 공부는 않고 텔레비에 매달려 지낼 것 같아 과연 사야 할지 모르겠다."

"공부하다가 쉴 때 볼 거야."

"네 말을 믿을 사람이 있을까?"

"엄마도 참!"

오랜만에 식구들이 모여앉아 이런저런 얘기를 즐겁게 나누다 보니 밤 11시가 금방 넘었다. 나는 자리에서 일어나며 말했다.

"나, 갈게."

어머니가 안됐어 하는 표정으로 말했다.

"좁아터진 아파트라 붙잡지 않겠다."

"참, 내가 가는 길에 복도에 있는 가마니를 쓰레기장에다가 버리고 갈까?"

"아니다. 이사 갈 때는 가마니도 귀하단다."

어머니는 벌써 다음번 이사를 염두에 두고 있었다.

"졸업식 날 올 거죠?"

"세상없이 바빠도 가야지."

103호를 나왔다.

주택가의 골목길을 걸어 8호 광장 쪽으로 가면서… 2년 전 가을밤에 영미를 야산에서 만나고 돌아올 때마다 '이제부터는 일상으로 돌아가는 거다'고 가슴 설렘을 가라앉히던 일이 떠올랐다. 야산 봉우리에서 절정을 이뤘던 가슴 설렘은 야산 봉우리를 떠나면서 가라앉혀야 했다. 그래야 재미하나 없는 일상으로 무리 없이 복귀할 수 있으니까.

'가슴 설렘이라니, 다 지나간 일이다. 나는 교사로 발령받을 날만 기다릴 뿐이다.'

8호 광장 모퉁이의 가게가 아직 문을 닫지 않았다. 광장 가득한 어둠을 백열전구 불빛 하나로 견디고 있었다.

녹향 소주 한 병과 마른 오징어를 사 들고서 누나네 집 철대문 앞까지 왔다. 늦은 밤에 그 기분 나쁜 소리를 낼 걸 생각하니 문 열기가 망설여진다. 장호네 집처럼 열려 있는 목제 대문이면 얼마나 좋을까. 삭막한 철과 부드러운 목질의 대비. 불현 듯 장호네 집이 그립다.

"삐이그으더더덩 쿵!"

철대문에서 녹슨 쇳가루가 떨어지는 것 같다. 나는 습관처럼 진저리를 치면서 어두운 짐방 쪽으로 조심조심 걸어갔다. 안방에서 아기와 노는 매형 목소리가 나지막하게 났다.

"까꿍 까아꿍 까까꿍…."

12. 인제 객골 분교

3월 초에 신규 교사 발령이 난다면 내가 춘천에서 지낼 날은 한 달 남짓이었다. 그 동안에 내 할 일은 딱히 없었다. 숱하게 시도했던 '중단된 소설을 살려보는 일'도 더는 하지 않기로 마음의 정리를 한데다가, 10년 넘게 쓰던 일기도 그만 뒀으니.

그렇다면 형이 있는 장호네 뒷방이나 다니며 소일하는 수밖에 없었다.

자정 넘어서까지 혼자 소주를 마시다가 잤기에 눈을 떴을 때에는 오전 10시가 다 돼서다.

아침 겸 점심을 먹고는 정오쯤에 짐방을 나섰다. 웬일로 계속 푸근한 날씨. 한동안 툭하면 눈 내리던 날씨였다는 게 믿기지 않는다.

8호 광장을 지나서 운교동 파출소 앞까지 걸어갔다. 멀리 영광 연탄직매소가 보인다. 문을 열었는지는, 멀어서 분명치 않다.

'아버지는 어찌 됐을까?'

나는 걸음을 멈추고는 이 생각 저 생각하다가 시내버스를 탔다. 시내버스가 영광 연탄직매소를 지날 즈음에는 차창 멀리 다른 풍경을 보았다. 아버지도 그렇고, 연탄직매소도 그렇고 다시는 보고 싶지 않았다.

시내버스는, 며칠 전 장호를 따라 형과 같이 걸어가던 춘원국도를 덜컹거리며 달려갔다. 10분도 안 돼 야산 아래 동네 부근 정류장에 도착했다. 내린 손님은 나까지 포함해서 세 사람. 한 사람은 중학생, 다른 한 사람은 중년사내였다. 나는 뒤늦게 깨달았다. '영미도 이 시내버스를 타고 오다가 나랑 같이 여기서 내릴 수 있다'는 사실을. 어디 그뿐인가, '집에서 외출하는 영미와, 지금 장호네 집으로 가는 내가 여기서 마주칠 수도 있었다. 그럴 때에 나는 어떻게 해야 하나?

2년 전 밤에 영미가 바로 이 부근에서 내게 야멸차게 말했다.

"여관에 가자고도 못하고 야산에? 내가 무슨 산짐승인가? 어이가 없긴!"

그러고는 뒤돌아서서 비탈진 골목길로 사라지던 모습. 나는 그 날 밤 이후 영미를 피하는 처지로 전락했다.

바로 그 비탈진 골목길을 오르고 있는 나.

오늘도 다행히 영미와 맞닥뜨리지 않았다.

장호네 집의 열린 대문이다. 푸근한 느낌의 목제 대문인 데다가, 하숙치는 집 특징대로 늘 열려져있다. 마당 위로 어지럽게 쳐져 있는 빨랫줄 또한 그렇다. 장호 어머니가 '하숙생들이 내놓는 빨랫감을 일일이 빨아서 빨랫줄에 거는' 모습이 눈에 선하다.

햇볕이 났지만 뒷방은 아무래도 그 덕을 덜 본다. 나는 찬 기운이 맴도는 뒷방 문 앞에서 뒤축이 꺾여 있는 형의 구두를 내려다보며 점잖이 말했다.

"형, 살아 있수?"

"살아… 있어."

내가 방문을 열고 들어서자 형이 아랫목에 누운 채로 두 손을 내밀었다. '악수 겸 일으켜 달라'는 뜻으로 읽고서 형의 두 손을 잡아서 일으켜 앉혔다. 며칠 만에 보는 건데 몹시 수척해진 형. 똑바로 앉아있기도 힘든지 벽에 기대고 앉았다. 누런 눈곱도 붙어 있는데다가 헝클어진 머리카락에는 허연 비듬들까지. 의아해하는 내게 형이 말했다.

"내가 이 집 마루에 '신문지로 만든 종이봉투들'이 쌓여 있는 걸 봤어. 장호 어머니가 반찬값이라도 벌려고 그래 놓은 게 아니겠니? 그렇게 형편도 안 좋은데 이 뒷방에 꼬박꼬박 연탄불을 넣어주잖아? 그러니 너무 죄송스러워서 '어머니. 제 식사는 제가 알아서 해결하겠습니다'고 말씀드렸지. … 내가 가리방 긁는 일을 시작한 게 그 때문이야. 군대 갔을 때 글씨 잘 쓴다고 가리방을 줄곧 긁었거든."

그러고 보니 방 한구석에 낡은 가리방(줄판)·기름종이·철필·일감인 듯싶은 원고 뭉치가 모여 있었다.

나는 이 집 상황을 알아챘다. 대학생들을 하숙치며 사는 집인데 겨울방학이 되면서 하숙생들이 고향으로 내려가 버리니 하숙비를 받지 못해 사는 형편이 안 좋을 수밖에. 그런 와중에 장호가 뒷방에 형까지 데려다 놓으니… 형으로서는 '살기 어려운 집에 부담을 더하는 자기 처지가 너무 미안해서' 조금이라도 돈벌이 되는 일을 찾았고 그 결과 군대에 있을 때 가리방 긁었던 경험을 되살린 거다.

"가리방 도구를 어떻게 구했어요?"

"장호 아버님이 말씀은 없지만 아주 좋은 분이더라고. 시청에서 한창 근무할 때 쓰던 거라며 가리방과 철필을 내게 줬지. 장호는, 먼 친척분이 하는 제분회사에서 '연중사업계획서를 가리방을 긁어한다'는 걸 알고서 원고를 받아왔고 말이야. 뭐, 날짜가 급하다니 만사제치고 가리방을 긁어댈 수밖에. 어젯밤도 꼬박 새웠어. 내 손가락들을 봐."

형의 오른손검지와 엄지가 퉁퉁 부어 있었다. 내가 말했다.

"좀 쉬엄쉬엄하지 그래요."

"선금을 받았는데 어떡하나?"

그러면서 이불 옆에 있는 큼지막한 종이박스를 가리키며 말을 이었다.

"선금으로 라면 한 박스부터 사 놓았어. 한 달은 먹을 거야. 나는 하루에 라면 하나면 되거든. 먹을 걸 장만해 놓았으니 아무 걱정 없지."

그 때 장호 목소리가 밖에서 났다.

"뭐해요 형들. 방문 좀 열어줘요."

장호가 소주 여러 병과 고등어통조림, 청자 담배 등을 한꺼번에 품에 안고서 방 안으로 들어왔다. 내가 그것들을 받아 방바닥에 내려놓으며 물었다.

"훤한 대낮부터?"

"난들 알우? 외수 형이 거금을 주며 사오라는 걸."

그러자 형이 끼어들었다.

"아무래도 병욱이 네가 오늘쯤 올 것 같아서, 사 오라 했어. 자, 셋이 다 모였으니 도원결의해야 되지 않겠어? 술잔을 주고받자고."

벌건 대낮에 시작된 술자리는 밤을 새워 다음 날 먼동이 트는 새벽까지 이어졌다. 주목할 일은, 형이 가리방 긁는 일과 술자리를 병행했다는 사실이다. 아랫목에 엎드려서 철필로 가리방의 기름종이를 사각사각 긁어대다가, 윗목에 앉은 장호와 나의 술자리에 틈틈이 끼어들며 소주잔을 조금씩 비우는 식이다.

취기가 돈 내가 먼저 '연인들의 이별'을 화두로 올리자, 형이 기름종이를 긁던 철필을 마치 소리꾼의 합죽선처럼 쳐들고는 이형기 시인의 '낙화'를 암송했다.

"가야 할 때가 언제인가를/ 분명히 알고 가는 이의/ 뒷모습은 얼마나 아름다운가 // 봄 한 철/ 격정을 인내한/ 나의 사랑은 지고 있다// 분분한 낙화…/ 결별이 이룩하는 축복에 싸여/ 지금은 가야 할 때/ 무성한 녹음과 그리고/ 머지않아 열매 맺는/ 가을을 향하여/ 나의 청춘은 꽃답게 죽는다….”

장호가 '거 좋다!'하면서 자기 소주잔을 비워 형한테 건넸다. 형이 잔을 비우는 흉내만 내고는 그 잔을 내게 넘겼다. 나는 잔을 들고서 말했다.

“패티 킴이 부르는 이별 노래 가사도 아주 괜찮다니까요. 어쩌다 생각이 나겠지/ 냉정한 사람이지만/ 그렇게 사랑했던 기억을/ 잊을 수는 없을 거야// 때로는 보고파지겠지/ 둥근달을 쳐다보며는.”

할 때 장호가 아예 소리 높여 노래를 부르기 시작했다.

“그날 밤 그 언약을 생각하면서/ 지난날을 후회할 거야 // 산을 넘고 멀리 멀리/ 헤어졌건만/ 바다 건너 두 마음은/ 떨어졌지만….”

어느 새 뒷방은 세 사내가 합창하는 이별 노래로 가득 찼다.

돌이켜보면 우리가 뒷방에서 희희낙락하던 1974년 1월만 해도 '국민의 자유와 권리를 무제한 구속할 수 있는 긴급조치 1, 2호'가 잇달아 발동된, 유신치하 3년차였다. 중동전쟁의 석유파동에 경제마저 불황에 빠지면서… 가로등까지 통제해 밤거리가 어둡기 짝이 없었다.

그런 걱정스런 시국에, 놀랍게도, 형이나 장호나 나나 별 관심이 없었다는 사실이다. 그저 마음 편히 술 마시며 시를 읊고 노래 불러도 되는 뒷방이 있어서 즐거울 뿐이었다. 시대의 정치사회적 현실에 무관심했던 우리 세 사람. 어떻게 봐야 할까?

정치사회적 현실의 중심지인 서울과 비교했을 때 궁벽하기 이를 데 없는 강원도 춘천이었기 때문일까?

글쎄.

오랜 세월 후 형이 베스트셀러 작가가 되면서 정치사회적 현실에 조금도 주저 않고 비판의 목소리를 내는 모습이라니. 그런 반전의 변화에 도대체 무엇이 계기가 된 걸까?

하긴, 형이 객골 분교의 소사를 그만 둘 때 인제 교육청에 찾아가 사표를 냅다 던지고는 '분교를 제대로 지원해 주지 않는다!'며 거친 팔뚝질까지 했다는데 그런 행동이 먼 훗날 정치사회적 현실에 조금도 망설임 없이 비판하는 출발점이 되었던 걸까?

그렇게 1월 하순의 어느 벌건 대낮에 장호네 뒷방에서 시작된 술자리, 장장 닷새나 이어졌다. 밤새워 마시다가 먼동이 트면 녹아떨어져 자고… 느지막한 오후에 일어나 점심 겸 저녁으로 라면을 끓여먹고는 다시 마시기 시작해서 꼬박 밤새우는 날이 닷새나 이어진 거다.

형은 첫째 날만 해도 가리방 긁을 일이 남아서 술잔에 입술을 대는 정도로 술자리나 지켰다. 하지만 둘째 날부터는, 가리방 긁을 일이 다 끝났으므로 본격적으로 술을 마셨다.

장호가 가리방이 끝난 기름종이들을 제분회사에 전하러 방을 나가자… 형이 퉁퉁 부은 오른손 손가락들로 내가 권하는 술잔을 조심스레 받으면서 이렇게 말했다.

"이 겨울, 벼라별 방 신세를 다 지는데 이 뒷방이 가장 마음에 들어. 왜냐면, 마음껏 술 마시며 얘기 나눌 수 있으니까. 먼젓번 연탄직매소 방도 좋긴 했으나 연탄 사러 손님들이 툭하면 오는 데다가 결정적으로는 술 마시기가 뭣했지. 누님네 집방은 술은 물론 담배도 피울 수 없어서 수도원 같았지. 하하하. 미안해."

"미안하긴요? 사실인데요."

"그런데 말이다. 이렇게 세상 사람들 눈에도 잘 안 띄고 대낮부터 소주 마시며 왁자지껄 떠들어도 되는 이 뒷방에서 평생 살 수는 없을까?"

164

순간 나는 깨달았다. 형이 이 좋은 뒷방에서 지낼 날도 잘해야 한 달이
라는 걸. 다음 달인 2월이 끝날 즈음에는 하숙생들이 새 학기를 등록하러
고향에서 돌아올 것이기 때문이다. 그러면 형은 어디로 가야 할까? 나는
3월 초면 교사 발령을 받고서 춘천을 떠날 텐데… 설마하니 형은 고향 인
제로 되돌아가진 않을 거다. 1년 전 10월 하순에 인제에서 벌어졌던 일들
을 떠올려보면 말이다.

1년 전인 1972년 10월 17일, 느닷없이 박정희 대통령의 특별담화와 함
께 모든 대학가에 휴교령이 내려졌다. 이른바 10월 유신이다. 하릴없이 교
동 집에 틀어박혀 지내는 내게, 형이 찾아온 날이 10월 21일이다.

그 한 달 전, 형이 내게 인제로 놀러와 줬으면 하는 사연의 엽서 한 장
을 보냈었다. 나로서는 그 먼 데를 학교 강의까지 제쳐두고 찾아갈 엄두
가 나지 않아 답신도 하지 않았다. '형이 서운하겠지만 내 처지를 이해하
겠지.' 생각하며 지냈으므로 그 날 불쑥 찾아온 모습에 나는 반갑다기보다
어리둥절했다. 누군가가 밖에서 나를 부르는 것 같아서 현관문을 열고 나
와 봤더니 철대문 밖에 형이 서 있던 거다.

"아니 형, 어떻게 온 거요?"

"어떻게 오긴, 너 보고 싶어 왔지."

하면서 나를 두 팔로 껴안는 형. 이렇게 말을 이었다.

"강원대도 휴교지? 그럼 나하고 지금 인제로 내려가자."

"?"

"내가 분교의 관사를 혼자 쓰는데 거기서 함께 지내자고. 절간처럼 조용
한 데라서 지내기 그만이야. 지금 인제로 내려갈 준비해, 어서."

"준비랄 게 있나요? 뭐, 지금 출발하죠."

"그래? 그런데 분교가 있는 데는 산골짜기라 추우니까 두툼한 잠바 같은 걸 하나 챙겨."

"조금 기다려요."

느닷없이 찾아와 인제로 내려가자는 형도 그렇지만 그런 권유에 망설임 없이, 겨울 잠바 하나 챙겨서 따라나선 나도 참 어지간했다. 형과 나는 그 길로 부리나케 시외버스 터미널까지 걸어가서 인제 행 버스를 탔다. 돈 한 푼 없이 지내던 형이 내 것까지 차표 두 장을 서슴없이 끊으며 말했다.

"뭘 놀라? 내가 이제는 월급을 타잖아. 하하하."

버스가 비탈진 데다가 연실 S자로 휘는 원창고개를 넘을 때는 나도 모르게 진땀이 났다. 그런 고개도 여러 번 거듭되자 적응이 되면서 마음의 여유가 생겨났다. 주위의 무르익은 가을경치가 눈에 들어왔으니.

"형, 박재삼 시인의 '울음이 타는 가을 강'이 생각나지 않나요?"

"그럼. … 마음도 한자리 못 앉아있는 마음일 때/ 친구의 서러운 사랑 이야기를 가을 햇볕으로나 동무 삼아 따라가면/ 어느새 등성이에 이르러 눈물 나고나./ 제삿날 큰집에 모이는 불빛도 불빛이지만/ 해질 녘 울음이 타는 가을 강을 보것네… 여기까지 외우지."

"하긴, '해질 녘 울음이 타는 가을 강'이란 구절이 압권이죠. 시의 제목으로 삼을 만해요."

"박재삼 시인은 한의 정서를 그리는 데 탁월하지!"

"김소월의 뒤를 잇죠."

그런 대화들을 나누다 보니 버스는 어느 덧 인제에 도착했다. 읍내에 있는 형네 본집에서 하룻밤을 잔 뒤 다음 날 새벽같이 형이 근무한다는 객골 분교를 향해 출발했다. 객골로 가는 길이 딱히 없어서 개울 따라 걸어가며 나는 이런 생각을 했다. '아니, 석 달 전 석사동 하숙방에서 형한테서 얘기 들은 기구한 가정사를 떠올린다면 의외로 조용하고 평범한 본집이잖아? 배다른 형제들에다가 어머니가 계모라 그런지 정겨운 분위기는 못 돼 보였지만 그렇다고 해서 별나게 냉랭하지도 않았는데…'

며칠 후의 일을 몰랐기 때문에 그런 생각을 한 거다.

어쨌든 자갈투성이 개울 길을 한 시간은 걸어서 산골짜기 객골 분교에 도착했다. 교문도 없는 조그만 운동장에, 교실 한 칸으로 이뤄진 교사(校舍), 교사 뒤로 방 하나에 부엌이 딸린 관사가 객골 분교의 전부였다.

"어떠냐, 여기 풍경이?"

형이 묻는 말에 나는 비로소 주위를 찬찬히 둘러보며 감탄했다. 빨갛고 노란색을 주조로 주황빛 보랏빛 연둣빛까지 어우러진 가을단풍이 작은 분교를 휩쓸어버릴 듯 사방에 넘쳐나고 있었기 때문이다. 형이 주위 풍경에 감탄해 입을 떡 벌린 내게 이렇게 말을 이었다.

"관사에서 나보다 열댓 살 위인 '박 선생'과 같이 지내는데, 이번에 일이 생겼다고 내게 수업을 맡기고는 읍내로 나갔거든. 써글 놈의 박 선생은 한 번 읍내에 가면 이런저런 핑계로 열흘은 여기 들어오질 않아. 그러니 병욱아. 우리 둘이 여기서 폼 나게 지내보자구나. 대학가의 휴교령이 언제 풀릴지 모르잖아. … 오늘은 일요일이니까 아이들이 학교에 나오지 않았거든. 아이들이 등교하는 내일 둘째시간에, 내가 하는 수업을 너한테 보여줄게. 말하자면 참관수업이지. 하하하."

형을 따라 관사의 방에 우선 짐을 풀었다. 내 짐이라야 두툼한 겨울 잠바와 양치할 칫솔뿐이다. 하필 아이들이 등교하지 않은 휴일이라 그런가, 주위가 고요하기가 정말 깊은 산속 절간 같다.

형이 무슨 일인지 나를 방에 내버려둔 채 밖으로 사라졌다.

3평쯤 될 방 한구석에는 낡은 라디오와, 그을음이 많이 낀 호야 등과, 빛바랜 주간지가 비품인 듯 모여 있었다. 벽지는 연푸른 격자무늬들이 퇴색해서 흰색이 되려 했다. 그런 벽지 여기저기의 자잘한 낙서와 그림들. 그 중 가장 인상적인 건, 파도 위 돛단배와 그 주위를 나는 갈매기 그림이었다. 갈매기들 가까이에 이런 낙서가 있었다.

'가고파라 내 고향'

엉성한 돛단배 그림도 그렇고 낙서도 그렇고, 형의 솜씨는 아니었다. 형의 전임자들이 남긴 흔적이었다. 얼마나 외롭고 심심했으면 이런 흔적들을 남겼을까, 하는 생각에 잠겨 있을 때 형이 방문을 열고 나타나 가늘고 긴 나뭇가지를 건네며 말했다.

"이게 뭔지 알아? 가재 잡는 거라고. 바로 옆 개울에 가재들이 바글바글해. 그 놈들 잡으러 가자고."

춘천서 온 손님을 방에 두고 나간 형이 기껏 한 일이라는 게 가재 잡는 나뭇가지를 구해 온 일이었다. 나는 어이가 없어서 피식 웃고 말았다. 형을 따라 개울가로 갔다.

가재들을 잡는 일은 쉬웠다. 먼저 개구리 한 마리를 붙잡아서, 준비한 나뭇가지 끝에 붙들어 매고 개울물에 담그고 있으면 얼마 안 가 가재들이 그 개구리에 달라붙었다. 그 놈들을 갖고 간 주전자 안에 털어 넣으면 됐다. 개울에 가재들이 지천이라 30분도 안 돼 주전자가 가재들로 꽉 찼다.

"자, 이제는 쪄먹는 거야."

하면서 형이 관사 부엌에서, 작은 냄비에다가 가재들을 쏟아 넣고는 장작불로 팔팔 끓였다. 탐스럽게 빨갛게 익은 가재들. 나는 형이 하는 대로 다 익은 가재들을 껍질 벗겨서 배불리 먹었다.

첫째 날은 그렇게 가재 잡아 쪄먹는 것으로 하루가 갔다. 잠 잘 때 이불과 베개는 작은 벽장에서 꺼내어 썼다.

둘째 날이다. 형이 오전 10시부터, 전 날 예고한 대로 교실에서 참관수업을 시작했다. 출석한 아이는 모두 다섯 명. 원래 17명이 출석해야 하는데 그렇듯 출석률이 늘 부진하다 했다. 자식 교육에 열의가 없는 화전민촌의 특성이라고, 나중에 형이 내게 말했다.

수업을 참관하는 이는 나 하나뿐. 나는 교실 뒤편에 따로 마련된 의자에 앉아 형의 수업을 지켜보았다. '산수'의 덧셈, 뺄셈 수업이었다. 본래 화가가 되려 했었다는 형인지라, 예를 드는 사물을 일일이 칠판에 그려가면서 수업을 진행했다.

"어린이 여러분. 여기 다람쥐가 도토리를 이렇게 열 개 따다 놓았거든요. 그런데 다른 나쁜 다람쥐가 이렇게 세 개를 훔쳐 먹었어요."

낡은 칠판에 백묵으로 다람쥐와 도토리들을 실감나게 그려가며 뺄셈의 원리를 열심히 가르치는 형. 하지만 아이들은 수업에 별 관심이 없어서, 형이 '그럼 남은 도토리들이 몇 개인지 아는 어린이는?' 해도 무덤덤하게 앉아 있을 뿐이다.

그렇게 45분간의 2교시 참관수업이 끝났다.

4교시 수업 후 아이들이 하교한 후 형과 나는 빈 교실에 남아 '참관수업 평가회'를 가졌다. 형이 먼저 말문을 열었다. 나를 후배가 아닌 참관교사로서 대하는 거라 존댓말이다.

"수업을 참관해 보니 어떠십니까?"

"가르치는 선생님의 열의에 비해 배우는 어린이들의 학습욕구가 너무 떨어져 보여 안타까웠습니다. 시청각 교재가 마땅치 않아서인지 백묵으로 칠판에 일일이 그림을 그려가며 설명하는 선생님의 자세에는 깊은 감명을 받았습니다."

내가 너무 엄숙하게 평했던 걸까, 형이 '피식' 웃고 나서 말했다.

"뭐, 이만 할까?"

나는 고개를 끄덕였다. 형이 이어서 말했다.

"그럼 가재 잡으러 가자고. 여기 객골에서는 가재 잡는 것만큼 재미난 게 없어."

관사에 들러 나뭇가지와 주전자를 들고는, 전 날처럼 개울가에 앉아 가재들을 잡았다. 금세 한 주전자나 잡았다. 하지만 기껏 쪄서 먹을 때에는 반 주전자나 남겼다. 아무리 맛있는 음식도 연거푸 이틀을 먹자니 질린 것이다.

먹다 남은 가재들은 개울에 내다버렸다. 그리고는 돌투성이 운동장에서 공을 찼다. 아이들도 없는, 조그만 운동장에서 다 큰 사내 둘이 편을 갈라 축구경기를 하는 거다. 산골짜기를 공허하게 울리던 공 소리…. 산골짜기는 해도 일찍 진다. 관사로 돌아와 저녁밥을 지어먹고는 라디오를 켰다. 전파도 잘 안 잡히는 깊은 오지라 라디오가 들리다 말다 했다. 난감한 낯빛으로 앉아있던 형이 벽장에서 200자 원고지들을 한 무더기 꺼내더니 100장씩 세어서 나누고는 제의했다.

"이제부터, 각자 단편소설을 한 편씩 써서 누구 것이 더 나은지 시합하자."

"좋습니다."

라디오를 끈 뒤 형은 방바닥에 엎드려서, 나는 밥상을 펴놓고 앉아서 단편소설을 쓰기 시작했다. 형과 나의 글 쓰는 습관이 다르다는 걸 그 때 처음 알았다.

볼펜 촉이 원고지를 만나는 '빠각빠각' 소리 외에는, 다른 소리들은 존재 못하는 침묵과 긴장의 시간이 두 시간쯤 흘렀다.

"형, 저는 다 썼어요."

"나도 다 썼는데 조금 고칠 게 있어."

"기다릴게요."

이윽고 형과 나는 자기가 쓴 단편소설을 상대에게 건넸다. 마른 침을 삼키며 상대편의 소설을 보는 긴장된 시간이 흐른 뒤 형이 먼저 말했다.

"네가 쓴 소설이 내 것보다 낫다. 아주 재밌고 결말이 기가 막힌다."

"형 소설도 괜찮아요."

"아냐 실패작이야."

형이 쓴 소설은 '자연을 벗하며 사는 산골 어린이의 생활'을 그렸는데 솔직히 진부한 내용이었다. 내가 쓴 소설은 '순진한 고등학생이 성에 탐닉하면서 파멸하게 되는' 내용이라 아무래도 충격적이었다.

"춘고 다닐 때 반 친구가 실제로 그렇게 돼서 자퇴했거든요."

"그런 것 같았어. 첫 문장인 '그 새끼는 멀건 놈이었다'부터 확 눈길을 끌지. 물론 '승냥이'라는 제목도 좋아. 그런데 승냥이와 늑대는 어떻게 다르니?"

"글쎄요, 잘은 모르지만 크기가 다르지 않겠어요? 승냥이가 늑대보다는 몸집이 작을 것 같은데."

"울음소리도 다르겠지. 승냥이는 말이야 '아으으으웅!'울고 … 늑대는 '아으으으웅헝!' 울지 않을까?"

"그보다는 좀 더 길게 울지 않겠어요? '아으으으으으헝!' 말입니다."

"맞아. 늑대는 승냥이보다 몸이 더 크니까 더 길게 울겠지."

형과 나는 승냥이와 늑대의 차이점을 한참 얘기하다가 말았다. 말은 안했지만 이런 생각들이 들었던 게 아닐까. '우리가 지금 뭐하는 거야?'

깊은 밤의 산골짜기처럼 적막한 곳도 없다. 내가 다시 라디오를 켰다.

방송이 들리는 주파수를 찾아 다이얼을 돌리는데 파도 소리처럼 '샤샤!'소리만 나다가, 알지 못하는 무슨 외국말이 나오다가, 이북에서 이남의 간첩에게 보내는지 숫자를 쉼 없이 불러대다가 … 갖가지였다. 결국 나는 라디오를 끄고 말았다. 형이 벽장에서 이불을 꺼내어 내게 건네며 말했다.

"이제 자자."

"그러죠."

형이 호야 불을 껐다. 아, 10월 하순의 깊고 깊은 산골짜기 객골에 산사태처럼 쌓이던 적막함이라니. 칠흑 같은 어둠까지 보태져 나는 숨이 다 막힐 것 같았다. 낮에 운동장에서 공까지 찼으니 피곤해서 쉬 잠이 올 만했는데 그렇지 못했다. 엎치락뒤치락하다가 꼭두새벽에야 겨우 잠이 들었다.

늦은 아침이다. 셋째 날이다. 산골짜기는 아침 해도 늦게 뜬다. 9시가 지났는데도 자는 형을 내가 흔들어 깨웠다.

"형, 9시가 지났어요. 아이들이 교실에서 기다릴 텐데."

"걱정 마. 오늘부터 닷새간 농번기로 정해놓아서 등교 안 해. 그러니 마음 놓고 더 자자."

하지만 늦잠도 어지간해야지 10시 반이 되자 이불 속에 누워있기가 갑갑해졌다. 배도 고팠다. 결국 자리에서 일어난 형과 나는 전날 먹다 남긴 밥부터 찾아먹고는 관사 밖으로 나왔다. 딱히 시간 보낼 일이 마땅치 않아 다시 개울로 갔다. 하릴없이 가재를 잡다가 그만두고, 운동장에서 공을 차다가 그만두고, 각자 비를 쥐고서 교실 청소를 하다가 그만두고, 하면서 하루를 보냈다. 밤잠 들기 전까지는 라디오의 주파수 찾기를 했다.

넷째 날도 전 날처럼 보냈다.

닷새째 날 아침이 밝았다.

아침밥을 먹다가 내가 형한테 말했다.

"오늘 춘천에 가야겠어요."

"내일 가면 안 될까?"

"오늘, 춘천에서 할 일이 있거든요."

형은 '무슨 일인데?' 같은 질문을 하지 않았다. 침묵하다가 이렇게 말했다.

"그래, 밥 다 먹는 대로 내가 읍내까지 바래다줄게. 그런데 모처럼 읍내에 가는 거니까 읍내 구경도 하고 내일 새벽 버스로 춘천 가는 게 어때? 잠은 우리 본집에서 자면 되니까. 하루만 늦추자고."

하루라도 더 같이 있고 싶어하는 형이 안 돼 보여 나는 고개를 끄덕이고 말았다. 형이 이렇게 말을 이었다.

"꽤나 춘천에 가고 싶은가 봐. 여기가 너무 심심했지?"

"재미도 있었어요."

"가재 잡는 재미?"

"그렇죠. 하하하."

대충 밥을 먹었다. 형이 나일론 잠바를 걸치면서 말했다.

"자, 출발하자. 짐, 챙겼어?"

"겨울 잠바와 그저께 쓴 소설밖에 딱히 챙길 게 없어요."

"제목이 '승냥이'였지. 아주 잘 쓴 소설이야."

형과 나는 그 즉시 객골 분교를 떠났다. 흐르는 개울 따라 가는, 만나는 사람 하나 없는 자갈길이다. 아무 말 없이 걸어오면서 나는 뒤늦게 깨달았다. '춘천에서는 만나기만 하면 문학 얘기를 나누느라 바쁘더니… 산골짜기 분교에 와서는 별로 그러질 못했다'는 사실을. '소설 쓰기 시합'이라도 했으니 망정이지 그마저 없었더라면 가재 잡고, 공 차고, 라디오 주파수 찾기만 하다가 춘천으로 돌아갈 뻔했다. 조용하고 풍경 좋은 분교라 문학 얘기를 주야장천 나누기 딱 좋았는데 왜 그리 무의미하게 며칠을 보냈을까?

문학 얘기는 사람들이 북적이는 도시의 작은 방에서나 이뤄지는 걸까?

산골짜기 분교는 문학 얘기를 나누기에는 너무 조용한 곳이라서 그 적요 (寂寥)에 할 말을 잃는 걸까? 하긴, 빛바랜 벽지에 그려진 돛단배 그림과 '가고파라 내 고향'이라 쓴 낙서가 있는 그 방에서 무슨 문학 이야기인가. 떠들썩한 세상에 대한, 사무치는 외로움과 그리움에 아무 말도 떠오르지 않으려니.

읍내에 도착했다.

형의 본집부터 들렀다. '하나뿐인 손주가 아비 없는 자식이 돼서는 안 된다는 생각에, 손주를 데리고 강원도 각지를 유랑걸식 한 끝에 아비를 찾아내기는 했는데 이미 처자가 딸린 몸이라, 이러지도 저러지도 못한 채 얹혀 사는' 형의 할머니부터, 계모, 이복형제들이 본집에 다 있었다. 형의 아버지는 출근하고 없었다. 형은 계모나 이복형제들한테는 데면데면했지만, 할머니한테는 용돈을 손에 쥐어주며 말했다.

"이 후배랑 나가서, 친구들 좀 만나보고 들어올게."

할머니가 주름이 가득한 얼굴로 형한테 당부했다.

"애야. 제발 술 마시지 마라."

"걱정 말라니까."

인제 읍내는 정말 좁았다. 형이 길가에 있는 당구장에 들어가자마자 고등학교 동창들을 만났으니. 그 길로 함께 당구장을 나와 부근의 대폿집에서 대낮부터 술을 마셨다. 분교 관사에 있을 때에는 근무지라서 술을 삼갔다. 모처럼 마시는 술이라 그런지 두주불사하는 형. 나는 그런 형이 걱정스럽기도 하고, 다음 날 이른 아침에 춘천 행 버스를 탈 생각에 편히 마시지 못했다.

어두워져서야 대폿집을 나섰는데 벌써 걸음이 휘청거리는 형이라서 적잖이 걱정됐다. 형 동창들이 내게 형을 잘 부탁한다며 사라졌다. 사건은, 퇴근한 형의 아버지와 형이 본집 마당에서 맞닥뜨리면서 시작됐다. 형의 아버지가 노여운 얼굴로 말했다.

"술 좀 작작 마셔라. 이놈아."

"아부지. 아들이 오랜만에 산골짜기 감옥에서 나왔는데 술 한 잔도 못 합니까?"

"이놈의 새끼가 무슨 말 같지 않은!"

소리치면서 형의 아버지가 형의 뺨을 세차게 후려쳤다. 형이 마당에 풀썩 쓰러졌다가 힘겹게 일어나면서 말했다.

"아부지. 아부지는 저를 때릴 자격이 있습니까?"

"이놈의 새끼가 무슨 소리를!"

다시 뺨을 후려치려는 걸 형이 손목을 붙잡으면서 부자간 승강이가 본격화됐다. 계모가 부엌에서 달려 나와 형의 목덜미를 붙잡아 당겼고 할머니는 마루에 주저앉아 '아이고' 소리를 연발했다. 하룻밤 신세를 지러 왔다가 난데없는 부자간 승강이에 이러지도 저러지도 못하고 서 있는 나. 어린 이복동생들은 방에서 방문 열고 서서 울었다. 형은 어쨌든 자식이기 때문에 아버지와 계모의 손찌검을 일방적으로 당할 수밖에 없는 처지. 결국 형은 마루 한쪽에 놓인 옷장부터 시작해서 부엌의 찬장까지, 자기 몸을 부딪쳐서 쓰러뜨리는 짓으로 반항할 수밖에 없었다. '와장창' 깨져버리는 사기그릇과 찬장유리문, 계모의 악에 받친 비명.

생지옥도 그런 생지옥이 없었다. 춘천의 우리 교동 집에서 한동안 있었던 생지옥 소동은 비교도 되지 않았다.

동네 아주머니들이 와서 뜯어말리는 바람에 생지옥 소동은 가라앉았다. 형은 얼굴과 목덜미에 생채기가 난 채로 마루에 벌렁 누워버렸다. 얼마 안 돼 코 곯으며 자기 시작했다. 계모가 나를 손짓해서 부르더니 소리죽여 말했다.

"봤지? 쟤가 술만 마셨다 하면 저래. … 쟤하고 어울리지 마라. 춘천이 집이라 했지? 어서 춘천 가."

그 길로 나는 인제시외버스터미널을 찾아갔다. 춘천 가는 버스는 이미 끊겼다. 천만다행히 갖고 간 겨울 잠바를 이불 삼아 대합실 구석에서 선잠을 자고는 이튿날 아침 일찍 춘천 가는 첫 버스를 타고 춘천으로 돌아왔다.

그런 사건이 있은 지 1년이 지난 1973년 12월 어느 날, 형이 누나네 짐방에 얹혀 지내는 나를 찾아온 것이다. 무슨 까닭인지 이 한겨울에 가출까지 한 형. 인제 본집에서 한바탕 생지옥 같은 일이 벌어졌을 거라 짐작은 가는데 이렇게 가출까지 할 줄이야. 형 스스로 전후사정을 말하기 전까지야 알 수 없을 것 같다.

우여곡절 끝에 지금 장호네 뒷방에서 편히 지내고 있지만 … 한 달 뒤 하숙생들이 고향에서 돌아오면 다시 다른 거처를 찾아서 나가야 한다. 그런데 다른 거처를 찾는 일이 가능할까. 교대 다닐 때 알던 후배들은 졸업들 해서 아는 후배 하나 없을 테고, 뭣보다도 나는 교사 발령받고 춘천을 떠날 텐데.

형이 가리방을 긁어서 번 돈을 잘 간수했다가 이럴 때 그 돈으로 아주 싼 월세 방이라도 구해 보란 듯이 나간다면 얼마나 좋을까? 그러질 못하고 돈만 생기면 흐지부지 써버리는 한심한 버릇. 방금 전에 장호가 기름종이를 전하러 나갈 때에도 '돌아오는 길에 술과 안주를 더 사오라'며 주머니의 돈을 손에 집히는 대로 건넸으니….

나는 속으로 형을 걱정하고 있는데 정작 형은 천하태평 표정으로 아랫목에 앉아 소주잔을 비우고는… 담뱃갑에서 한 개비를 꺼내 왼손 손등에 얹고는 오른손으로 왼손 끝을 '탁' 쳐서 그 반동으로 솟은 걸 덥석 입에 물었다. '봤지? 내 기막힌 재주를.' 하는 득의만만한 표정으로 성냥불을 붙여서 깊게 한 모금 빠는 모습이라니.

한 시간쯤 흘렀다. 장호 목소리가 밖에서 났다.

"뭐해요 형들. 소주에다가 맥주까지 잔뜩 사 왔거든요. 어서 문 열어요."

술자리가 사흘째 되는 날이다. 형이 문득 가리방 긁던 철필을 찾아서 손에 쥐고는 의기양양하게 말했다.

"나는 말이다, 이 철필 하나면 굶어죽지 않아. 이걸로 가리방만 긁으면 돈이 생기거든."

장호가 말로써 찬물을 끼얹었다.

"형. 이제는 가리방 일감을 얻어오기 힘들 것 같아요. 지난번 일감도 사실 천신만고 끝에 얻은 거거든요. 인쇄소에 맡겨서 활자로 뽑는 게 대세더란 말입니다."

형이 머쓱한 낯이 돼 침묵하다가 라면 박스를 가리키며 말했다.

"뭐, 라면이 남았으니까 걱정 없어. 자, 모두들 잔을 들고 춘천의 겨울을 위해 건배!"

술자리가 나흘째 되는 날, 내가 형한테 술잔을 건네며 문학 얘기를 시작했다.

"황석영이 쓴 '객지'봤어요? 임금을 받지 못해서 시위하러 높은 곳에 올라간 노동자의 처지가 아주 생생하지 않나요? 다른 작가의 소설들과 다르게 뭔가 사회적 이슈를 제기하는 소설이랄까."

형이 화답했다.

"맞아. '삼포 가는 길'도 그래. 고향을 잃은, 갈 곳 없는 사회적 패자들을 한 장의 삽화처럼 표현했지."

장호가 말했다.

"저는 그런 심각한 소설들보다는 최인호의 '별들의 고향'이 좋아요. 좋아서 외우는 대사도 있다니까요. '경아, 오랜만에 같이 누워 보는군.' '아 행복해요. 더 꼭 껴안아 주세요. 여자란 참 이상해요. 남자에 의해서 잘잘못이 가려져요. 한 땐 나도 결혼을 하고 행복하다고 믿었던 적이 있었어요.' '지나간 것은 모두 꿈에 불과해.' … 어때요 형들?"

내가 '저질 대사야!' 하며 웃었다. 그런데 형은 웃기는커녕 아무 말 않고서 무슨 생각에 잠기는 표정이었다. 그러더니 자리에서 일어나 윗목에 둔 헌 가방에서 화구들을 주섬주섬 꺼냈다. 깨끗한 캔버스를 앞에 놓고서 4B 연필을 든 형. 천천히 큰 타원부터 그렸다.

갑자기 무슨 그림을 그리려는가 싶어 대화도 멈추고 지켜보는 장호와 나한테 무덤덤하게 말했다.

"신경 쓰지 말고 술들 마셔."

타원이 계란형 얼굴로 바뀌어 갔다. 긴 머리칼과 고운 눈매가 나타나기 시작했다. 실례를 무릅쓰고 내가 물었다.

"여자 얼굴을 그리려나본데… 누구에요?"

"……."

고개도 돌리지 않고 침묵하는 형을 보고 나는 알아챘다. 형이 교대 다닐 때 사귀었다는 '필옥'이란 여 후배의 얼굴을 그리려는 게 틀림없었다. 형이 그 여름날, 석사동 하숙방에서 나랑 며칠을 함께 보낼 때 그녀 얘기를 잠깐 해 줬다. '아버지를 찾으려고 할머니와 강원도 각지를 유랑하던 어린 시절 얘기'를 털어놓을 때의 고달픈 어조와는 다른, 정감 어린 어조였다.

"후배 여자애 중에 '필옥'이가 있었어. 긴 머리칼에 인형처럼 예뻤는데… 비렁뱅이 꼴로 다니는 나와 어떻게 사랑이 시작된 줄 알아? 가을날이었어. 학교에서 야외 사생을 한다고 버스까지 동원한 날이었지. 단풍진 숲의 사생을 마치고 그 버스로 귀교하는데 내 뒷자리에 필옥이가 앉은 거야. 버스가 오는 동안에 나와 필옥이가 버스의 사이드미러로 서로의 눈길이 자주 마주쳤지 뭐야. 한 마디 말도 오가지 않았지만 우리 둘은 눈길만으로도 충분히 대화가 오간 것 같았어. '필옥아. 나는 네가 좋다.' '나도 선배님이 좋아요.' 하고 대화한 것 같은. 그날이 계기가 돼 우리는 정말 만났고 사랑하게 됐지."

얘기를 그쯤에서 멈추더니 소주를 연거푸 석 잔을 마시고서 침묵에 잠겼다. 내가 가만있지 않았다.

"아니, 사랑 얘기를 하다 말면 어떡합니까? 약 올리는 겁니까?"

그러자 형이 씁쓸한 어조로 이렇게 간단히 마무리 지었다.

"나를 떠나갔어. 자기는 졸업을 해서 초등학교 교사로 있는데 나는 전혀 그러질 못하고 있으니까 기다리고 기다리다가 편지 한 장으로 이별을 통고했지."

그뿐이었다. 쓸데없이 필옥이 얘기를 꺼냈구나 하는 후회의 낯빛까지 보이면서 깊은 침묵에 잠겨버리던 것이다.

그런 일이 있었는데 이 겨울에 그녀 얼굴을 그리려는 형. 세월이 더 흐르다가는 기억 속 그녀 얼굴이 흐릿해지지 않을까 하는 염려에서일까.

 술자리가 닷새째 되는 날, 형의 그림은 하루 만에 구체적인 모습으로 변
했다. 완성된 스케치에 색을 입히니 '잔잔하게 미소 짓는 아름다운 여자
얼굴'이 드러난 거다. 나는 술기운을 빌려서, 물감 칠에 몰두하고 있는 형
한테 한 마디 했다.
"형이 석사동 하숙방에서 말한, 필옥이라는 후배 여자 얼굴이 아니겠어
요?"
 내 입에서 '필옥'이란 이름이 나오자 형은 놀라서 나를 한 번 쳐다봤다.
말은 않지만 '거 참, 쓰잘데 없는 기억력 하고는!'하며 탓하는 듯싶었다.
장호가 끼어들었다.
"필옥이란 분에 대해 얘기해주면 안 돼요?"
 그러자 형이 붓을 놓고는 눈을 감았다. 침묵이 흘렀다.
 방 안 분위기가 이상해졌다.
 나는 이만 술자리를 파할 때가 왔다고 판단했다.
 자리에서 일어나며 형한테 말했다.
"이만 집에 가 봐야겠어요."
 형이 눈을 뜨며 말했다.
"술이 남았는데."
"다음에 마시죠."
"……."
 무안한 얼굴로 앉아 있던 장호도 자리에서 일어났다. 술자리가 마침내
닷새 만에 막을 내렸다.
 어지럽게 허공에 널린 빨랫줄에 석양빛이 묻어 있었다. 나는 휘청거리는

걸음으로 마당을 지나 대문 밖으로 나섰다. 비탈진 골목길이 나오기 전의 평탄한 골목길을 걸어가면서 뒤늦게 '영미와 맞닥뜨릴지 모른다!'는 생각이 엄습했다. 하필 닷새간 술 마시며 지내다 나왔기에 세수도 못한 데다가 옷차림도 엉망이다.

'될 대로 되라지! 원래 내 꼴을 적나라하게 보여주는 좋은 기회가 되지 않겠어?'

술기운이 남아서일까, 나도 모르게 울화가 치밀었다. 이윽고 비탈진 골목길. 동네 사람들이 그랬는지 연탄재가 뿌려져 있어서, 내려가는 데 별 어려움이 없었다. 다행이다.

다행스런 일은 그뿐만이 아니다. 비탈진 골목길을 나오자마자 시내버스가 막 정류장에 서질 않던가. 허겁지겁 시내버스를 탔다.

빈자리도 있었다. 자리에 앉아 눈을 감았다. 10여 분 후면 영광 연탄직매소 앞을 지나갈 것이므로.

10여 분이 지난 뒤 눈을 떴다. 운교동 파출소 부근 정류장이 보였다. 내렸다.

변함없이 기분 나쁜 소리를 내는 철대문을 밀고 마당으로 들어섰다. 안방 문 앞을 지나갈 때 누나가 문을 삼분지 일쯤 열고서 내게 말했다.

"시민아파트보다 여기서 지내는 게 낫지?"

"?"

"내가 그 아파트를, 네 매형이랑 신혼집을 구하러 다닐 때 가 봤었어. 세가 싸기는 한데 너무 좁고 고칠 데가 많아서… 이 집으로 한 거야."

누나는 내가 시민아파트에 가서 며칠을 지내다가 온 걸로 오해하고 있었다. 나는 누나의 오해를 받아들였다. 고개를 끄덕이며 집방에 들어갔으니까.

짐방은 그 동안도 별 일 없었다. 벽에 붙어 있는 '겨울' 글씨들, 천장까지 쌓여 있는 짐들, 방구석에 세워놓은 앉은뱅이책상, 죽은 놈 콧김보다는 따뜻한 아랫목.

이불을 펴고 누웠다. 피로가 파도처럼 밀려왔다. 닷새 동안 밤잠을 설치느라 피로가 쌓였다.

다음 날 아침에야 잠을 깼다.

매형이 출근하는지, 안방 문 여닫는 소리에 이어 철대문 소리.

얼마 후 누나가 짐방 문 앞에 와서 말했다.

"잠깐 할 얘기가 있으니 안방으로 와라."

안방에서, 누나가 한숨부터 쉬고는 말문을 열었다. 아기는 곤하게 자고 있었다.

"아버지가 그저께 여기 다녀갔다는 게 아니니. 세탁 한 번 못한 꾀죄죄한 옷차림으로 나타나서는 '아니, 어떻게 식구들이 나 모르게 이사 갈 수 있냐? 어디로 간다고 주소도 남기지 않고 말이야!' 그러는 거야. 그래서 내가 이랬지. '아버지도 참. 그 알량한 전세보증금까지 연탄가게 월세로 쓰니, 어머니가 가만있겠어요? 그게 전 재산이나 다름없는데 그대로 있다가는 다 날리고서 자식들과 길바닥에 나앉을 것 같으니까, 말도 않고 다른 데로 이사 간 거지.' 그랬더니 아버지가 이러는 거야. '나 혼자 호강하려고 연탄직매소를 차린 것도 아니고 처자식 먹여 살려보겠다고 한 건데… 일언반구도 없이 그 먼 상동 골짜기를 출장 갔다 온 새에 새끼들을 데리고 딴 데로 이사 가? 그게 에미란 년이 할 짓이야?'… 그 말에 내가 대꾸는 않고서 이리 물었지 뭐냐. '그래, 출장 가서 한 일은 잘되셨냐?' 그랬더니 아무 말 않고 한숨이나 쉬는 게 이번 일도 잘 안된가 보더라. 그러더니 '식구들이 어디로 이사 갔는지 주소나 가르쳐달라'는 거야. 그 말에 내가 이랬지. '저도 몰라요. 이참에 아버지는 혼자 따로 사는 게 나요. 날마다 불화하면서 같이 사느니 말입니다.' … 아버지가 더 말을 않고 한참 있더니 간다고 자리에서 일어나다가 이렇게 묻는 거 있지. '저 방은 병욱이가 지금도 쓰냐?' 그래서 내가 그렇다고 답하니까 머뭇거리다가 가 버렸지 뭐냐. 어디로 갔는지는 나도 모르겠다. 네 매형이 출근하고 없는 시간에 다녀갔으니 망정이지 그 꾀죄죄한 옷차림 하며 … 모르겠다. 나도 이젠 친정 일은 지겨워서 신경 쓰고 싶지 않다."

누나의 말에 나는 깨달았다. 만일 내가 짐방을 쓰지 않았더라면, 오갈 데 없는 신세가 된 아버지가 썼을 거라는 사실을. 어쩌다가 아버지가 이런 궁지에까지 몰렸을까. 방 안 분위기가 너무 우울했던지 누나가 화제를 바꿨다.

"그래 시민아파트에서 우리 식구들이 잘 지내니?"

"좁지만 방이 두 개라서 그런 대로 지낼 만하지. 먼젓번 효자동 집은 방 하나밖에 없어서 불편들 했거든."

"네가 3월에 발령받고 선생으로 나가면 … 제대로 된 아파트에서 살게 되겠지. 그렇게 되길 소원이다."

나는 그 순간 '지난 연말에 미 이수된 두 과목을 천신만고로 해결해 놓았기 망정이지, 그렇지 못했더라면 정말 큰일날 뻔했구나!' 생각을 또 했다. 식은땀이 났다.

사실 내가 강원대학 국어교육과에 진학한 건, '이 과를 졸업해서 국어 선생이 돼야지'하는 뚜렷한 목적이 있어서가 아니었다. 대학 가서도 소설을 쓰려면 아무래도 국어 이름이 붙은 과에 들어가는 게 좋을 것 같은 생각에서 국어교육과를 간 거다. 막상 입학해 보니 소설 쓰는 것과는 전혀 상관없는 과라서 나의 방황은 시작되었다. 4년간이나 방황하다가 졸업 즈음

에 이르러 뒤늦게 '국어 교사로 발령 받는 과'라는 사실을 깨닫고는 허둥
지둥, 전력을 다하고 있는 것이다. 만일 '一교육과'가 뒤에 붙지 않은 과로
진학했더라면 어떻게 될 뻔했나? 대학을 졸업하고서도 제 때 취직을 못해
거리를 헤맸을 개연성이 크다. 상상만으로도 아찔하다…

"뽀옹."

소리가 나더니 잠자던 아기가 눈을 떴다. 자기 방귀 소리에 놀라 깬 것
같았다. 누나가 아기의 작은 손들을 매만지며 아기가 내게 하는 말인 것
처럼 장난했다.

"안녕하째요 삼촌. 보고 싶었쩌요."

그리고는 아기의 기저귀 속에 손을 넣어 살피는 누나. 나는 안방을 나왔
다.

다시 짐방 이불 속에 누웠다. 전등을 켜지 않으니 아침인데도 어둡다.
참 딱하다. 아버지가 이런 관 속처럼 어두운 방을 기웃대는 처지라니….

… 아버지는, 왜정 때 춘천에서 제일가는 기업가인 할아버지의 2남 1녀
중 차남으로 태어났다. 걱정거리 없는 유복한 집안에 먹구름이 피어났으
니, 일제가 대동아전쟁에서 패색이 짙어지자 최후 발악으로 가미가제 특공
대를 만들어낸 일이다. 단독으로 비행기를 몰고 가서 적의 함정에 돌진,
처참한 공멸로써 사명을 다한다는 가미가제 특공대. 할아버지는 조선총독
부로부터 당신의 두 아들 중 하나를 가미가제 특공대에 지원토록 하라는
권유를 받는다. 만일 그 권유를 따르지 않는다면 할아버지가 운영하는 사
업체들에 갖가지 규제가 가해지면서 결국은 도산할 게 뻔했다. 게다가, 가
미가제 특공대 지원이 아니더라도 두 아들 중 하나는 학도의용군에 보내
야 하는 처지. 할아버지는 당신의 살점 같은 두 아들을 놓고서 누구를 가

미가제 특공대에 지원시켜야 할지 며칠 고민했다. 그 결과 차남인 우리 아버지가 선택된 것이다. 장남은 집안의 대를 이어야 했기 때문에 지원시킬 수 없었다. 그 때 아버지는 춘고를 다니는 17살 학생. 전교생이 동원돼 '일본 천황의 부르심에 응해 머나먼 일본 땅으로 가는' 아버지의 장도를 춘천역에서 환송했다. 그 때 장면을 아버지는 이렇게 회상했다.

"전교생이 도열해서 일장기를 흔들며 대단했지. 나는 이마에 필승이라 쓴 띠를 매고서 두 팔을 흔들며 기차에 올랐어. 합주대까지 동원돼 '기미가요'를 장엄하게 연주했다고. 그 즈음 춘천에서 그런 큰 행사는 처음이었지."

현해탄을 건너 가미가제 특공대에 입대한 아버지. 특공대에는 일본학생들뿐 아니라 아버지 같은 식민지 조선의 학생들도 적잖았다. 물론 '일본 천황의 은혜 아래 잘살게 된, 조선 8도의 부잣집 아들들'이다. 그 때까지만 해도 '조선 땅에서 특별히 선발돼 왔다'는 자부심이 있었다. 하지만 허황된 그 자부심은 오래가지 못했다. 한 번 출격하면 다시는 돌아올 수 없는 비행기 조종훈련을 매일같이 받으며 아버지는, 낮에는 일본천황에 대한 충성을 다짐하지만 밤만 되면 곧 닥칠 죽음의 공포에 밤잠을 설치며 흐느껴 울었다. 그러기를 두 달째, 천우신조 같은 일이 갑자기 벌어졌으니 일본 천황이 연합국에 무조건 항복한 것이다.

천신만고로 해방된 조국 땅으로 무사 귀환한 아버지. 춘천 집으로 귀가하자마자 대학진학을 서둘러 생겨난 지 얼마 안 되는, 동국대학교 연극영화과에 진학했다. 어릴 적에 무성영화를 보고 반해 영화 만드는 사람이 되는 게 소원이었던 것. 연극영화과를 잘 다니고 있던 어느 날, 군인들이 지프차를 타고서 아버지를 찾아왔다. 아버지가 하는 그 때 회상이다.

"글쎄, 나보고 공군을 창설하려는 데 도와 달라는 거지. 즉, 공군 창설의 멤버가 돼 달라는 거야. 아니 내가 가미가제 특공대에서 밤마다 죽음의 공포 속에 울며 지냈는데 그 짓을 되풀이한다고? 단번에 거절했지.”

만일 그 때 아버지가 공군 창설에 참여했더라면 인생진로가 탄탄대로로 나가지 않았을까. 잘하면 공군 참모총장까지 하면서 우리 집은 남부러울 것 없이 잘살게 됐을 게다. 아버지의 운명은 그렇게 또 한 번 휘청거렸다.

그런데 얼마 지나지 않아 운명이 또다시 휘청거렸으니, 양가집 규수인 어머니를 만나 결혼한 지 2년 만인 1950년 6월에 6·25동란이 터져버린 것이다.

인민군들이 38선을 넘어 물밀듯이 쳐내려오는데도 당시 정부에서는 '국민들은 안심하라. 적을 물리치고 있다'는 거짓 방송이나 내보내고 있었다. 대부분 그 방송을 믿고 피난가지 않았다가 혹독한 인공치하를 겪는데 할아버지는 달랐다. 심상치 않은 분위기를 직감하고는 춘천을 떠나 백여 리 떨어진 경기도 금곡으로 피신했다. 금곡에 남모르게 장만해뒀던 조그만 별장이 있었기 때문이다. 경성제대를 나온 당신의 장남은 서울에서 살고 있다가 뒤늦게 처자와 함께 피난길에 올랐고, 차남은 판단이 서질 못해 춘천 집에 있다가 인민군에 체포되는 등 온통 난리였다.

'춘천 인민위원회'는 춘천의 대표적 기업가인 할아버지 검거에 실패하자 지능적인 유인책을 펼쳤다. '사업체들을 내버려두고서 멀리 피난가지 못했을 것이다'는 판단 아래 이미 체포한 차남을 인질로 다음과 같은 타협안을 비공식적으로 흘렸다.

'당신이 한 달 내로 춘천 인민위원회에 나타나지 않는다면 당신의 차남은 생명을 부지하기 어렵다. 하지만 당신이 한 달 내로 춘천 인민위원회에 나타난다면 차남은 즉시 석방된다. 어느 쪽이 좋을지는 당신이 선택하라.'

금곡에서 숨어 지내는 할아버지한테까지 그 타협안이 20여 일 만에 전해졌다. 할아버지는 고민 끝에 춘천으로 돌아가기로 결심했다. 애꿎게 차남을 또다시 희생시킬 수 없다는 부정에서였다. 바로 몇 년 전 일제의 가미가제 특공대라는, 사지에 아들을 내몬 아비가 이번에도 그런 일을 반복할 수는 없었던 것.

할아버지가 춘천 인민위원회에 나타나자 그들은 아버지를 풀어주면서 인민의용군에 넣으려 했다. 하지만 간발의 차로 피신한 아버지. 그길로 혼자 남쪽 피난길에 올랐다. 전쟁 중이라 처자까지 챙길 수는 없었다. 천신만고 끝에 바다 건너 제주도에서 공군에 입대했다. 비행기를 모는 조종사가 아니라 공군의 정신교육을 담당하는 정훈 장교로서다. 춘천에 남아있던 어머니는 1·4 후퇴 때 어린 딸을 데리고서 대구까지 피난 왔다가 사내아이를 낳았으니 바로 나다. 1951년 2월의 추운 날씨에 출산한 것만도 고초가 대단했을 텐데 어머니의 고초는 그것이 다가 아니었다. 석 달 뒤 어렵게 배를 얻어 타고서, 남편이 자리 잡았다는 제주도에 도착했더니 생각지도 못한 일이 기다리고 있었다. 남편이 바람난 것이다. 그 때 일을 어머니는 누나와 나한테 여러 번 얘기해줬다.

"아니 글쎄, 네 아범이 하숙한다는 집을 물어물어 찾아갔더니 하숙집 아주머니가 놀란 표정으로 내게 이러는 거야. '처자라고요? 세상에.' 그래서 내가 반문했지 뭐니. '아주머니, 제 남편한테 무슨 일이 있나요?' 그랬더니 머뭇대다가 이리 말하는 거야. '내가 일러줬다는 얘기는 절대 하지 말고요… 저기 유채꽃 핀 들판으로 가 봐요.' 그래서 내가 아들은 등에 업고 딸은 끌고서 그 들판에 가 봤다는 게 아니냐? 갔더니 네 아범이 어떤 년과 팔짱을 끼고 들판 길을 걸어가고 있더라니까. 기가 막혔지. 내가 그 먼 춘천에서부터 배부른 몸으로 어린 딸까지 끌고서 대구를 지나 바다 건

너 제주까지 오느라 고생고생 했는데… 어떤 년과 동거하고 있었다는 게 아니냐? 하필 찾아간 그 날은 네 아범이 부대 근무를 하루 쉬는 날이라 했지. 내가 다방 레이지라는 그년의 머리채를 잡고서 난리를 한바탕 쳤지 뭐니."

어머니의 아버지에 대한 신뢰가 밑바닥부터 금가기 시작한 게 그 때부터가 아니었을까.

3년간의 6·25동란이 끝났다. 고향 춘천으로 돌아온 우리 식구들. 하지만 할아버지는 인민군이 북으로 후퇴하면서 끌고 가 버렸고 막대한 재산만 덩그러니 남겨졌다. 서울에 자리 잡은 큰아버지는 동생인 아버지한테 춘천의 제지공장과 인쇄소 운영을 맡겼다. 공군을 제대하는 대로 영화감독이 되려 했던 아버지. 마지못해 기업가가 됐으나 영화감독에의 미련을 어쩌지 못해 연극 활동을 시작했다. 작은 도시 춘천에서 연극 하는 일은 돈을 쓰는 일이지 버는 일이 못되었다. 게다가 얼결에 맡은 제지공장과 인쇄소라 제대로 운영하기 힘들었다. 그 결과 10여 년 만에… 연탄직매소 사장으로 전락한 데 이어 가족들이 자신도 모르는 다른 데로 이사가 버린 처량한 처지.

머나먼 상동이란 데까지 가서, 패색이 짙어가는 삶의 진로를 역전시키고자 한 아버지. 그마저 여의치 않게 된 듯싶은데….

13. 소설가의 꿈

사실 국어교사 발령이 한 달도 안 되게 남았다면, 최소한 국어문법만이라도 한 번쯤 훑어봐야 한다. 국어를 가르치려면 가장 기본 되는 지식이 국어문법이기 때문이다. 그런데도 나는 며칠을 어두운 짐방에 관 속의 주검처럼 누워만 있었다.

13년 치 일기를 다 불살라버린 것도 그렇지만 결정적으로는 '더 이상 소설 쓰는 일에 매달리지 말자'고 마음을 정리한 때문인 듯싶었다.

소설 쓰기.

그 간단치 않은 일에 내가 휘말리기 시작한 건 춘천고 3학년이던 1969년의 여름방학 때다.

… 여름방학에 들어간 7월 21일, 미국 나사에서 쏘아올린 우주선 아폴로 11호가 달에 착륙했다. 다음 날 저녁에는 '암스트롱'이 우주선에서 내려 달 표면에 첫발을 디뎠다. 역사적인 그 장면을 지켜보느라고 TV가 있는, 동네에서 제일 잘사는 집의 거실은 동네 사람들로 붐볐다. 아폴로 11호는 여러 가지를 실험하느라 며칠 간 달에 남아있을 거라 했다.

나는 고 3 수험생이니 알아서 공부해야 하는데 그러질 못했다. 우리 인간이 쏘아올린 우주선이 달에 착륙해 있다는데, 편안히 방에 앉아 문제집을 펴 놓고 공부한다는 게 영 납득이 되지 않았기 때문이다. 엎치락뒤치락하다가 결국 옷을 갈아입고 집을 나섰다. 삼십 분은 걸어서 도착한 학교(춘고). 아무도 없이 텅 비어 있었다. 방학에 들어갔으니 그럴 수밖에 없지만, 그 또한 나로서는 납득할 수 없는 상황이었다. 천여 명의 학생들이 북적거리던 공간이 마술이라도 부려진 듯, 단 한 명도 모습을 보이지 않는다니 말이다.

혼자 텅 빈 교내를 방황하다가 가까이에 있는 공설운동장으로 갔다. 다행히도 그곳에 동기애들 몇이 모여 있었다. 걔네들마저 없었더라면 그 날 나는 어떡할 뻔했을까.

걔네들은 어떤 애가 떠드는 얘기를 아주 재미있어하며 둥글게 모여 있었다. 내가 다가갔는데도 의식하지 못할 정도로 그 애의 얘기에 푹 빠져 있었다.

그 애는 우리와 동기지만 학교를 다니지 않았다. 깡패 비슷하게 거리에서 지내는 아이인데 웬일로 공설운동장 한구석에 나타나, 동기 애들한테 무슨 얘기를 해주고 있는 것이다.

음담이었다. 우리 또래 여학생을 지난밤에 뚝방에 데려가서 어쨌다는 음담을 아주 실감나게 늘어놓고 있었다. "내가 말이지, 무 하나를 그 여자애 사타구니에 심은 거라고. 알았어? 흐흐흐."

그 때 공설운동장 서쪽에 있는 미군부대에서 미국 국가가 웅장하게 흘러나오기 시작했다. 성조기 하기식이었다.

달에 아폴로 우주선이 착륙해 있다는데 학교 다니지 않는 애가 열심히 음담을 늘어놓고, 진위 여부가 분명치 않은 그 음담을 학교 다니는 동기 애들이 킬킬거리며 재미나게 듣고 있고, 미군부대에서는 성조기 하기식이 진행되고, 천여 명의 학생이 북적거렸던 학교는 갑자기 텅 비어있고, 하는 뭐라 간단히 표현할 수 없는 상황이 나를 못 견디게 했다.

나는 다시 먼 교동 집으로, 삼십여 분 걸어서 돌아왔다.

방에 틀어박혀 소설을 쓰기 시작했다. 고 3 수험생으로서는 있을 수 없는 일이다. 하지만 그러지 않고는 그 즈음에 벌어지는 상황들을 견딜 수가 없었다. 방학이 끝나기 전까지 소설 두 편을 완성했다. 그냥 갖고 있기에는 억울한 생각에 한 편은 13회 학원문학상에, 다른 한 편은 우석대학교에서 주최하는 17회 전국고등학생 대상 현상문예에 응모했다.

방학이 끝나고 두 달 지나, 놀라운 소식이 학교에 잇달아 전해졌다. 그 두 편이 모두 당선됐다는 소식이다. 하필 예비고사를 코앞에 둔 시점에 벌어진 겹경사에 나는 시험공부에 전념하기 어려울 정도였다. 하지만 별걱정을 하지 않았는데 전국단위의 상을 두 개나 탔으니 서울에 있는 아무 대학이나 지원만 하면 장학생으로 입학하는 특전을 받을 거라는 판단에서였다.

하지만 현실은 그렇지 못했다. 학원문학상을 주최한 학원사는 영업부진으로 사업을 대폭 줄여나가는 판이었고, 우석대학교 또한 경영 악화로 재단이 바뀌는 시점이었다. 그 때문에 수상자인 내게 입학 시 특전 같은 혜택은 준비도 되지 않았다. 나는 정말 운이 없었다. 결국 고향 춘천의 강원대를 시험 쳐서 가야 했다. 그나마 예비고사를 무난하게 치렀기 망정이지 하마터면 강원대도 못 갈 뻔했다.

그런 우여곡절 끝에 입학한 강원대라 나는 강의에 전념하기 어려웠다. '문제작을 써서 문단의 주목을 받고는 그것을 근거로 학교를 자퇴한 뒤 전업 작가로 나가자'는 생각을 갖게 됐기 때문이다. 하지만 제대로 된 소설 한 편 쓰지 못하고서 방황만 하다가… 천신만고 끝에 졸업을 앞둔 현실. 하마터면 졸업도 못 했을 뻔했으니 더 말하여 뭣하랴.

'이 모든 시행착오가 춘고 3학년 여름방학 때 아폴로 우주선의 달 착륙 사건에서 비롯됐다면 해명이 될까?'

무기력하게 이불 속에 누워있다가 불현듯 형이 궁금해졌다.

짐방을 나왔다.

… 비탈진 골목에 이어 장호네 집의 열려있는 목제 대문. 나는 며칠 만에 다시 그늘진 뒷방 방문 앞에 섰다.

형의 뒤축이 꺾인 구두 외에 다른 신발은 없다. 적막감까지 느껴진다.

"형, 살아 있수?"

한참 만에 대답이 있었다,

"… 들어와."

나는 형한테 뭔 일이 있는가 싶어 조심스레 방문을 열었다. 형이 핼쑥한 낯으로 윗목에 앉아서 여자 얼굴 그림에 매달리고 있었다. 먼젓번 그림의 진도를 봐서는 오늘쯤은 완성작을 볼 수 있으리라 기대했는데 그렇지 못했다. 완성은 했는데 형 마음에 들지 않아 다시 그리고 있는 걸까? 묻고 싶었으나 당사자가 워낙 그림에 몰두하고 있어서 나는 그러질 못했다. 10분 남짓 시간이 흘렀다. 형이 마침내 붓을 내려놓고는 아랫목으로 와서 내게 악수를 청하며 말했다. 힘없는 목소리다.

"오늘쯤 네가 올 줄 알았지. … 그래 뭐하고 보냈어?"

"그냥 보냈어요."

"그냥?"

"그냥!… 그나저나 형. 소주 없어요? 며칠만인데 한 잔 해야죠."

"기다려봐라, 장호가 올 거니까. 찬장에 챙겨둔 소주도 바닥이 났다니 답답한 노릇이지만."

먼젓번에 비해 힘도 빠지고 궁색해 보이는 형. 그러고 보면 방구석에 있는 술병도 빈 것들뿐이고 부근에는 '손으로 부숴 먹다 남긴 라면'도 있었다. 나는 알아챘다. 형이 빈털터리가 됐다는 것을. 석사동 하숙집에서 지낼 때에도 고향에서 생활비가 오면 급히 갚아야 할 것들부터 갚고서 남은 얼마 안 되는 돈도 하루나 이틀 만에 다 써버렸다. 하숙비는 밀린 채로 말이다.

나는 풀죽은 형이 안 돼 보여서 내 양털잠바 안주머니에 있는, 남은 용돈을 다 써 버리기로 결심했다.

"형. 이제부터는 제가 냅니다."

"써글. 네가 손님으로 왔는데 내가 내야지."

형이 반가우나 자신 없는 말투로 그리 말했다.

"됐어요 형. 내가 나가서 사 올 테니까, 사 와야 할 것들을 말해줘요."

"그럴래? … 장호가 가리방 일감을 구해오지 못하는 바람에 내 형편이 이 모양인 거야. 지난번 가리방 일이 이 시대의 마지막 가리방 일이었어. 흐흐흐. … 그러면 녹향 소주, 고등어통조림, 청자 담배,"

할 때 밖에서 장호의 목소리가 났다.

"뭐해요 형들."

슬리퍼를 신고 있는 게, 본채에 있다가 내가 온 기척에 반가워 급히 온 듯싶었다.

"마침 잘 왔다. 내가 술과 안주들을 사러 나갈 참이었거든."

"그것도! 쥐구멍에도 볕들 날 있다더니, 돈이나 줘요. 사 갖고 올 테니."

신이 나서 돌아선 장호를 향해 형이 소리쳤다.

"청자, 잊지 마라."

우리 세 사람의 술자리는 그렇게 되살아났다.

먼젓번 술자리가 형이 가리방 긁고 받은 돈을 근거로 이뤄졌다면 이번 술자리는 내가 누나한테서 타낸 용돈을 근거로 이뤄졌다. 풀죽은 형이 다시 기운을 차렸다. '돈'의 힘이다. 그늘진 뒷방의 조그만 술자리조차 '돈'이 있어야 가능했다. 돈은 그만큼 중요했다. 어머니가 아버지를 '모자란 작자'라면서 집 밖으로 내치게 된 결정적인 까닭도 전세보증금이란 돈을 지키기 위해서였다. 아버지가 형이 어렵게 마련한 '연탄직매소 사무실의 부자 간 대화'에서 '이게 다 내가 돈을 못 번 때문이지!' 하고 뇌까린 건 결코 뜬금없지 않았다.

흔하디흔한 말이 되새겨졌다. '돈은 필요악이다.'

악은 내쳐야 함이 분명한데 내쳐서는 아무 일도 이룰 수 없다는 모순으로 '돈'이 존재했다.

14. 첫사랑

오후 늦게 시작된 술자리는 얼마 안 가 밤으로 접어들었다. '밤새워 마시다가 먼동이 트면 녹아떨어져 자고… 느지막한 오후에 일어나 점심 겸 저녁으로 라면을 끓여먹고는 다시 마시기 시작해서 꼬박 밤새우는' 그런 긴 술자리의 예감이 벌써 들었다.

얼굴에 화색까지 도는 형이 소주잔을 기울이며 말했다.

"밤늦게 소주잔을 기울이다 보면 나는 병욱이의 시 '미코노스 항'의 맨 마지막 구절이 처절하게 가슴에 와 닿지. '캄캄한 밤이 정박해 있었다' 잖아. 희망이라곤 털끝만치도 없는 절망감을 이렇게 감각적으로 잘 나타낼 수 있을까! 병욱아. 너는 시를 써야 해. 왜 이런 좋은 시를 두고 분량도 많고 골 빠지는 소설을 쓰느라 고생하는 거야?"

"그러게 말입니다."

내 동의에 '써글 놈아. 고만 웃겨.'하면서 배꼽 잡고 웃는 형. 나는 솔직히 웃기려 한 말이라기보다 자기고백이었다. 아아, 고 3 여름방학 때 아폴로 우주선의 달 착륙 기간 때 뭐에 홀린 듯 시작된 나의 소설 장정(長征)은 결국 환상으로 드러난 것 같다. 쓰디쓴 소주가 맛날 수밖에 없는 회한
….

밤이 깊어가고 우리 술자리도 깊어갔다.

인생과 청춘과 사랑과 낭만과 이별과 허무를 논하며… 노래도 불러가며 자정을 향해 나아갔다. 늑대 울음 같은 통금 사이렌이 들려왔다.

나는 자리에서 일어났다.

장호네 화장실은 앞마당 가에 있다. 불 밝힌 뒷방과 다르게 불 꺼진 본

채. 어둠 속을 조심조심 걸어 화장실을 찾아갔다.

소주들 마시다가 번갈아가면서 찾는 탓에 소주냄새가 진동하는 화장실.

오줌을 누고서 화장실을 나왔다. 어두운 마당에 섰다.

발을 곧추세우고서 한 집 건너 영미네 집 쪽을 보았다. 무거운 어둠뿐이다. 이번에는 야산 봉우리 쪽을 바라보았다. 마찬가지로 어두울 뿐인데 내 가슴이 쿵쿵 뛰기 시작했다. 그 가을의 영미와 내가 지금도 봉우리에 남아있는 것 같아서….

… 3년 전인 1971년 3월 어느 날이다. 나는 캠퍼스 벤치에 앉아 학보를 보다가 한 신입생의 수필에 주목했다. 대학이라는 낯선 세계 앞에 선 두려움과 그에 못지않은 가슴 설렘을 잔잔하게 잘 그려낸 수필이었다. 얼굴 사진 없이 과와 이름만 나와 있었다.

'사회교육과 1년 김영미'

아마도 여학생일 듯싶었다. 그 순간부터 나는 얼굴도 모르는 그녀가 보고 싶었다. 내가 쓰는 글의 투와 많이 다르지만 어쨌든 만나보면 '글' 얘기가 잘 통할 것 같았다. 솔직히는, 문학하는 이성에 대한 호기심이 아니었을까?

아는 이성으로 명자가 있지만 등굣길을 같이하는 사이일 뿐이다.

어떻게 해야 그 여학생을 만날 수 있을까 궁리하던 나는 방법을 찾았다. 학보사 기자로 있는 고교 동창 '학수'가 떠올랐던 것이다. 그 길로 학수를 찾아가 부탁했다.

"이번 학보에 실린 '김영미' 신입생의 수필을 보고서 얘기 한 번 나누고 싶어졌는데… 자네가 자리 좀 놓아주겠나?"

"김영미 신입생은 글만 잘 쓰는 게 아니야. 키도 늘씬하고 멋있지. 한 번 다방에서 만나 커피라도 마셨으면 하는 남학생들이 한둘이 아니야. 그러니까 내 말은, 모처럼 자네가 부탁하는 거니까 들어는 주겠는데 큰 기대는 말라는 거지."

"고마워. 잘되면 술 한 잔 살게."

"친구 좋다는 게 뭐니? 이럴 때 한 번 돕는 거지."

하지만 이틀 후에 난감한 표정으로 이리 말했다.

"김영미 신입생이 내게 뭐라고 쏘아붙인 줄 알아? '저는 굳이 그분을 만나야 할 이유가 없는데요.'… 그러고는 단발머리를 찰랑이면서 뒤도 돌아보지 않고 가버리는데 내가 얼마나 민망하던지. 그러니 너 말이야, 쓸데없이 시간 낭비 말고 단념해라."

나는 만나보지도 못하고 무안당한 꼴이었다. 이상한 것은 그렇게 되자 오히려 그녀가 더욱 보고 싶어졌으니. 여학생이라 봐야 고작 100명 안팎인 학교다. 캠퍼스를 주의 깊게 살피면 학수가 묘사한 '늘씬하고 단발머리'인 그녀를 찾을 수 있을 것 같았다. 보름쯤 지났을까, 점심시간에 마침내 찾아내고야 말았다. 양지바른 개나리꽃밭 가에서 쉬고 있는, 연갈색 원피스의 단발머리 여학생이 김영미 그녀인 게 틀림없을 것 같았다. 내가 앉아 있는 벤치에서 그녀가 있는 개나리꽃밭까지의 거리는 약 30미터. '지나가는 길인 것처럼 가까이 가서 그녀 얼굴을 제대로 볼까?' 생각도 했지만 쑥스러워서 그만두고 말았다. 그만큼 나는 이성 앞에서는 숫기가 없었다.

두 달쯤 지났다. 마침내 그녀를 가까이서 볼 수 있는 계기가 자연스레 마련됐으니 학생회에서 개교기념일 행사의 하나로 준비한 '문학의 밤' 참가자로서다. 각 과에서 추천한 글 잘 쓰는 학생들이 만나는 자리에 나갔더니 역시 그녀가 있었던 거다. 문학의 밤 행사 때 낭독할 자기 작품을 정하고, 그 다음에는 그 작품을 낭독하는 연습을 하는 사흘 동안 나는 자연스레 그녀를 가까이서 대할 수 있었으니!

차분한 인상에 별로 말이 없는 단발머리의 그녀. 향긋한 비누냄새가 나는 것 같았다.

격주로 발행되는 학보에 내 소설이 연재되고 있으니 분명 '나'를 알 법도 한데 전혀 아는 체 않는 그녀. 나는 석 달 전 학수를 통해서 '한 번 만나서 대화하고 싶다'는 뜻을 전했다가 무안당한 적도 있어서 그런 그녀한테 말 한 마디 건네지 못하고 여전히 어려웠다.

'문학의 밤' 행사가 성황리에 끝났다.

학생회에서 작품 낭독자들한테 그동안 수고 많았다는 뜻으로 막걸리와 음료를 내는 자리가 이어졌다. 그 때 자리에 앉질 않고 귀가를 서두르는 그녀. 나는 더는 망설일 수 없어서 처음으로 말을 걸었다.

"아니, 음료라도 마시고 가지 않고."

그러자 그녀 얼굴이 순간 발개지며 이렇게 말했다.

"늦으면 시내버스를 놓치거든요."

밤 시간이라서 그런 걱정을 할 법도 했다. 바삐 사라져가는 그녀 뒷모습을 보며 나는 아쉬웠지만 동시에 가슴도 뛰었다. 내가 말을 건네자 '얼굴이 순간 발개지던' 걸 봐서 그녀가 나를 알고 있는 게 분명했기 때문이다. 하지만 그뿐이었다. 얼마 안 가 1학기 말 시험이 예고되면서 캠퍼스에는 시험 공부하느라 바쁜 분위기가 조성됐기 때문이다. 나는 '이까짓 엉성한 지방대학에서 학점을 잘 받아봐야 무슨 소용이 있나?'하는 냉소적인 자세였지만 시험공부에 몰두하는 전체적인 분위기는 거스를 수 없었다. 최소한 F 학점은 받지 말자는 생각으로 과 친구들의 노트를 빌려 시험 공부하기 시작했다. 고백하건대 나는 '교수한테 강의는 받되 필기는 하지 않는다'는 나름의 고집으로 변변한 노트 하나 갖고 다니지 않았다.

기말시험이 끝났다. 자연스레 여름방학으로 들어갔다. 그 즈음 아버지는 예총 일에서도 물러나서 딱히 할 일 없는 실업자였다. '오전 11시경에 잠자리에서 일어나 혼자 아침 겸 점심을 먹고는… 시내 어느 다방으로 가서 종일 죽치고 앉아 있는 생활'이다.

그런 아버지를 보는, 여름방학으로 들어간 지 며칠 안 된 날의 늦은 아침이다. 소나기가 요란하게 내리더니 언제 그런 일이 있냐는 듯 뚝 그쳤다. 하늘도 갰다.

나는 집에 있기 힘들었다. 방에 앉아 소설을 쓰려다 말고 옷을 차려입고는 집을 나섰다. 하늘가에 먹구름이 있는 걸 봐서는 언제 다시 소나기가 내릴지 몰라서 우산 하나는 손에 들었다. 진척 없는 소설도 소설이지만, 혼자서 아침 겸 점심을 해결하려고 거실과 부엌을 오갈 아버지가 부담스러워서 집에 있기 싫었다. 지난 정초 때 벌어졌던 '거실에서의 사건' 후 부자간 대화가 일절 끊긴 지 반년이 넘었다.

누나는 직장 동료인 여직원과 함께 자취한다며 집을 나가 있고, 동생들은 아직 방학이 아니어서 등교했고 어머니는 돈을 꿔 보려고 친척 집에라도 갔는지 안 보이고 해서 교동 집에는 아버지와 나, 단 둘이 남았다.

그런 상황이 싫어서 집을 나섰으나 딱히 갈 데가 없었다. 망설이다가 학교(강원대)나 가 보기로 했다. 방학하기 전에는 가기 싫어하던 학교를 방학하자마자 가 본다니 나도 참 모순덩어리였다.

어쨌든 30분은 걸어서 학교에 왔다. 거짓말처럼 인적 그친 캠퍼스. 나는 중앙현관 앞의 벤치에 앉아 쉬려다가, 벤치가 비에 젖어 있어서 하는 수 없이 다시 천천히 걸었다. 비가 그친 지 얼마 되지 않았으므로 캠퍼스는 목욕이라도 한 듯 정갈했다. 부근 숲에서 이따금 '후두두둑' 떨어지는 빗방울.

산에 자리 잡은 학교라 캠퍼스가 산 위와 산 아래, 두 군데로 나뉘어 조성돼 있었다. 산 위의 캠퍼스에는 강의실 건물과 학사행정 건물이, 산 아래 캠퍼스에는 단층의 작은 도서관과 축구경기장만한 운동장이 있었다.

나는 학사행정 건물의 중앙현관 앞에서 서성거리다가 문득 산 아래 캠퍼스를 내려다보곤 가슴이 뛰었다. 김영미 그녀가 보였기 때문이다.

두 달 전 개나리꽃밭 가에서처럼 연갈색 원피스 차림으로 도서관에서 방금 나오는 참이었다. 말갛게 갠 하늘의 태양빛을 받으며 운동장 쪽으로 걸어가는 그녀. 멀어서 한 점의 연갈색처럼 보이지만 찰랑거리는 단발머리의 그녀 얼굴을 바로 앞에서 보는 듯싶었다. 나도 모르게 산비탈을 달려 내려가… 운동장의 그녀한테로 다가갔다.

그녀와 나는 운동장 한가운데서 맞닥뜨린 것처럼 됐다.

무작정 비탈길을 달려 내려가 맞닥뜨린 거라 나는 숨도 가쁜데다가 미처 할 말도 준비 못 했다. 애먼 우산 꼭지로 그녀와 나 사이의 운동장 바닥에 동그라미만 그려댔다. 그녀 또한 생각지 못한 맞닥뜨림에 어쩔 줄 몰라 두 뺨이 발갛게 물드는 채로 고개 숙이며 서 있었다. 인적 없는 운동장에 소나기처럼 쏟아지는 햇빛. 나는 한참 만에 우산 꼭지로, 동그라미 그리던 일을 멈추고는 천천히 이렇게 썼다.

'7시 예맥다방'

그런 뒤 자리를 먼저 떠났다. 쑥스런 생각에 뒤돌아보지 않았다.

집으로 걸어오면서 뒤늦게 고민했다. 내가 7시 예맥다방이라 운동장 바닥에 썼는데 오늘 저녁 7시인지 내일 저녁 7시인지가 분명치 않다는 생각에서다. 물론 오늘 저녁 7시라는 생각에 쓴 거지만 그녀가 내일 저녁 7시라고 인식할지도 몰랐다. 세상에 나 같은 바보가 있나? '7시' 글자 앞에 '오늘'이란 글자를 썼으면 되는 걸….

어쨌든 저녁 6시 10분에 일찌감치 집을 나섰다. 예맥다방 앞에 도착했을 때는 6시 40분. 7시가 되려면 20분이 지나야 하지만 초조한 마음에 그냥 다방 안으로 들어갔다. '혹시 그녀가 오늘 저녁이 아니라 내일 저녁으로 시간을 인식했다면 어쩌나?'하는 불안감은 여전했다. 하지만 7시가 조금 넘은 시간에 그녀가 내 앞에 나타났으니! 그 때 나는 그녀가 이런저런 이유로 안 올 수 있다는 생각에 고개 숙이고 앉아 있느라, 출입문을 열고 들어선 그녀를 못 봤다.

"많이 기다리셨어요?"

하면서 천으로 만든 가방을 내려놓으며 맞은편에 앉던 단발머리의 그녀. 그 때 실내에는 베토벤의 '운명'이 잔잔하게 흘렀다.

"아, 많이 기다린 건 아니고… 여하튼 미리 와 있었죠. 하하하."

커피를 시켜 마시면서 그녀와 나의 대화가 본격적으로 시작됐다. 내가 먼저 그녀한테 물어봤다.

"학보에 제 소설이 연재되고 있는데 읽어봤겠지요?"

"그 소설, 한 회 보다가 말았어요. 하도 엉터리 글이라서."

"!"

"낙서나 다름없는 글이거든요."

좋은 대답을 기대했다가 무참해진 나. 베토벤의 '교향곡 7번'이 나올 때에야 겨우 말문을 열었다.

"왜, 낙서 같은 글이라 합니까?"

"진정한 글이라기보다는 장난으로 쓴 글이 아니겠어요?"

"나는 장난으로 쓴 것 같지 않은데 그럼 어떤 글이 진정한 글입니까?"

"제가 한 가지 묻겠어요. 까뮈가 쓴 '페스트'를 읽어보셨나요?"

그녀의 추궁에 나는 할 말이 없었다. 나는 그 동안 우리나라 유명작가들의 단편소설 위주로 독서했기 때문이다. 그 결과 '글의 깊이보다는 글의 감각적 표현에 집착하게'된 게 아닐까? 돌이켜보면 3월 학보에 실렸던 그녀의 수필은 쓸 데 없는 장난 하나 없이 간결하고 진지하게 쓴 글이었다. 슈베르트의 교향곡이 흘러나오는 가운데 그녀가 내게 진단을 내렸다.

"까뮈는 대표적인 실존주의 작가이거든요. 그런 작가의 작품 하나 읽지도 않고 소설을 쓴다는 건 어불성설이죠. 까뮈의 작품들부터 열심히 읽는게 선배님이 할 첫 번째 일입니다."

기죽은 나는 고작 이렇게 대꾸할 뿐이다.

"까뮈의 작품을 읽어보려면 우리 학교 도서관에 가야겠지요?"

"그럴 줄 알고 제가 집에 있는 까뮈 책을 가져왔어요."

하면서 그녀는 비로소 옆에 놓았던 천 가방에서 '까뮈 전집'을 꺼내 내게 건넸다. 이런 말을 덧붙이며.

"일주일이면 다 볼 겁니다. 다 보고 나서 소감을 얘기해 주세요."

나는 가슴 설레는 첫 데이트를 기대했다가 난데없는 과제나 받고 말았다. 하지만 '보고 나서 소감을 얘기해 달라'는 그녀의 말에 한 가닥 희망을 잃지 않았다.

"그렇다면 다시 일주일 후 이 자리에서 7시에 만나는 것으로 알고 있어도 되겠지요?"

내 말에 그녀가 잠시 머뭇거리다가 고개를 끄덕였다. 뺨에 홍조가 어리는 듯했다.

일주일 후 그녀와 나는 다시 예맥다방에서 만났다.

난생처음으로 읽어본 까뮈의 작품들에 대한 소감을 말하는 나. 그런 나를 주의 깊게 지켜본 뒤 자기 의견을 얘기하는 그녀. 30분쯤 그런 대화가 오간 뒤 그녀는 이번에는 헤밍웨이 전집을 천 가방에서 꺼내 건넸다. '일주일 뒤 다시 이 자리에서 만나 독후감을 얘기하고 그에 따른 의견을 나누기로 언약하면서.

그렇게 우리는 세 번을 만났다. 문제는 그 세 번째 만나던 날이다. 책 읽은 독후감을 중심으로 대화가 충분히 이뤄진 뒤 그녀가 잠시 침묵하더니 말했다.

"오늘로써 우리 만남은 끝났어요. 개학한 뒤 교정에서나 보겠네요."

나는 순간 찬물을 와락 뒤집어쓴 것 같았다. 다른 때와 달리, 내가 다음 일주일 간 읽어봐야 할 책을 건네주지 않아서 왠지 이상했지만 설마하니 결별을 통보받게 될 줄이야. 충격에 아무 말도 못하는 내게 그녀는 첨언했다.

"선배님이 이제부터는 글을 진지하게 쓸 거라 믿습니다. 저는 더 이상 도와줄 게 없어요. … 그럼 먼저 가겠습니다."

먼젓번만 해도 같이 일어나 다방 앞에서 헤어졌는데 이번에는 혼자 먼저 자리에서 일어나는 그녀. 다방 앞의 헤어짐조차 이제는 부담스럽다는 뜻일까? 나는 마지막으로 용기를 냈다. 뒤따라 일어서며 말했다.

"오늘이 마지막이라니, 오늘은 내가 영미 씨를 사는 동네까지 바래다주고 싶습니다."

"저는 시내버스를 타고 갈 건데요?"

"오늘은 한 번 그냥 걸어가세요. 내가 밤길을 안전하게 호위해 줄 테니까."

천 가방을 어깨에 멘 채 망설이던 그녀가 이윽고 고개를 끄덕였다. 예맥다방을 나왔다. 가로등들과 상점의 전등들이 밤거리를 밝히고 있었다. 나는, 향긋한 비누 냄새가 나는 그녀 옆에 서서 같이 걸어갔다. 바짝 붙어서질 못하고 한 사람 정도의 거리를 둔 어정쩡한 동행이다.

간간이 지나가는 차량들의 전조등 불빛과 과일을 파는 노점상들의 카바이드 불빛….

먼 길을 그녀와 나는 말없이 동행했다.

한 시간 가까이 걸었을까, 그녀가 발걸음을 멈추더니 내게 말했다.

"우리 동네에 다 왔어요. 바래다줘서 고마워요."

하면서 가는 손을 내밀었다. 수줍게 악수를 마치고는 옆에 있는 어두운 골목으로 사라진 그녀. 나는 멍하니 골목 어귀에 서 있다가 왔던 길로 되돌아 다시 터벅터벅 걸어갔다.

그 아득한 길이라니. 그렇다. 나는 그날 처음으로 멀고 먼 '춘원국도'를 걸어봤다.

다음 날, 교동 집의 늦은 아침이다. 집안이 적막하다. 아버지와 나만 집에 있는 걸까. 나는 밤잠을 설친 탓에 머리가 개운치 않았다. 화장실로 들어가 거울을 봤다. 머리털이 헝클어진데다가 야위어 보이는 얼굴. 나는 나지막하게 독백했다.

"이 바보새끼."

내 방으로 돌아와 달력을 보았다. 8월 7일, 입추 날이다. '되지도 않을 사랑 따위는 잊자. 내 할 일은 멋진 소설 하나 쓰는 거다'고 마음 정리했다.

하지만 마음과 달리 파지만 날리기를 보름째. 달력의 절기는 어언 처서다.

그 때 안방의 전화기가 쉴 새 없이 울려댔다. 무심코 안방에 들어가 전화를 받았더니 학보사의 학수였다. 아버지가 안방에 없는 늦저녁이길 다행이었다. 학수가 말했다.

"짜식아, 나중에 술 한 잔 사."

"?"

"네가 좋아하는 김영미가 너를 여기서 만나봤으면 해. 여기가 어디냐면 '갈채' 음악다방이야. 시청 옆에 있어. 빨리 나와."

나는 서둘러 옷을 차려입고 집을 나섰다. 서늘한 밤 날씨다. 시청 옆이라는 갈채 다방을 바삐 찾아가면서 나는 전혀 생각지도 못한 상황에 머릿속이 혼란스러웠다. '학수가 나중에 술 한 잔 사라는 걸 봐서는 뭔가 좋은 일인 듯싶은데 그래도 그렇지 야멸차기 짝이 없는 그녀가 나를 만나봤으면 한다니 도대체 뭔 일이 일어난 거야?'

갈채 다방은 2층 건물의 2층에 있었다. 층계를 올라가서 다방 문을 열자 합창곡 '오렌지 향기는 바람에 날리고'가 웅장하게 나를 감쌌다. 그리고 어두운 실내 뒤편에서 누군가가 내게 손을 흔들었다. 학수였다. 그 옆자리에 영미가 앉아 있었다. 고개를 숙인 채.

내가 다가가자 학수가 자리를 먼저 뜨면서 말했다.

"이제부터 두 분이서 얘기 나눠봐."

나는 그녀 맞은편 자리에 앉았다. 내가 왔는데도 고개를 푹 숙인 채 아무 말 없는 그녀. 순간 나는 벼락처럼 깨달았다. 놀랍게도 그녀가 나를 좋아한다는 사실을. 내 글을 '진정성 없는 엉터리 글'이라며 신랄하게 비판하던 야멸찬 모습은 간데없고 고개 숙인 채 아무 말 못하고 앉아 있다니.

나까지 커피를 주문해 마실 필요가 없었다. 자리에서 일어나며 그녀한테 말했다.

"여기 말고 어디 조용한 데로 갑시다."

앞장서서 다방을 나왔다. 뒤돌아보지 않았지만 그녀가 따라오는 기척이 있었다. 길가에 서서 지나가는 택시를 세웠다. 나를 따라 택시 뒷좌석에 앉은 그녀. 나는 그녀의 손목을 감싸 쥐고서 기사한테 말했다.

"소양 1교 다리 건너까지, 부탁합니다."

내 바지 뒷주머니에는 학보사에서 받은 원고료가 있다. 학보에 연재소설을 게재하면서 받는, 내 유일한 용돈이다. 택시는 근화동을 지나서… 소양 1교 다리 건너에 멈춰 섰다.

나는 그녀의 손목을 잡은 채 강가 모래밭으로 내려갔다. 밤의 강물이 다리에 설치된 가로등 불빛을 받아 반짝거렸다. 이상한 건, 하류 쪽으로 흐르지 않고 제 자리에서 반짝였다는 사실이다. 나중에 깨달았는데 하류 쪽에 의암댐이 준공되면서, 강물이 흐르기를 멈추고 저수되던 풍경이었다. 지난여름의 발자국들만 남은, 한적한 모래밭을 그녀 손목을 잡고서 걸었다. 발이 모래밭에 빠져서 천천히 걸을 수밖에 없었다.

다리의 가로등 불빛이 의외로 밝아서 교각의 그늘 외에는 어두운 곳을 찾기 어려웠다. 우리는 가까운 교각의 그늘 속으로 들어가면서 와락 껴안고는 본능적으로 서로의 입술을 찾았다. 차갑다가 달아오른 그녀 입술.

얼마 후 그녀가 그 자리에 털썩 주저앉았다. 내가 두 팔을 잡아 일으키자 온몸을 사시나무처럼 떨면서 말했다.

"입맞춤은 처음이야.… 당신이 보고 싶었어. 라디오에서 '은희'가 부르는 꽃반지 끼고 노래만 나오면 내 방에서 몰래 울었어. 보고 싶어서."

"나는 그런 줄 전혀 몰랐네."

"무정한 사람."

하면서 내 가슴팍을 손으로 치다가 나지막하게 노래 불렀다.

"생각난다/ 그 오솔길/ 그대가 만들어준 꽃반지 끼고/ 다정히 손잡고/ 거닐던 오솔길이/ 이제는/ 가 버린/ 아름다운 추억… / 생각난다/ 그 바닷가 / 그대와 둘이서/ 쌓던 모래성/ 파도가 밀리던/ 그 바닷가도/ 이제는/ 가 버린/ 아름다운 추억…"

만나기만 하면 단발머리를 찰랑이면서 '글의 진정성', '실존주의의 본질'

만 말하더니 어떻게 이리도 달라졌을까.

"언제부터 내가 좋았어?"

"예맥다방에서 마지막으로 만나던 날, 나를 그 먼 우리 동네까지 바래다주었잖아. 그리고 어두운 골목 앞에서 헤어질 때도 그냥 돌아서서 가주었잖아. 나는 속으로 '이번이 마지막 만남이라 이 사람이 나를 어쩌려고 본색을 드러낼 거라' 긴장했었어. 워낙 안 좋은 사람처럼 소문이 나 있었으니까. 그런데 그런 일도 없고 그냥 돌아서서 가는 걸 보면서 모든 게 헛소문이라는 사실을 깨달았지. 그러자 너무나 좋아진 거야. … 그 다음부터는 은희의 '꽃반지 끼고'를 들을 때마다 어쩜 내 사연 같은지, 보고 싶어서 내 방에서 소리죽여 울었지."

모든 게 내가 학보에 연재하는 소설 때문이었다. 내 나름대로 방황하는 청춘을 그리려고 술과 여자로 지내는 주인공을 가공해냈는데 그걸 모르고 오해들 하는 바람에 생긴 일이었다.

30분 넘게 있다 보니 추워졌다. 가을밤인데다가 찬 강물이 가까이 있는 탓이었다.

"이만 갈까?"

"으응."

우리는 교각의 그늘에서 빠져나왔다. 모래밭을 걸어 강가를 벗어나 찻길가로 나왔다. 교외지역이라 다니는 차가 드물었다. 시내버스는 이미 끊긴 것 같았다. 내가 말했다.

"너무 늦은 것 같다. 택시 타고 집에 가야겠지."

'문학의 밤' 때 그녀가 시내버스를 놓치면 안 된다며 서둘러 사라지던 모습이 기억나서 그리 말한 것이다. 그러자 그녀가 내 어깨에 기대며 말했다.

"당신은 참 착한 사람이야. 그런 걸 사람들이 몰라."

얼마 후 다행히 빈 택시를 만났다. 뒷좌석에 타자 기사가 물었다.

"어디로 모실까요?"

내가 그녀의 어깨를 가볍게 치자 그녀가 기사한테 말했다.

"강원대로 가세요."

"네, 알겠습니다."

시내를 지나 강원대 후문 부근에 택시가 섰다. 사실 '후문'이랄 것도 없이 중기로 진입로를 닦아 놓고는 후문이라 불렀다.

어두운 캠퍼스 안으로 걸어들어 가면서 내가 그녀한테 물었다.

"사는 동네가 여기가 아닌데 왜 학교로 온 거야?"

"우리 동네가 학교 앞 야산 너머잖아. … 춘원국도로 갈 수도 있지만 그랬다가는 우리 식구들과 마주칠지도 몰라서."

하고는 깔깔깔 웃었다. 학사행정처가 있는 건물 앞을 지나 정문으로 갔다. 정문 앞길로 10여 미터 가다가 옆의 오솔길로 들어서니 바로 야산이었다. 어두운 오솔길을 내가 앞장서서 조심조심 걸어갔다. 군데군데 묘가 있어 그럴까 밤의 야산은 적막했다. 가을밤 추위를 견디는 풀벌레들의 울음소리가 간간이 들렸다.

이윽고 어둠 속에 붕긋하니 나타난 봉우리. 두어 사람이 앉을 수 있는 넓이다. 청바지를 입은 내가 바닥에 먼저 앉은 뒤 원피스 차림의 그녀가 내게 안겼다. 단발머리가 내 얼굴을 스치며 향긋한 비누 냄새도 났다. 비누 냄새를 맡을 듯이 그녀 얼굴의 입술을 찾아 두 번째로 입맞춤을 했다. 콩닥거리는 그녀 가슴이 느껴졌다. 나는 그녀 얼굴을 감싸 쥔 두 손 중 한 손을 내려 그 가슴에 대보았다. 그녀가 놀라 상반신을 뒤로 물리려다가 포기했다. '아, 사랑이라는 건 상대한테 포기하는 거구나.'하는 생각을 나는 그 순간 했다.

그녀가 내 품에 안겨서 200여 미터 전방에 있는 어둠 속 야산 아래 동네를 가리키며 말했다.

"어느 집이 우리 집인지 한 번 맞혀 봐요."

나는 그 동네의 아무 집이나 가리키며 말했다.

"저 집."

"자세히 보면 집마다 불빛이 조금씩 다르거든요. 그러니까 구체적으로 어떤 불빛의 집인지 알아 맞혀 봐요."

"젠장, 산봉우리에 와서 과제를 받을 줄이야."

깔깔깔 웃으며 내 가슴을 치다가 내 입술을 다시 받는 영미. 싸늘한 밤 공기와 비교되는 그녀의 따뜻한 가슴. 우리는 꼭 껴안은 채로 야산 봉우리에 앉아 있었다….

"뭐해요 형. 마당에 서서."

장호가 나타나더니 화장실로 가면서 그리 말했다. 오줌을 누는 소리가 나고 얼마 후 화장실에서 나와서는 이런 말을 덧붙였다.

"나가더니 안 들어오길래 화장실에서 발을 헛디뎌… 빠진 줄 알았지 뭐요. 하하하. 뭐해요? 추운데."

"이 동네 뒤에 야산이 있잖아. 지난 일이지만 내 첫사랑의 추억이 저 야산에 깃들어 있거든. 그래서…."

"그런 일이 있었다고? 처음 듣는 얘기네."

"때가 되면 얘기해 줄게."

"보나마나 우울한 얘기일 것 같아서 굳이 듣고 싶지 않아요. 하하하."

"할 말 없게 만드네. 참. 뒷방의 하숙생들이 올 때 되지 않았어?"

"새 학기 수강신청을 할 때가 돼 가니까, 며칠 안에 오겠지요."

"그럼… 외수 형은 어디 가지?"

내 물음에 침묵하는 장호. 얼마 후 선문답처럼 대답했다.

"글쎄, 어디로 가겠지요."

나는 장호한테서 '제가 뒷방 하숙생들한테 얘기 잘해서 외수 형과 같이 지내게 해 볼 겁니다' 같은 대답을 기대했다가 실망했다. 장호가 이런 말을 덧붙이며 온 동네의 어둠 속에서 유일하게 불을 밝힌 뒷방 쪽으로 앞장서 갔다.

"고양이 조심해요. 고등어통조림 냄새를 맡았는지 고양이가 살금살금 오가고 있어요."

15. 네 번째 방

'며칠씩 이어지는 술자리'의 셋째 날 저녁이다.

교복을 입은 학생 둘이 뒷방을 찾아왔다. 장호가 뭐라 인사하려는 학생들한테 먼저 말했다.

"여기는 공부하는 학생들이 올 데가 아닌데."

그러자 두 학생 중 머리털이 좀 더 긴 학생이 대답했다.

"저희는 춘고 2학년, 문예반입니다. 문학하는 분들이 모여서 지내는 재미난 방이 있다는 얘기를 듣고서 놀러왔습니다."

"춘천이 좁긴 좁군. 그래, 누구한테서 그런 얘기를 들었어?"

"반 친구 박광호한테서요."

"하하하. 내 동생 친구들이구먼. 내가 광호의 형, 장호야. 시를 쓰지. 자, 그럼 옆에 있는 형들도 소개해 줄게. 여기 아랫목에 앉아 있는 형이 '이외수'. 교대를 다니다가 (잠시 머뭇대더니) 쉬고 있는데 소설도 쓰고 그림도 그려. 그리고 그 앞이 이병욱 형. 강원대 국어과 졸업을 앞뒀고 너희 문예반 대선배가 될 거야. 춘고 다닐 때 소설로 알아줬다는데 지금은 슬럼프에 빠져있지. 내 말 맞지 형?"

나는 고개를 끄덕였다. 장호가 고개를 돌려 형한테 말했다.

"이 후배들한테 술 한 잔 줘도 되는 건지 모르겠네요. 형 생각은 어때요?"

형이 대답 없이 그냥 고개를 끄덕거렸다. 장호가 웃으며 한탄했다.

"원, 술을 주라는 건지 말라는 건지 영 모르겠네."

그 말에 머리털이 긴 학생이 나서서 말했다.

"저희는 학생 신분이니까 술을 마시지 않겠습니다. 단…."

"단?"

"주시면 아주 쪼금은 마시겠습니다."

장호가 웃는 낯으로 어이없어할 때 형이 학생들의 등장으로 중단됐던 인제 출신 시인 박인환 얘기를 되살렸다.

"그가 얼마나 잘생겼냐면, 서울 명동에 바바리코트 걸치고 나타났다 하면 지나가는 사람들이 영화배우인 줄 알고 다 쳐다봤다는 거야. 6·25동란이 끝난 지 얼마 안 된 어느 날 밤, 명동의 한 작은 술집에서 단숨에 지었다는 시가 '세월이 가면'이 아니겠어? 내가 한 번 읊을 테니까 들어 봐. … 지금 그 사람 이름은 잊었지만/ 그 눈동자 이름은 내 가슴에 있네./ 바람이 불고 비가 올 때도/ 나는 저 유리창 밖 가로등 그날의 밤을 잊지 못하지./ 사랑은 가고 옛날은 남는 것/ 여름날의 호숫가 가을의 공원…."

형의 암송이 끝나길 기다려 내가 질문했다.

"그런데 형. 가로등 '그날'의 밤이 맞습니까, '그늘'의 밤이 맞습니까? '그날'이라면 사연이 발생한 어느 특정한 날에 포커스를 맞춘 게 되겠고 '그늘'이라면 특정한 날보다는 '다른 사람들이 보지 못하는 가로등 그늘'에 포커스를 맞춘 게 되니까 주는 느낌이 많이 다르거든요."

"내가 방금 그 부분을 뭐라 암송했지?"

"그날의 밤이라 한 것 같은데."

"그럼 그날의 밤이 맞는 것 같다. 하하하."

장호가 말했다.

"박인환은 '목마와 숙녀'가 좋죠. 한 잔의 술을 마시고/ 우리는 버지니아 울프의 생애와/ 목마를 타고 떠난 숙녀의 옷자락을 이야기한다/ 목마는 주인을 버리고 거저 방울 소리만 울리며/ 가을 속으로 떠났다 술병에서 별이 떨어진다…."

형이 말했다.

"버지니아 울프가 어떻게 자살했는지 아니? 걸친 코트 주머니에 자갈을 잔뜩 넣고는 강물로 걸어 들어갔다는 거야. 그러니까 자갈 무게 때문에 몸이 물 위로 뜨지 않고 그대로 가라앉으며 자살하게 됐다는 거지. 자살 한 번 폼 나지 않아?"

내가 외쳤다.

"버지니아 울프가 말은 안 했지만 그 순간 얼마나 숨이 막혔을까!"

모두들 배꼽 잡고 웃었다. 방구석에 앉아 있던 학생들까지 웃었다. 형이 쟁반에 있는, 다 먹은 김치 접시를 집어 그 학생들한테 건넸다. 머리털이 긴 학생이 공손히 받아서는 밖으로 나갔다. 말하지 않았지만 '부엌에 가서 김치를 담아오라.'는 뜻이 전달된 거다.

김치가 접시에 담겨 방으로 들어오자 형이 다른 학생한테 말했다.

"자네는 노래 한 수 불러볼 겨?"

"저… 유행가를 불러도 되나요?"

"되고말고."

"당신과 나 사이에 저 바다가 없었다면/ 쓰라린 이별만은 없었을 것을// 해 저문 바닷가에…."

형을 따라 모두 손뼉으로 박자를 맞춰주었다. 분명 어디선가 본 방의 분위기였다. 바로 1년여 전 여름 교대 앞, 형의 하숙방 분위기였다. '자유구역'이 뒷방에서 되살아났다.

자정이 됐다. 자정이 되기 전에 학생들은 슬그머니 가버렸고 장호는 두부찌개를 만들려고 본채 부엌으로 갔다. 형이 소주잔을 내게 건네고는 아랫목에서 일어나 윗목으로 가 앉았다. 말없이 물감에 붓을 담근 뒤 천천히 여인의 얼굴 그림에 몰두했다. 그림은 완성을 눈앞에 두고 있었다. 맑은 눈빛과 발그레한 두 뺨, 검은 머리카락들.

장호가 끓여 내온 두부찌개를 나하고 야식 삼아 먹고 있어도, 형은 돌아도 보지 않고 그림에 몰두했다.

술자리가 닷새째를 맞았다.

체력의 한계에 다다라서일까, 알게 모르게 술자리 분위기가 많이 가라앉았다. 장호는 방에서 나가면 한 시간 넘게 있다가 오기 일쑤고 나는 하품이 잦아졌다. 형도 술자리보다는 여인 얼굴 그림에 몰두한다.

오늘도 슬그머니, 초저녁부터 방구석에 앉은 춘고 학생들. 고개들을 빼고서 형의 그림을 엿본다. 나만 혼자 소주잔을 기울이고 앉아서 '언제쯤 자리에서 일어나 귀갓길에 오르는 게 좋을지' 시점을 생각 중이다.

이번의 술자리도 닷새 만에 막을 내릴 것 같다.

"혹시… 탤런트 한혜숙 씨를 그리는 건가요?"

머리털이 긴 학생이 조심스레 형한테 물었다. 하지만 듣지 못한 것처럼 아무 대답 없이 붓만 움직이는 형. 학생이 무안해져서 자기 뒤통수를 손으로 긁적인다. 내가 그 학생한테 물었다.

"이름이 뭐더라?"

"2학년 김경식입니다."

"경식아. 외수 형은 원래 그림 그릴 때는 집중하느라 딴사람처럼 된다고. 그러니 오해 마라."

"아, 네."

그러면서 연실 고개를 끄덕인다. 그 때 밖에서 '냐아옹' 하고 고양이가 울었다. 장호가 아까 밖으로 나가더니 여태 돌아오지 않았다.

밤 9시가 되려한다.

학생들이 슬그머니 자리에서 일어나다가 나하고 눈길이 마주쳤다. 고갯짓으로 '귀가하려는 것임'을 내게 알렸다. 혼자 소주잔을 기울이던 나도 같이 자리에서 일어났다. 자정 넘어 새벽에 뒷방을 나서려했지만 생각을 바꾼 것이다. 내가 여기서 며칠 있는 동안에 운교동 누나네 짐방에 별 일이 없는지 궁금해졌다.

학생들에 이어 나까지 방을 나가는데도 묵묵히 그림에 몰두하는 형. 나는 형이 듣거나 말거나 말했다.

"형, 그럼 며칠 후에 또 봐요."

"……."

앞마당을 지나 대문 밖 골목으로 나왔다. 비탈진 산자락에 자리 잡은 동네라 장호네 앞집의 기와지붕이 내려다보인다. 차디찬 2월의 밤하늘이 그 기와지붕 위에 무겁게 얹혀있다.

학생들과 함께 어두운 골목을 걸어가다가 뭘 어깨에 짊어지고 귀가하는 장호와 맞닥뜨렸다. 어둡지만 서로를 알아봤다. 장호가 말했다.

"얘들은 그렇지만, 병욱 형은 왜 가요?"

"이젠 집에 가 봐야지. 그런데 너는 도둑처럼 뭘 한밤중에 짊어졌냐?"

"하숙생들이 시골에서 올라올 때가 돼 가든요. 그래서 틈틈이, 우리 엄마가 시키는 대로 부식거리니 쌀이니 사다 놓는 겁니다."

그 때 옆에서 얘기 듣던 경식이가 끼어들었다.

"외수 선배님이 계속 그 방에 있게 되나요?"

나는 침묵했고 장호가 답했다.

"… 모르겠어."

"저 혼자 자취하고 있는데, 제 자취방으로 모시면 안 될까요?"

"되고말고!"

이 겨울 외수 형의 네 번째 거처가 해결되는 순간이었다. 장호와 헤어진 뒤 나와 학생들은 비탈진 골목길을, 서로서로 옆으로 손을 잡고 늘어서서 조심스레 내려왔다. 장호 혼자서 짐을 짊어지고서 이런 골목길을 별일 없이 올라왔다니 놀라웠다. '사람은 처한 환경에 적응하기 마련'이라지만.

경식이가 시내버스 정류장 표지판 앞에 걸음을 멈추더니 내게 말을 건넸다.

"버스 타고 가지 않으세요?"

"오랜만에 걸어가고 싶거든. 그런데 고맙다, 오갈 데 없는 외수 형을 네 자취방에 모신다니 말이다."

"배울 게 많거든요."

"내가 다음번에는 네 자취방을 찾아가야겠구나. 어떻게 찾아가야 되니?"

"여기서 멀지만 찾기는 쉬워요. 그러니까 소양 1교 다리를 건너기 전 강가 동네에 와서 '춘고 다니는 김경식 학생이 자취하는 집'을 물으면 될 겁니다. 제가 2년째 살아서 대부분들 알아요."

"요즘은 겨울방학이지 않니? 고향에 내려가질 않고?"

"3학년을 앞둔 2학년은 겨울방학이 없죠. 그냥 계속 수업이죠. 그래서…."

"참, 그렇지."

시내버스가 다가왔다. 경식이와 친구가 내게 거수경례를 하고는 승차했다.

나는 어두운 춘원국도를 걸어가면서 감회에 젖었다.

'정말 좁은 춘천이다. 2년 전 여름밤에 영미와 처음으로 입술을 맞췄던 곳이 소양 1교 다리 아래였는데 바로 그곳에서 멀지 않은 동네에 후배 경식이의 자취방이 있다니… 장호네 집도 다른 동네가 아닌, 영미네 동네라서 소스라쳤었는데… 이래저래 내가 춘천을 떠날 때가 된 것 같다. 사랑과 문학, 그 어느 것도 이루지 못한 채 고향 춘천을 떠나야 하는 참담한 심사….'

한참 걷다 보니 밤 풍경이지만 낯이 익었다. 영광 연탄직매소가 있던 동네다. 나는 어둠 속의 그 낡은 상가건물을 애써 외면하며 지나갔다. 하지만 한 때 그 건물 안 사무실에서 있었던 일들의 기억을 어쩌지 못했다.

형이 사무실에서 아버지와 나, 부자간 대화의 장을 마련한 적이 있었다. 형이 그에 앞서 내게 이런 말을 했었다.

"한 집에 부자가 살면서 어떻게 3년간이나 대화 한 번 나누지 않고 살 수 있냐?"

하지만 사실은 대화가 딱 한 번 있었다.

… 3년 전인 1971년 4월 중순의 어느 날이다.

내가 아버지와의 '사건'으로 겨우내 가출했다가, 아버지가 학교까지 찾아와 남긴 '모든 것을 불문에 부치겠다'라는 말을 믿고 귀가한 지 한 달이 지났을 때다. 사실 아버지는 내가 귀가하자마자 무릎 꿇고 그간의 불효를 용서 바라는 모습이길 바랐겠지만 그런 일은 일어나지 않았다. 나는 당당히 내 방에 들어왔을 뿐만 아니라 담배까지 한 대 피웠다. 될 대로 되라는 심사였다. 그러자 무참해진 채 말없이 안방을 나와 밖으로 외출한 아버지. 그 순간부터 아버지는 집안에서 더 이상 고개 들지 못하고 지내게 되었다.

그렇게 한 달이 지난 4월 중순의 어느 날 나는 술이 덜 깬 모습으로 귀가한 것이다. 친구의 자취방에서 밤새 술 마시다가 귀가했으니 느지막한 아침 시간이었다. 강의가 오후 늦게 있는 날이라 못 잔 잠을 집에 와 자고 등교할 요량이었다. 늘 그랬듯이 집에는 안방의 아버지 외에 아무도 없었다. 화사한 봄 햇살 아래 적막한 우리 교동 집.

술기운이 남아서일 게다, 나는 현관문을 열고 거실에 들어서면서 조용히 있지 않았다. 뇌까리는 것처럼 하면서 큰소리로 씨부렁거렸다.

"니미, 나는 부모를 잘못 만났어."

남들보다 불우해 보이는 가정환경을 한탄하면서 결과적으로는 부모를 모욕하는, 아주 못된 언사였다. '아버지'라 하지 않고 '부모'라 한 건, 가까운 안방에 당사자가 있어서 차마 그럴 수 없었던 까닭이다.

그러자마자 안방 문을 열어젖히고서 아버지가 거실로 나왔다. 아들의 일방적인 모욕을 그대로 감수할 수 없어서일 게다. 아버지는 아들을 똑바로 보지는 못한 채로 거실에 서서 짧게 말했다.

"부모를 잘못 만났다고? 나는… 세상을 잘못 만났는데."

그런 뒤 다시 안방으로 들어가면서 방문을 닫았다. 나는 뭐로 뒤통수를 한 대 세게 맞은 것 같았다. 내 방에 들어와 책상 앞에 앉아서도 얼떨떨했다. 다른 때 같았으면 책상 서랍에서 담배라도 찾아서 피웠을 텐데 그러지 못했다. 집에는 아버지와 나만 있었다. 아버지는 만만치 않았다. 실직했을 뿐 학력만 봐도 같은 연배 분들 중에서는 극히 드문 4년제 대학 학력 소지자였다.

부모를 잘못 만났다며 씨부렁거리는 내게 아버지는 당신이 세상을 잘못 만나 그리됐다고 간단히 답했다. 모처럼 이뤄진 부자간 대화는 그런 모습이었다. 그 후 3년 세월이 흐른 뒤 외수 형의 중재로 영광 연탄직매소 사무실에서 부자간의 두 번째 대화가 시도되었다….

바로 두 달 전에 그런 일이 있었던 영광 연탄직매소를 지나… 8호 광장을 지나… 기분 나쁜 소리를 내는 철대문을 열고 마당에 들어왔다.

아직 불이 켜져 있는 누나네 안방. 나는 발걸음 소리를 최대한 죽여서 짐방 쪽으로 갔다.

짐방의 전등을 켰다. 닷새 전 이 방을 나설 때의 비좁은 풍경 그대로다. 공간을 압도하는 한쪽의 짐들, 직사각형의 작은 창, 벽 여기저기 나붙었다가 접착력을 잃고서 반 이상 바닥에 떨어진 '겨울' 글씨들.

이부자리를 펴고 누웠다. 닷새간의 숙취와 20리 가까운 춘원국도를 걸어온 피로가 나를 덮쳤다. 곤하게 잠들었다.

16. 소양강 모래밭

형은, 경식이의 자취방에서도 아랫목 차지였다. 그뿐 아니다. 베개와 원고지뭉치까지 아랫목 부근에 갖다 놓았다. 나는 형이 소설 쓸 때는 베개를 가슴팍에 대고 엎드린 자세로 한다는 걸 알고 있다. 아니나 다를까 내게 이렇게 말했다.

"여기 오니까 다시 소설 쓰고 싶은 마음이 불같이 일지 않았겠니? 먼젓번에 쓰다 말았던 거는 폐기처분하고 새로 쓰기 시작했다고."

"무슨 내용인지 물어봐도 돼요?"

"완성된 다음에 보여줄게. 지금은 시작이야."

그러면서 형은 원고지들을 덮었다. 그 때 윗목에 앉은 경식이가 끼어들었다.

"선배님이 소설을 쓰기 시작하면서 여자 그림은 제게 줬어요."

하면서 옆에 있는 보자기를 풀기 시작했다. 사실 나는 지난번 장호네 뒷방에서 거의 다 된 그림을 봤기에 별 기대를 하지 않았다. 하지만 경식이가 보자기를 풀어 그림을 드러내 보인 순간 충격이 컸다. 그림 속 여자의 이마 한복판에 굵은 대못이 박혀 있었기 때문이다.

실제 대못이 아니라 대못 그림이지만 그 끔찍함에 소름이 다 끼쳤다. 경식이가 말을 이었다.

"처음에는 벽에 걸어놓았는데 좀 이상해서 (하면서 뒤통수를 긁었다.) 일단 보자기로 싸 놓았지요. 봐서, 선배님이 소설을 완성하고 나면 이마에 박힌 대못을 지워 달랄 겁니다. 하하하."

형이 뭐라고 한마디 할 듯싶은데 침묵했다. 그러더니 자리에서 일어나,

가까이 있는 창문을 활짝 열었다. 습기 서린 찬 공기가 방 안으로 밀려들었다. 강 쪽을 가리키며 내게 말했다.

"언 강이 다 녹았어. 봄이 왔다는 증거지."

형이 비켜 앉으며 나도 창밖을 내다보았다. 하지만 밤 풍경이라 언 강이 녹았는지 분명치 않았다. 그래도 고개를 끄덕여서 형이 한 말에 동의해줬다. 그 때 경식이가 형한테 말했다.

"손님이 오셨는데, 술상을 준비해야 되지 않겠어요?"

"그렇지."

경식이가 주섬주섬 방구석의 짐들을 뒤져서 소주 한 병과 종이 잔 세 개, 마른 오징어를 꺼냈다. 방바닥에 그것들을 늘어놓고서 술자리가 시작됐다. 형이 경식이한테도 한 잔 부어주며 말했다.

"딱 한 잔이야. OK?"

"네 OK."

형이 고개를 돌려 나한테 말했다.

"사실, 공부하는 학생한테는 한 잔이라도 술을 줘서는 안 되지. 그런데 이 방 강 풍경이 워낙 좋으니까… 준 거지. 흐흐흐."

"밤이라 그런지, 솔직히 나는 풍경 좋은지 모르겠던데."

"사실 낮에 봐야 돼. 햇빛들이 강 물결에 얹혀서 반짝반짝 빛나는 거를 보면 기가 막히지. 그리고 다리를 보면 프랑스 아폴리네르의 시 '미라보 다리'가 떠오르지. 내가 읊을 테니까 감상들 해."

하면서 특유의 변사 어조로 읊어나갔다.

"미라보 다리 아래/ 세느강은 흐르고/ 우리네 사랑도 흘러내린다./ 내 마음속에/ 깊이 아로새기리/ 기쁨은/ 언제나 괴로움에 이어옴을/ 밤이여 오라./ 종아 울려라/ 세월은 가고 나는 머문다….'"

형이 읊다 말고 '참!' 하면서 내게 물었다.

"졸업식 날이 언제야?"

"내일이죠. 오전 10시 반부터입니다."

"그렇다고? 그럼 여기 더 있지 말고 집에 가 봐야겠네."

"괜찮아요. 내일 새벽에 가도 늦지 않아요. 뭐, 형을 한동안 못 볼 것 같은데 이렇게 짬이 날 때 시간을 내야죠."

"고맙다. 축하한다. 졸업식에 가보고 싶은데 내 주제가 이래서…."

"말씀만으로도 와 준 거나 다름없습니다."

"고마워. … 졸업… 정말 부럽다. 내가 졸업을 못 했잖니?"

"졸업을 '안' 하지 않았나요?"

"아냐, 못했어. 다른 과목은 그런 대로 되는데 풍금 치는 건 암만해도 안 되더라니까. ㅎㅎㅎ."

나는 '아니, 풍금 치는 거 하나 때문에 몇 년씩이나 다니다가 자퇴해요?' 하고 묻고 싶은 걸 간신히 참았다. 형이 말을 이었다.

"졸업하면 교사 발령 받을 일만 남지 않았어? … 너는 아주 괜찮은 국어 선생님이 될 거야. 아암 그렇고말고."

그런 말을 하면서 왠지 쓸쓸한 낯빛의 형. 나는 이리 대꾸했다.

"뭐, 산골짜기 조그만 중학교로 발령 나겠죠."

형과 나의 대화에 경식이가 한 마디쯤 끼어들 만도 한데 그러질 못했다. 한쪽은 대망의 교사로 발령받을 참인데 다른 한쪽은 그렇지 못하고 쓸쓸하게 있는, 방안의 어색한 분위기 때문이 아니었을까. 결국 경식이가 한 행동은 카세트라디오의 테이프를 튼 일이었다.

"중고 전파사에서 산 건데 소리가 잘 나와요. 자, 뮤직 Q."

어린 소녀가 애절하게 부르는 노래가 흘러나왔다.

"난 그런 거 몰라요 아무것도 몰라요/ 괜히 겁이 나네요 그런 말 하지 말아요/ 난 정말 몰라요 들어보긴 했어요/ 가슴이 떨려오네요 그런 말 하지 말아요 / 난 지금 어려요 열아홉 살인 걸요/ 화장도 할 줄 몰라요 사랑이란 처음이어요/ 웬일인지 몰라요 가까이 오지 말아요/ 떨어져 얘기해요 얼굴이 뜨거워져요/ 난 지금 어려요 열아홉 살인 걸요…."

이어서 송창식의 음울한 노래.

"창밖에는 비가 오고요/ 바람 불고요/ 그대의 귀여운 얼굴이/ 날 보고 있네요/ 창 밖에는 낙엽지고요 / 바람 불고요/ 그대의 핼쑥한 얼굴이/ 날 보고 있네요…."

이어서 이장희의 호탕한 노래.

"모두들 잠 들은 고요한 이 밤에/ 어이해 나 홀로 잠 못 이루나/ 넘기는 책 속에 수많은 글들이/ 어이해 한 자도 보이질 않나/ 그건 너 그건 너 바로 너 때문이야…."

경식이는 쉼 없이 우리 술자리에 음악을 제공했다. 대화보다는 음악 감상이 주를 이루면서 술잔을 권하는 것보다 듣고 있을 때가 많았다. 만났다 하면 반드시 문학 얘기를 나누던 일도 지켜지지 않았다.

왜 그랬을까.

경식이는 소주 석 잔을 마시고는 윗목에서 그대로 잠들었다. 내가 카세트라디오를 맡아 계속 테이프를 돌렸다. 경식이가 가진 가요 테이프가 많았다. 그러다가 날이 밝았다.

형이 윗목에서 자는 경식이를 흔들어 깨웠다.

"연탄불, 안 갈 거?"

잠이 덜 깨서 얼떨떨한 낯으로 일어나는 경식이를 따라 나도 일어나면서 형한테 말했다.

"그럼 가 볼게요."

"네가 그냥 '간다'고 말하지 않고 '가 본다'고 말하니까 듣기 좋다! 그렇지, 가 보는 거니까 잠시 헤어진다는 뜻이지."

하면서 예의 나일론 잠바를 찾아 걸치는 형.

"형, 추운데 그냥 있어요."

"아냐, 골목 밖까지 나갈게."

형이 경식이의 부축을 받으면서 골목 밖까지 나왔다. 걷기 힘들어서라기보다는 추워서 그러는 것 같았다. 눈곱 달린 눈으로 내게 말했다.

"그럼 가 봐."

나는 '아마 다시 오기 힘들 겁니다'라고 말하고 싶은 걸 참고서 그냥 손을 흔들며 시내버스 정류장을 찾아 발걸음을 옮겼다. 형은 그쯤에서 발길을 돌렸고 경식이는 더 따라왔다.

"선배님, 졸업을 축하합니다."

"고마워. 그나저나 외수 형 때문에 고생 좀 하겠다."

"고생이랄 게 있나요. 다만 잠자리가 좀 편치 않죠."

그 말을 하며 낯빛이 어두웠다. 나는 속으로 '이 녀석이 뒤늦게 현실을 깨달은 모양이구먼' 했다. 녀석의 어깨를 두드려주고는 그만 돌아가라는 손짓을 했다.

시내버스를 기다리면서 강 쪽을 바라보았다.

영미와 첫 입맞춤을 했던, 소양 1교 건너 모래밭을 찾아봤으나 찾을 수 없었다. 강물의 저수가 본격화하면서 모래밭 대부분이 강물에 잠겨버렸기 때문이다. 하류에 들어섰다는 의암댐으로 춘천은 호수의 도시가 돼가고 있었다.

… 첫 입맞춤을 했던 그 날 밤이다. 영미와 나는 야산 봉우리에서 헤어질 때 이런 약속을 했다.

'앞으로 만날 때는, 이 봉우리에서 오후 8시 정각에 만난다.'

어두운 밤에 영미가 나를 만나러 오는 데 부담을 주지 않으려면 가까운 거리의 자기 집에서 오도록 하는 게 좋을 듯싶어서였다. 물론 나는 10리 가까이 먼 밤길을 걸어와야 했지만 명색이 사내인데 무슨 걱정인가. 사랑하는 여인을 만나러 오는 밤길이라면 그 이상을 걷는다 해도 좋았다.

우리는 일주일에 한 번 꼴로 만났다.

영미는 부모한테 '친구네 집에 가서 공부하고 온다'는 거짓핑계를 대고 어두운 야산 봉우리에 시간 맞춰 왔다. 집이 가까워서일까, 정확하게 약속 시간을 지켰다. 내가 어쩌다가 늦게 되면 영미는 봉우리에 홀로 서서 나를 기다렸다. 그런 영미의 실루엣을 바라보며 야산의 오솔길을 숨 가쁘게 가던 나. 마침내 봉우리에 다다르면 영미는 나를 와락 껴안으며 속삭였다.

"보고 싶었어."

바람이라도 불면 야산의 풀들이 일제히 물결쳤다. 그럴 때마다 우리는 망망대해의 고도에 남은 외로운 연인들 같아서 뜨겁게 껴안으며 입술을 찾았다. 밤 9시를 막 넘으면 서울에서부터 내려온 기차가 한 줄기 전조등 빛을 10리 가까운 야산에까지 탐조등처럼 환하게 비쳤다. 그럴 때마다 영미는 숨듯이 얼굴을 내 가슴에 묻으며 부끄러워했다.

이런 얘기를 속삭이곤 했다.

"이제는 책상 위에 책을 펴 놓아도 한 글자도 눈에 들어오지 않고 당신 생각뿐이라니까. 내가 어쩌다가 이렇게 됐는지 몰라."

이런 얘기도 속삭였다.

"경멸했던 유행가가 이제는 구절구절 와 닿으니 어쩌면 좋아. 한 번 들어 봐. … 보기만 하여도 울렁/ 생각만 하여도 울렁/ 수줍은 열아홉 살/ 움트는 첫사랑을 몰라주세요 / 세상에 그 누구도 다 모르게/ 내 가슴 속에만 숨어 있는…."

매 주 한 번 꼴로 야산 봉우리에서 만나면서 가을이 막바지에 다다르고 있었다.

그러면서 나도 모르게 영미의 '전부'를 원하고 있었다. 포옹과 입술 나누는 것만으로는 한계가 있었다. 영미가 내 욕구를 모를 리 없었다. 이미 시들어버린 풀들에 하얀 무서리까지 내려 한층 추워진 날 밤, 내게 이렇게 말했으니.

"오늘 밤, 모든 걸 다 바치기로 마음먹었어요. 사랑하는 사람한테 뭘 망설이겠어요."

그리고는 소리죽여 흐느꼈다. 20년 가까이 간직해온 처녀성을 스스로 포기하는 데 따른 슬픔일까. 나는 뜻하지 않은 그녀의 얘기에 할 말을 잃었다. 웃옷 안으로 손을 넣어 젖가슴을 매만지던 일을 그만두고는, 멀리서 차갑게 빛나는 도심의 불빛을 바라보며 이렇게 말하고 말았다.

"아냐, 그러지 마. 나는 당신을 지켜주고 싶어. 지금은 그럴 때가 아니야."

그러자 그녀가 나를 와락 껴안으며 이렇게 말했다.

"당신은 정말 착한 사람이야. 사람들이 그걸 몰라."

오랜 세월이 흐른 이제야 나는 고백한다. 그 날 밤 그녀가 모든 것을 다 바치겠다고 체념하듯 말했을 때 내가 당황했다는 사실을. 욕구와는 다르게 전혀 마음의 준비가 돼 있지 않았던 까닭에 이런 생각을 했으니.

'이러다가 임신하게 되면 어떡하나? 그러잖아도 아버지의 실직이 오래가

면서 집안 사정도 힘겨운 판에 내가 임신사고까지 낸다면… 집안은 쑥밭이 될 게다.'

결국 그런 생각 끝에 '당신을 지켜주고 싶어'라고 말한 거다. 그녀는 그런 나를 착하다고 했지만 사실 나는 착하다기보다 겁이 많았던 게 아닐까?

달리 생각하면, 그녀를 가져야겠다는 절박감이나 욕구가 약했던 게 아닐까? 그렇다. 진정으로 사랑했다면 나중에 무슨 문제가 생기든 말든 그 날 밤 그녀를 '가졌어야' 했다.

문제의 그 날 밤, 헤어질 때다. 영미가 내게 다시 한 번 꼭 안기며 이런 제의를 했다.

"우리 당분간 만나지 말아요. 기말고사도 다가오고 날씨도 부쩍 추워지고 있으니까요."

"그럼 언제 다시 만나지?"

"기말고사가 끝나면서 겨울방학에 들어가잖아요. 방학 중에 제가 연락할게요."

나는 고개를 끄덕여 동의했다. 그러잖아도 방금 전 있었던 일 (그녀가 모든 것을 바치겠다고 했는데 내가 마다한 일) 때문에 아무래도 냉각기를 가져야 할 것 같았다. 그렇기도 하고, 날씨가 부쩍 추워져서 더는 야산에서 만나기가 어려웠다. 사실 야산이 추워지면 약속장소를 시내의 다방으로 하면 되는데 그럴 엄두를 못 냈다. 영미가 시내버스를 타고 도심까지 나와야 하는 번거로움은 둘째 치고… 다방은 공개적인 장소라 마음 편하게 포옹 한 번 할 수 없는 곳이기 때문이다.

훤한 대낮에 연인들이 거리에서 포옹도 하는 요즈음과 달리 그 시절은 그렇듯 매우 보수적인 사회 분위기였다.

'겨울방학 중에 연락해서 만나기'로 약속하고 헤어지던 밤, 나는 그녀가 자기 집이 있는 산 아래 동네를 향해 가는 뒷모습을 봉우리에 서서 지켜보았다. 어두운 내리막 오솔길을 조심조심 걸어가는 그녀. 가다가 잠깐 멈춰 서서 뒤돌아보는 것 같았다. 나는 손을 흔들어주었다. 어두워서 잘 보이지는 않겠지만.

기말고사가 시작됐다.

기말고사가 끝나면서 겨울방학에 들어갔다.

겨울방학에 들어가던 날 나는 별 생각 없이 교대 여학생들과의 단체 미팅에 참가했다. 지겨운 기말고사가 끝났다는 해방감이 컸다. 춘천은 역시 좁았다. 나중에 알게 된 사실이지만 그 미팅에서 내 파트너가 된 교대 여학생이 영미의 친한 친구였던 거다. 영미가 나를 만나러 야산에 갈 때마다 부모님한테 '친구네 집에 가서 공부하고 온다'고 거짓핑계를 댔을 때의 그 친구였으니!

대학가의 겨울방학처럼 기나긴 방학이 어디 또 있을까. 12월초에 시작돼 이듬해 2월말까지 장장 석 달간이다. 그 석 달 간 나는 영미한테 단 한 번도 '만나자'는 연락을 하지 않았다. 별 생각 없이 참가한 교대 여학생들과의 단체 미팅도 그렇고 정말 내 자신이 실망스럽다.

변명은 할 수 있다. 야산에서 마지막으로 헤어질 때 영미가 내게 자기가 먼저 연락하겠다고 말했기 때문에 그냥 기다렸노라고. 하지만 그래도 그렇지, 최소한 한 번쯤은 사내인 내가 영미한테 안부를 묻는 엽서라도 띄웠어야 했다. 그럴 생각은커녕, 부자간에도 대화가 없는 삭막한 집안 분위기를 견디느라 그랬는지 나는 소설 쓰기에 매달리며 시간을 보냈다.

마침내 2월 말이 됐다. 새 학기 등록이 시작된 날 오후에 우리 집 안방의 전화가 울렸다. 아버지가 외출하고 없는 시간대의 전화라 내가 받았다. 반가운 영미의 목소리였다.

"방학 잘 지냈어요? 내일 오후 한 시에 8호 광장에 있는 1번지 다방에서 만나고 싶은데 시간이 되나요?"

"시간이 되지."

"그럼 내일 오후 한 시에 1번지 다방에서 봐요."

하고는 전화를 끊었다. 너무 간단한 통화인데다가, 처음으로 낮 시간에 만나자는 거라서 좀 이상했다. 하지만 그런 건 별 문제가 아니었다. 석 달 만에 연인을 만나는 게 아닌가. 나는 뒤늦게 그녀가 보고 싶어서 어서 하루가 지나가길 바랄 뿐이었다. 내 새 학기 등록금을 마련하느라 어머니는 누나를 만나러 가는지 종일 바빠 보였고, 아버지는 혼자서 아침 겸 점심 식사를 하고는 시내 어느 다방으로 외출한 상태다. 이미, 자식들의 등록금 마련 같은 학비 조달 문제에서도 전혀 역할이 없는 무능한 가장의 모습이다.

다음 날이다.

나는 교동 집을 나와 8호 광장으로 부지런히 걸어갔다. 과연 '1번지 다실'이란 간판이 3층 건물의 2층에 있었다. 가파른 계단 끝의 출입문을 열고 들어서자 벌써 영미가 구석진 자리에 앉아 있었다. 나를 보고 짧게 미소 짓고는 커피 두 잔을 시켰다.

석 달 만의 만남인데 반갑다기보다 왠지 서먹한 분위기. 나중에 깨달았는데 그녀는 '결별 통고'를 준비하고서 나를 만난 것이다.

단조로운 뽕짝 노래가 다방의 앰프에서 두 곡째 흘러나올 때 그녀가 나를 차갑게 보면서 말했다.

"당신은 내가 생각한 그런 사람이 아니었어요. 더는 만날 필요가 없어요. 이제부터 우리 사이는 아무것도 아닙니다."

"무, 무슨 오해가."

"춘천이 좁거든요. 제 친한 친구가 교대 다녀요. 더 말하지 않겠어요."

석 달 전 기말고사가 끝나던 날, 교대 여학생들과 한 미팅이 벼락같이 떠올랐다. 그 때 파트너가 내 이름을 두 번씩이나 묻더니 다 까닭이 있었다. 바로 영미의 교대 친구였다… 나는 마치 '아내 몰래 다른 여자를 만났다가 들통난 바람둥이 남편' 꼴이었다. 변명의 여지가 없었다. 영미가 먼저 자리에서 일어나며 차갑게 말했다.

"커피 값은 제가 낼게요. 우리는 이제부터 아무런 사이가 아니니까, 따라나오지 말아요."

뒤따라 일어서던 나는 엉거주춤 다시 앉았다. 얼마 후 창밖의 거리를 내려다보았다. 영미 그녀가 화창한 햇살 아래 멀어져가고 있었다.

두 달이 지났다.

5월초의 어느 날 밤에 나는 시내 중심가에서 영미를 보았다. 인파 속에서 단발머리의 뒷모습을 우연히 보게 된 거다. 학교 캠퍼스에서는 그녀가 나를 의식적으로 피하는지 단 한 번도 본 적이 없었다.

집에 가려는지 시내버스 정류장에 선 그녀. 나는 길가에 놓인 상점 입간판 뒤에 숨어서 지켜봤다. 이윽고 시내버스에 탑승한 그녀. 나도 다른 승객들 틈에 섞여 탑승했다. 그런 용기를 낸 건 아무래도 대낮부터 마신 술의 힘이다. 고등학교 동창들을 만나 대낮부터 닭갈비집에서 소주를 마시다가 헤어져서 오던 길이었다.

춘원국도를 따라 시내버스가 가면서 정류장마다 승객들을 내려주니 영미

네 동네 앞에 이르러서는 남은 승객이 몇 안 됐다. 영미가 뒤늦게 나를
보고는 소스라치는 표정으로 서 있다가 시내버스에서 내렸다. 나도 따라서
내렸다. 몇 걸음 가지 않아 나는 그녀 이름을 불렀다.

"김영미 씨."

걸음을 멈추고 돌아선 그녀. 어둠 속에서도 차가운 낯빛이었다. 3미터쯤
거리를 두고서 마주보는 우리 두 사람. 막상 불러 세워놓고는 쉬 말을 꺼
내지 못하는 내게 그녀가 다그쳤다.

"왜 불렀어요?"

나는 술기운에 의지해서 간신히 말했다.

"지금 야산 봉우리에… 한 번만 가면 안 되겠어?"

내 말에 그녀가 경멸하는 낯으로 이렇게 대꾸했다.

"여관에 가자고도 못하고 야산에? 내가 무슨 산짐승인가? 어이가 없긴!"

그리고는 가까이 있는 골목으로 피신하듯 들어가면서 말을 이었다.

"더 따라오지 말아요. 따라오면 소리 지를 테니까."

나는 여자가 한을 품으면 오뉴월에도 서리가 내린다는 속담을 실감했다.
불콰하게 남아 있던 술기운이 확 깼다. 뒤돌아서서 머나먼 교동 집을 향
해 춘원국도를 걸어갔다. 그 참담한 귀갓길. 영미와 나의 사랑이 정말 끝
나버렸다는 것을 실감했다.

한 달이 지났다. 학교에 이런 소문이 돌았다.

'학기 초에 사회교육과 2학년 여학생들이 고려대 학생들과 단체 미팅을
가졌는데 그 중 한 쌍이 본격적으로 사귀기 시작했다. 그 여학생의 이름
이 김영미란다.'

… 그로부터 2년이란 세월이 흘러서 내가 영미네 집과 한 집 건너인 장
호네 집 뒷방에서 시간을 보내곤 했다는 사실. 신파극에서 말하는 '운명의

'장난'이란 이런 경우가 아닐까.

세월이 흘렀어도 나는 여전히 야산을 떠나지 못한 것 같은 자괴감.

"아직도 시내버스를 타지 않았어요?"

경식이 목소리에 나는 긴 상념에서 화들짝 깨어났다. 교복 차림의 경식이가 놀란 표정으로 나를 보며 서 있었다.

"시내버스가 아직 안 온 것 같아."

"그럴 리가. 첫차를 그냥 보내신 거예요. 하하하."

강 건너 모래밭이 있던 곳을 바라보며 상념에 젖어 있는 동안에 첫 시내버스가 왔다간 것도 나는 몰랐다.

다시 시내버스가 왔다.

학생들이 많이 타서 자리를 찾기 어려운데 경식이가 굳이 내 자리 하나를 만들어서 앉도록 했다.

시내버스가 강변 동네를 떠났다.

강변 동네라기보다 춘천을 떠나는 것 같았다.

17. 대망의 졸업식과 교사 발령

잠이 쏟아져서 간신히 졸업식을 치렀다.

정작 교사 발령이 나기는, 졸업식을 치르고도 보름은 지난 3월 11일이다.

성적순으로 발령을 낸 걸까. 까마득히 먼 삼척의 한 중학교 국어교사로 발령을 받았다. 3월 17일에 생애 처음으로 봉급도 받았다. 하숙비와 용돈을 뺀 전부를 춘천의 어머니한테 송금했다. 나는 우리 집의 가장이 됐다.

한 달이 지난 4월 중순 어느 날 교무실에서 외수 형이 보낸 편지를 받았다. 형의 여러 필체 중 약간 기우는 모양의 필체로 쓰인 편지 한 장.

'그리운 병욱아. 네가 춘천을 떠나니 춘천이 텅 빈 것 같구나. 나는 오늘도 소설을 쓰다 말고 창밖을 보며 네가 마지막으로 다녀간 날을 추억한다. 너와는 추억할 게 많지만 이상하게도, 마지막으로 다녀간 날이 자꾸 떠오르지 뭐냐. 그 날은 카세트 노래들을 들으며 밤새웠잖아. 그런데도 밤새 많은 대화를 나눈 것처럼 여겨지는 건 뭔지….

보고 싶다 병욱아. 나는 요즈음 소설 하나를 마무리 지으려고 사력을 다하고 있다. 마무리가 되면 우선 너한테 보여주고 평을 들을 생각이지. 어떤 평이든지 감수할 거야. 설령 '형, 이 작품은 형편없는 졸작이야!'하고 혹평을 해도 말이다.

그나저나 그 먼 삼척에서 어떻게 지내는지 궁금하구나. 물론 '온순하게' 학생들한테 국어를 가르치며 잘 지내겠지만. 하하하.

그리운 병욱아.

나를 찾아올 때마다 문 밖에서 "형, 살아 있수?"하던 너의 목소리가 이리도 그리울 줄이야. 매번 그 목소리는 조금씩 어조가 달랐지. 장난기 어린 어조부터 생사를 걱정하는, 조심스런 어조까지.

쓸 게 많았는데 그저 네 얼굴이 떠오르며 보고 싶을 뿐이구나.

답장을 기다리며…. 1974. 4. 13. 이외수.'

나는 그 편지를 퇴근 후 하숙방에 앉아 다시 한 번 읽어봤다. 장호나 경식이의 이름이 최소한 한 번쯤은 언급될 만했는데 그렇지 않았다. 장호도 그렇고 경식이도 그렇고 이제는 형이 부담스런 존재로 여겨져서 형과 거리를 두고 지내는 게 아닐까?

장호만 해도 많은 하숙생들을 치다꺼리하며 사는 바쁜 집안 형편상 이제는 형이 다시 찾아올까 부담스러울 게다.

경식이만 해도, 곧 고 3이 된다는 생각도 못하고 형을 받아들인 것이니 뒤늦게 후회가 클 게다. 종일 학교에서 공부하느라 지친 몸을 자취방에서 잠으로 풀어야 하는데 형이 아랫목을 차지한 채 소설 쓰느라 밤을 지새울 테니 얼마나 불편할까. 그 좁은 자취방에서 갈등하는 형과 경식이의 모습이 눈에 선하다.

그렇다. 형이 이제는 삼척에 있는 내 하숙방에 오려는 거다. 짐방, 뒷방, 자취방에 이어 삼척의 하숙방까지 신세 지려는 형. 그런데 형이 내 하숙방에 오게 되면 나는 교사생활을 하기 힘들 게 뻔하다. 툭하면 밤새워 문학 얘기를 나누거나 음악을 들을 테니 말이다. 천신만고 끝에 국어교사가 됐는데… 있을 수 없는 일이다.

나는 형한테 답장을 썼다. 긴 편지가 필요 없었다. 엽서 한 장에 매정한 어투로 아주 짧게 썼다.

'더 이상 편지 보내지 말 것. 형은 우리 아버지의 축소판일 뿐. 이만.
1974. 4. 18.'

그 해 늦가을이다. 폴앵카가 부르는 'Papa' 노래가 거리를 휩쓸었다.

'Everyday my papa would work'로 시작되는 노래는 학교 수업을 마
치고 퇴근하던 내 발걸음까지 멈추게 했다. 영어 노래라 잘 알 수는 없지
만 아버지를 애절하게 그리는 심정은 여실하게 와 닿았다.

아버지….

내게 아버지는 미해결의 장이었다. 지난 3월, 교사 발령이 나던 날 매형
이 직장에서 짬을 내 다방에서 나를 만나 이렇게 말했다.

"아버님이 춘천을 떠나서 어디 가 계신 줄 아나? 원주역 부근의 조그만
출판사에서 영업사원을 하신다고 그러더라. 연세도 적지 않은데 딱한 일이
지. 큰처남이 아버님에 대해 갖고 있는 원망하는 마음을 내가 모르는 바
아냐. 하지만 그 마음이 언젠가는 가라앉을 거라 나는 믿어. 그 때 아버
님을 만나 봐. 하시는 말씀을 잘 들어봐. … 나는 나대로 맏사위로서 처
가의 아버님 문제를 어떻게 풀어나가나 고민하고 있어. 워낙 간단치 않은
문제라 시간을 두고 있지."

매형이 말한 '아버지를 만나 봐'야 하는 때가 온 것 같았다.

내 어릴 적에만 해도 아버지는 툭하면 나를 품에 안고 잤다. 그 때 아버
지 나이 30대 초반. 잘 풀리지 않는 사업 때문에, 그 걱정을 어린 아들을
품에 안고 잠으로써 달래려 했던 걸까. 6·25 동란으로 할아버지가 납북되
면서 황황히 남겨진, 제지공장 운영이라는 사업. 영화감독을 꿈꾸며 살았
던 아버지에게는 막막한 업보 같았을 터.

아버지가 나를 품에 안고 잘 때 내 이마나 뺨에 와 닿던 까칠까칠한 턱

수염.

'아 아버지…'

나는 주말에 영동선 기차를 타고 원주에 가 보기로 결심했다. 원주역에
내려서 부근의 작은 출판사를 찾으면 되지 않을까.

18. 그 후

이듬해인 1975년, 나는 외수 형이 세대 지 중편소설 공모에 '훈장'이란 작품으로 당선됐다는 신문보도를 교무실에서 보았다.

30년 가까운 세월이 흐른 뒤인 2002년, 고향 춘천에 김유정 문학촌이 들어섰다. 물려받은 거두리 산을 팔아 의암호변에 김유정 문인비를 세운 아버지(故 이형근). 김유정 문학촌이 들어서기 10년 전인 1992년 여름에 한 많은 세상을 하직했다.

1972년 8월말, 외수 형이 교대를 자퇴하고 고향 인제로 내려가기 전 석별의 마음을 담아 내게 선물한 크레파스화 한 점. 반세기 전 크레파스화라 형의 사인이 흐릿해졌다.

1972 9 16

추석은 이곳 운동회요
승락군과 같이 면회
좀 해 주기 바오.
동인지 건도 의논겸.

1982. 0-500

병욱
그 괴롭던 문명의 마을에서
당신에게 받은 푸른한 마음
아직도 잊지 않고 있오.
이곳은 온통 산골 물소리
나는 오늘 아침 비로소 하나
생산 했오. <자살 놀음>,
희망 있는 작품이오.
春川에서 有 - 하게, 나와
언어가 통했던 당신과 승락군
아 말도 못하게 보고싶소.
빌어먹을. 이제 나는 산에 갇히고
‥‥‥。아무 말도 못하오.

1972년 9월 16일, 인제 객골 분교의 외수 형이 춘천의 내게 '보고 싶다'며
보낸 엽서. 10월 유신 선포 한 달 전이다.

1983년 9월 18일 결혼식 날, 식이 끝난 뒤 식장 밖 마당에서 아버지(고 이형근)
를 모시고 매형·매제와 함께 찍은 사진.
매제, 매형, 아버지, 이병욱의 순으로 서다.

1983년 9월 18일, 결혼식 후 신혼여행을 떠나려 할 때 외수 형 내외와 기념으로
찍은 사진. 이병욱, 김춘희(아내), 전영자, 이외수 순으로 서다.

1984년 1월 어느 날, 아내와 단 둘이 찍은 사진.
결혼한 지 반년밖에 안 된 풋풋한 부부다.

1968년 9월 1일 발간된, 우리나라 최초의 김유정 전집 사진. 이 때 아버지는 예
총강원도지부사무국장이었다. 아버지는 윗대로부터 물려받은 산을 헐값에 팔아
서, 김유정 문인비 건립에 부족한 자금을 대고 그리고 남은 돈으로 김유정 전집
을 냈다.

의암호 변의 김유정 문인비. 1968년 5월에 건립됐다.
아버지가 김유정 문인비 건립의 주무(主務)였다. 문인
비의 동판에 그 내용이 새겨져 있다.